T0030563

MORIR
MATANDO

F. G. Haghenbeck

MORIR MATANDO

OCEANO

MORIR MATANDO

© 2022, Herederos de F. G. Haghenbeck
Esta edición c/o SalmaiaLit, Agencia Literaria

Diseño de portada: Jorge Garnica

D. R. © 2022, Editorial Océano de México, S.A. de C.V.
Guillermo Barroso 17-5, Col. Industrial Las Armas
Tlalnepantla de Baz, 54080, Estado de México
info@oceano.com.mx

Primera edición: 2022

ISBN: 978-607-557-579-7

*Todos los derechos reservados. Quedan rigurosamente prohibidas,
sin la autorización escrita del editor, bajo las sanciones establecidas
en las leyes, la reproducción parcial o total de esta obra por cualquier
medio o procedimiento, comprendidos la reprografía y el tratamiento
informático, y la distribución de ejemplares de ella mediante
alquiler o préstamo público. ¿Necesitas reproducir una parte
de esta obra? Solicita el permiso en info@cempro.org.mx*

Impreso en México / Printed in Mexico

Para Imanol Caneyada,
amigo y voz de la razón en tiempos de caos

La justicia que he recibido, la devolveré.

PATRICIA HIGHSMITH

El hombre justo no es aquel que no comete ninguna injusticia, sino el que pudiendo ser injusto, no quiere serlo.

MENANDRO DE ATENAS

Parte I: Convicción

1

Después se le conocería como la Masacre de la Piñata. Ésa fue la frase que ocuparon periódicos y comentaristas de televisión para el aterrador crimen en una fiesta infantil. Y aunque sucesos violentos acontecen día a día en México, éste se trató como algo notable. Sí, en este país hay difuntos a cada rato. Ése es el pulso de una batalla silenciosa que se lucha desde sus orígenes. Las personas que fallecen o desaparecen son lo habitual. La muerte convive con tanta naturalidad en los hogares que hasta le ponen plato y cubiertos en la mesa familiar. Al final, nadie le da mucha importancia, tan sólo giran el rostro a un paisaje menos desalentador para poder coexistir con esa locura. Esas desgracias son las notas periodísticas que descubres entre declaraciones de un gobernante ligado con criminales, los fraudes multimillonarios de los bancos o las fotografías en bikini de la estrella de moda. ¿A quién le interesa un par de muertos más en la abultada lista de defunciones que se carga como lastre por décadas? ¿Quién está preocupado por un poco de violencia vespertina? ¿Acaso alguien se acongoja por otros diecinueve muertos? Por ello, estos asesinatos en el convivio infantil de la refinada colonia Vista Verde, en Jalisco, podían ser inusuales, mas no sorprendentes. La Masacre de la Piñata fue tan sólo un capítulo más de esa guerra perdida desde sus comienzos.

Quizá llamó la atención por suceder en un sitio pudiente. Es que ese distintivo lugar, el fraccionamiento Vista Verde, se esconde entre los suburbios de Guadalajara. Da la espalda a la sierra de San Juan Cosalá, entre los asentamientos de Cajititlán y las mansiones de Agua Escondida. Primitivamente se trataba de una hacienda ganadera con una edificación porfirista. Sobreviviente de la Revolución, mas no de la gentrificación, fue destruida para convertirse en un caprichoso barrio privado de cercas blancas, pastos recién cortados, calzadas de adoquines carmesí, árboles frondosos de gentil sombra y cámaras de seguridad con ojos ciclópeos. Para llegar a este paradisiaco sitio se debe uno meter a una carretera federal por cuarenta minutos entre anuncios de birria y cerveza, para luego continuar en una vereda sombreada por un desfile de ahuehuetes. Cuando se siente que se está a punto de perderse, se descubren los grandes muros con alambre de púas que rodean la zona de moradas lujosas y un pequeño lago con patos blancos que dormitan con el calor del sol. Entre ellos conviven garzas y grullas oriundas de la zona, quienes encontraron un hogar ideal entre los bien cuidados jardines. Casi se trata de una comunidad sustentable. Tienen un pequeño pero indispensable centro comercial que custodia la entrada con las necesidades básicas de la vida de los suburbios, como abarrotes, gimnasio, papelería y una cafetería orgánica. Los niños de esta localidad asisten a un colegio Montessori que sirve de edificio centinela a un costado de los comercios. Lo hacen hasta los trece años, ya que en búsqueda de una secundaria tendrán que viajar más de treinta minutos al instituto más cercano. La mayoría de los pobladores de Vista Verde habitan con su familia, quienes huyeron del caótico estilo de vida de las ciudades, pero sin perder las amenidades del mundo moderno. "En verdad nos mudamos por la familia, para que los niños crezcan en un lugar sano", era el comentario general de las madres del lugar cuando se les cuestionaba la fastidiosa rutina de manejar por horas debido a la lejanía. Así lo declaró una de las vecinas en la entrevista que le hicieron para el noticiario. Ella no había asistido a la fiesta pues su hija estaba resfriada, una afortunada coincidencia.

El terrible suceso fue durante una apacible tarde, al final de la primavera. Perfecta para concurrir a la festividad con pastel en forma de castillo de princesa, regalos de cintas multicolores y una piñata. Nadie de los asistentes sospecharía que tan inocente acontecimiento terminaría salpicando las primeras planas de los diarios al siguiente día. En verdad era una tarde encantadora, con pocas nubes de algodón sobre el manto azul del cielo. La primera persona en notar que algo andaba mal fue el guardia de la caseta de acceso al fraccionamiento. Se presume que fue a las cuatro y media de la tarde que hizo un llamado a la central sobre el advenimiento de visitantes extraños. Hombre de edad avanzada que había servido como velador en maquiladoras, pero que encontró un trabajo más relajado recibiendo a los habitantes del aventajado lugar. Eran unos vehículos con vidrios polarizados los que llegaron, algo común entre los habitantes del sitio, mas el vigía no reconoció esas tres camionetas que se acercaron en convoy. Placas del estado, no continuas y sin marcas llamativas. Tal vez si hubiera atendido su primer presentimiento para dar aviso de una posible incursión de sospechosos, no lo habrían matado a quemarropa. Para las cinco del mismo día, al recibir la primera llamada de auxilio de un celular anónimo, la policía local conocía que algo aterrador había sucedido en Vista Verde. Fue hasta las ocho de la noche que las dramáticas noticias llegaron a los oídos del gobernador y la policía federal. Para la medianoche, a través de los noticiarios nacionales, el país supo sobre la Masacre de la Piñata.

Varias teorías sobre el sombrío suceso aparecieron entre los editoriales del día siguiente. Lo primero que surgió fue la supuesta culpabilidad de las víctimas. Siempre es el teorema más accesible y cómodo para las autoridades: si los mataron, es por que estaban en algo malo. Cuando realmente se hicieron las indagaciones para hallar los perfiles disímbolos de los asistentes, la duda razonable regresó. Fue entonces que se hizo una reconstrucción fiel a los hechos en búsqueda de respuestas a un sinnúmero de cuestiona-mientos que empezaban a incomodar al gobierno y la prensa. La descripción de los eventos más difundida fue la que apareció en un periódico digital de amplia circulación. Lo publicó dos días después, al tiempo que informaban sobre el masivo desvío de fon-dos gubernamentales hacia el partido político en el poder para las próximas elecciones. Esa reseña fue repetida en otros medios como periódicos, noticiarios, programas de radio e incluso dos notas in-ternacionales. Una en el diario *El País*. Otra, en *The New York Ti-mes*. Todos coincidían en que el vigilante fue el primer muerto. Los tres vehículos entraron sin encontrar resistencia tal como lo mostró una de las cámaras de seguridad. Poco se pudo distinguir de los que conducían las camionetas, sólo que se trataba de hom-bres encapuchados y con armas de alto calibre. Algunos parro-quianos que permanecían en la terraza de la cafetería cercana al acceso no parecieron percatarse de los disparos. "Se escuchó algo, pero creí que eran cohetes. Luego en la parroquia colindante ha-cen celebraciones", declararía uno de ellos. A quienes sí llamaron la atención los disparos fue a los elementos de seguridad privada que aguardaban en la calle afuera de la mansión donde se desarro-llaba la fiesta. Se trataba de guardaespaldas esperando a sus patrones que habían asistido a la reunión festiva. Ellos decidieron enfrentar el comando homicida resguardándose detrás de sus vehículos. El intercambio de balas hizo que el pánico cundiera entre los asisten-tes al convivio, impulsándolos a intentar huir de la zona abrazados de sus hijos. El caos que se vivió entre aullidos de terror y las deto-naciones de las armas empeoró la situación: tan sólo en la calle quedaron nueve cuerpos. Dos eran menores de edad. Las otras víctimas fueron alcanzadas en el patio de la casa. Ahí habían colo-cado una carpa para proteger del sol las mesas y sillas del banquete. Los juegos para los niños se dispusieron en un extremo. El cadáver de una pequeña fue descubierto en el interior de un castillo infla-ble con una bala en el pecho. La autopsia indicó que estaba saltan-do cuando fue alcanzada. Muerte instantánea.

No se fueron los homicidas sin encontrar un contraataque. Los testigos hablaron de un comando de nueve a doce integrantes que asaltaron el sitio. Nunca se precisó con fidelidad el número. Otros tres miembros de una empresa de seguridad privada, al parecer contratados para el resguardo del evento, se atrincheraron en el interior de la casa intentando repeler la agresión. Fue un gesto heroico pero infructuoso, ya que perecieron sin lograr evitar el acceso de los atacantes a la casa habitación. En las otras dos cosas que coinciden todas las investigaciones es que mientras sucedía el tiroteo se escuchaba la canción de la década de los sesenta "Happy Together" del grupo The Turtles. Poco idónea para usarse de fondo mientras las balas mataban niños. Y lo otro, que después de acribillar al dueño de la casa y de herir a su esposa, los salteadores hicieron retirada, como si ésta fuera su misión o se percataran de que éstas no eran las víctimas correctas. La señora de la casa, una elegante mujer de treinta y cinco años, fue descubierta por uno de los policías federales que llegaron casi media hora después de la agresión. Estaba encerrada en un baño, inconsciente y desangrándose con dos heridas. En la mano oprimía un listón para cabello color morado. En un principio se conjeturó que era de ella, mas nunca se pudo corroborar de viva voz, ya que seis horas después fallecería en el quirófano de un hospital de Guadalajara. Al llegar los familiares y conocidos preguntaron por la hija de la pareja. Nadie pudo darles respuesta. No se encontraba entre los cuerpos ni recordaban haberla visto. Una de las sirvientas que asistían a la festividad recordó que la pequeña, quien cumplía su onomástico ese día, estaba intentando romper la piñata cuando los disparos comenzaron a tronar. No hubo ninguna otra declaración que hablara de la pequeña después de eso. Hubo indagaciones, pero ninguna mención a medios sobre esa peculiar ausencia.

El número de muertos osciló según cada periódico, en un inicio. Tres días se necesitaron para que las autoridades ofrecieran la cifra exacta de diecinueve fallecidos y siete heridos. Entre los difuntos, los dueños de la casa. Al final, tal como entraron las tres camionetas negras, éstas se fueron dejando un camposanto tras ellas. La hipótesis más popular que circuló, principalmente en redes, fue que había sido un malentendido. Uno más de esos terribles sucesos del azar: estar en el lugar incorrecto, en la hora funesta. En el caso de la Masacre de la Piñata se presume que el comando iba tras un jefe de un cártel de drogas contrincante, pero al que nunca se especificó en realidad. Tal vez leyeron mal el número de la calle o recibieron errónea la información de sus halcones, sin embargo se sospecha que sólo fue un error humano. Eso sirvió para que se resaltara la inseguridad habitual en el estado, así como la incapacidad de las autoridades de poseer un sistema de inteligencia que pudiera evitar sucesos similares. Otra teoría, menos difundida, fue que el verdadero objetivo estaba a varias casas calle abajo, pero que los mismos guardaespaldas del hoy reconocido empresario muerto que resguardaban la fiesta impidieron el paso de los hombres armados y desataron la balacera. Éste, un joven ingeniero dueño de varias compañías locales y respetado miembro de la sociedad de Jalisco, había tenido anteriormente dos intentos de secuestro. Uno de ellos en la Ciudad de México en 1997. Ése fue el motivo de la reacción protectora de su gente, que terminó costándole la vida a él y a su esposa.

Las camionetas de los canales de televisión permanecieron estacionadas afuera de la casa mientras las autoridades hacían las indagaciones correspondientes. Persistieron ahí dos días completos, mostrando de fondo el bullicio de los investigadores del gobierno recabando información y sacando los cuerpos en bolsas negras. Ante la decepción de no haber más noticias sobre el asunto, la historia fue muriendo poco a poco. Los informes diarios se trasladaron a un salón de conferencias donde el gobernador otorgó algunas notas de prensa mañaneras, mas nada que pudiera dar lucidez o respuestas a las constantes preguntas. Los gritos que reclamaban justicia también se fueron ahogando entre la cascada de noticias. Mientras que en un principio las noticias relacionadas eran repetidas en publicaciones de Facebook por todo el país, aderezadas por las constantes críticas directas al gobierno, con el tiempo los usuarios dejaron de repetir las notas y comentarlas. Lo que durante una semana levantó ámpulas en la sociedad, que llegó a convocar una importante marcha en las calles por civiles exigiendo justicia, ahora conocida como la Cruzada de los Justos, se fue desinflando con los aires electorales que comenzaban a surcar entre las noticias. Pronto, la Masacre de la Piñata no dejó de ser más que una nota pequeña en páginas interiores hasta desaparecer de los medios. Tan sólo un periodista con columna editorial en un periódico de Jalisco continuó recordando que no se había hecho ningún arresto. Pasaron varias semanas y la opinión popular de que los muertos de la Masacre de la Piñata quedarían en sus tumbas sin encontrar justicia se expandió. Desde luego que hubo en ese tiempo más asesinatos en todo el territorio nacional, pero ninguno tan llamativo y espectacular. Y como parece ser la costumbre, ni la policía, parientes o prensa encontraron una sola pista que vislumbrara una solución para resolver el crimen. Ni una sola.

2

—A ver, escúchame bien: una promesa es una idea vaga hasta el momento en que entra en juego el concepto de lealtad. Es una jodida frase peculiar, en tiempos peculiares. La verdad es que resulta fácil repetirla en una refinada sala de juntas empresarial con ventanales exhibiendo el extenso panorama urbano, de esas que abundan en las zonas mamonas de México. Ahí aparecen esas frases domingueras, durante reuniones matutinas donde el pendejo jefe se sienta a la cabeza para sacar esa pinche lapidaria expresión. Desde luego que logra el silencio incómodo entre los empleados: todos se sienten aludidos. Los nudos de las corbatas aprietan y se hace necesario desabrochar el primer botón para respirar mejor. Pobres pendejos todos ellos. Es que no hay que hacerse pato, la lealtad es un tema incómodo. Incluso de sobreúso en discursos. Pero, la verdad, escasamente empleado en el campo de batalla. Por eso se ocupa como estandarte en esas compañías que solicitan la sangre, la entrega total a nombre del patrón que siempre busca un séquito al que se le pueda dar la espalda sin miedo de ser apuñalado. Mas ese pinche perecedero don de la lealtad es difícil verlo en la vida real. Es un concepto vago, porque la supervivencia no deja ni un espacio de vacilación. No, afuera, en las calles, aquí, la puta lealtad se vende al mejor postor. Por cierto, esa frase la dijo un japonés —giró los ojos para observar a la niña con apenas una decena de años. Ella no reaccionó al instante. No había escuchado nada. Al entender que se dirigía a ella, alzó su cara de las hileras de botanas en la compacta tienda de autoservicio en la carretera.

—¿Qué? —preguntó la pequeña.

—Lo que te dije: una promesa es una idea vaga hasta el momento en que entra en juego el concepto de lealtad. Tu padre lo repetía mucho —explicó el hombre de gesto tosco colocándose sus lentes oscuros con un suspiro. Puso dos refrescos en el mostrador del local para que pudieran cobrárselos. Una Coca-Cola de dieta, una bebida de manzana. Se aseguró de colocarlos en línea perfecta, acomodados cual en restaurante de lujo. A su lado, en perfecta armonía, un billete de cien pesos ubicado como si todo se tratara de una instalación de arte. El empleado pasó los refrescos sobre el lector de códigos haciendo repiquetear la computadora cual campanilla, desarreglando la composición que había creado. El hombre terminó diciéndole a la niña—: Esa frase la dijo un pinche japonés, se llamaba Mishima.

—¿Ese japonés era famoso? —torció la cabeza la pequeña.

—Era escritor. Se suicidó, y le gustaban los hombres —indicó el hombre alto con chamarra de cuero del mismo tono que los lentes oscuros. Su gesto era arisco, tosco y poco amigable. No parecía ser del tipo de persona que fuera niñero. Imposible que se tratara de un padre. Su cara aparentaba ser de roca mal labrada, como si el holgazán escultor hubiera decidido dejarlo a medio terminar. Para esconder ese rostro áspero llevaba un perfecto bigote demasiado acicalado. Seguramente se lo pintaba de negro. Se veía el peso de medio siglo en él. Aun con ese aspecto viajaba con la niña. Ella era de cabello corto, brillante, miel. Complexión delgada. Vestía moderna, cual pequeño maniquí en tienda departamental: mallones negros y holgada camiseta estampada de gatos con anteojos. Un cúmulo de pulseras en cada mano, tenis con ruedas escondidas. Una más de las esclavas de la moda a tan pequeña edad. La chiquilla escogió una bolsa de papas adobadas. Las colocó junto a las bebidas para que se las cobraran:

—A mi tío Raúl le gustan los hombres. Estaba casado con la tía Angélica, la mamá de mi prima preferida, Valentina. También es papá de Lucas, pero no juego con mi primo porque es un chillón. En verdad llora de todo... Ahora el tío Raúl vive con Jordi. Dice que es su novio. Se fueron a San Diego. Eso es bueno porque cuando fuimos a verlos me llevaron a Disneylandia. A mí me caen bien, nos regalan chocolates. De los buenos, los gringos. Mi papá decía que era un marica —la niña volteó hacia el exterior de la tienda que contenía apenas lo necesario para un refrigerio en medio de un tedioso trayecto. Afuera, la gran explanada de concreto que conjuntaba la gasolinera con un par de automóviles alimentándose de combustible. Más allá, unos pirules que se movían por el paso continuo de grandes tráilers en la carretera. Como si encontrara inspiración en ese aburrido paisaje regresó la mirada al hombre que la acompañaba para dispararle a quemarropa—: ¿Usted también es marica?

—Ya vámonos —gruñó fastidiado el hombre arrebatándole la bolsa con lo recién adquirido al empleado. No pudo ver la sonrisa de la niña, pero el vendedor del mostrador sí, era picaresca.

Afuera, el viento silbaba su canción de primavera refrescando el ambiente cálido y húmedo. Poco le importaban a ese paraje los pensamientos de lealtad que circulaban por la cabeza del hombre de los lentes oscuros. La filosofía y la depresión no combinaban con la gasolinera frugal que milagrosamente emergía en el kilómetro 35 de esa autopista. Un respiro entre los eternos llanos del estado de Jalisco, donde el verde parece aburrirse entre todos sus tonos. Tal vez el sonido alegre del canto de las aves ayudaría a embellecer el paisaje, pero para colmo sólo se escuchaba el estruendoso cacareo de urracas montadas en un cable de luz que cruzaba el horizonte, de vez en cuando silenciado por el rugido del paso de los camiones de doble remolque que atravesaban velozmente el camino siguiendo su ruta de entrega.

En el estacionamiento del establecimiento, una camioneta Lobo negra perfectamente detenida entre las rayas que delimitan cada lugar. Equipada de arriba abajo, de un lado al otro. Rines, tumbaburros, faros de niebla y más artículos que definían el prepotente orgullo de su dueño. Una calcomanía en letras góticas en la parte trasera exhibía el nombre que le habían dado al vehículo: Solitario.

A varios pasos, dentro de la estación de servicio de la gasolinera, una camioneta Honda CR-V del año. Al igual que la otra, era color negro. Aparentaría ser un congreso de enterradores o agentes de pompas fúnebres, pero había un tercer vehículo que hacía mal juego: un Nissan rojo, al lado del otro despachador. Resonaba un apagado eco pues escuchaba música en el interior a todo volumen. No es mala rola, hasta eso: "My Sharona" de The Knack. Mientras, los empleados, en overoles sucios, servían la gasolina que los vehículos parecían engullir golosos. Una escena normal de auténtico paisaje mexicano campirano: aburrido, globalizado y banal, como todo lo que sucede en esos caminos que culebrean por todo el país.

Dos hombres en la camioneta Honda. Dispares, pero unidos por nómina. Uno alto con aires de venir de rancho, güero como los que se dan en los Altos de Jalisco. Con pimienta en los cachetes, de rostro pecoso. Botas de culebra, vaqueras. Camisa campirana con cuernos largos bordados en el pecho. Un hombre Marlboro que no fuma. El otro es más urbano: gorra de beisbol, chamarra azul y bigote tupido. Le saca dos docenas de años al joven vaquero. Es quien está detrás del volante revisando la pantalla de su celular mientras la gasolina ingresa al tanque.

—Oye, cabrón... ¿Qué pedo con aquel bato y su morrita en el Oxxo? —el *cowboy* recarga su codo en la ventana abierta afilando la mirada hacia la tienda donde el hombre de lentes y la niña adquieren provisiones.

—Pus un papá llevando a su mija, pues —responde sin darle importancia. Los mensajes de su vieja haciéndosela de pedo están más interesantes. Ojos completos a la pantalla del teléfono.

—No mames, pinche Hilario. Es miércoles a mediodía. Esa chamaca debería estar en la escuela —corrige el vaquero. Tiene que sacar una nalga del asiento para extraer su cartera y pagar la gasolina. En todo el proceso no pierde el contacto visual con esos dos. Joven, pero tiene buen olfato. Ese sexto sentido que se estaciona en uno cuando se crece entre federales y narcos en la sierra. Se queja al entregar dos billetes de quinientos al empleado de la gasolinera—: No sé por qué tengo que pagar yo, a ti te dieron lana.

—Para pura morralla alcanzó, pues. Ya deje de chillar, vienes forrado.

El despachador tiene que buscar cambio del dinero recibido, pero el vaquero sigue intrigado por la insólita pareja frente a ellos. Observa con cuidado a la niña, sus largas piernas flacas entubadas en licra negra, y piensa cómo se vería de difunta:

—¿Te has chingado un chavito, Hilario?

—Dos veces, pero ni tan chavos. Unos hijos de puta, como de quince años. Es que los huercos ya andan echando bala desde morros. Me quisieron asaltar los muy pendejos, les di baje —responde al tiempo que trata de explicar en un texto a su vieja por qué no va a llegar a casa sino hasta la siguiente semana. Ni idea para qué tanto pedo, si luego cuando él está allá en casa, ella no lo aguanta. Pinches viejas.

—¿Recuerdas el puto mensaje que nos mandaron hace rato? ¿El del conecte de la judicial? —pregunta en murmuración el vaquero.

—¿En el whasapp?

—No, pendejo, en paloma mensajera… ¡A huevo que en el whasapp! —es de pocas pulgas el joven con su compañero. Es que le enmuina que no se ponga pilas, ya está viejo y anda pendejo por lo de su vieja.

El bigotón lo mira sorprendido, ha dejado atrás su discusión cibernética como si le hubieran sonado una campana en su cabeza. De inmediato busca el mensaje entre sus archivos y lo lee:

—"Sicario despachado por el patrón. No tengo su nombre. Le dicen Lobo. Viene armado, en camioneta negra Lobo. Placas de

Jalisco. Trae una chamaca consigo. Mucho cuidado, es peligroso. La niña viva, el cabrón muerto."

Vaquero mira a Bigotes. Luego los dos a la tienda donde el hombre de chamarra y la niña están a punto de entrar a su transporte. La alarma que sonó en la cabeza se volvió todo un griterío: algo huele a pescado, uno muy podrido.

—¿Tú qué dices? ¿Son, o no son? —cuestiona Bigotes aventando el celular al compartimento entre recibos viejos de casetas de carretera y paquetes de chicles usados.

—La morrita se ve bien para ese cabrón tan gacho.

—Échame aguas. Voy a ver qué pedo —indica el hombre Marlboro asegurando su arma en el cinturón y bajando del vehículo. Es alto como un poste. Se ve más güero con el sol y sus pecas saltan como granos de pimienta en las mejillas rojizas. Podría ser un menonita vendiendo queso. No lo es, nunca lo fue. Camina con aplomo sintiéndose Clint Eastwood en duelo. Cada movimiento hacia la Lobo inquieta más al hombre de los lentes oscuros que se ha detenido esperando la siguiente escena.

—¡Buenas tardes!... Perdone, ¿trae cigarros? —pregunta Vaquero.

—Traigo —el hombre de la chamarra no duda en contestar. Nunca hay que dudar, nunca hay que voltear. Las cosas al chile, sin pensarlo. Por ello indica con voz grave—: Súbete a la troca, mija. Cierra seguros.

La niña hace lo acordado. Patas para arriba, seguros bien puestos. Mira de reojo a los dos que quedan afuera tan sólo acompañados por el continuo parloteo de las urracas montadas en los cables.

—¿Van para el norte? —hace charla el hombre Marlboro mientras el desconocido saca una cajetilla de mentolados de la chamarra. No puede ver los ojos del hombre más allá de la nublada superficie de los lentes oscuros, mas sabe que se hallan directos en él. Por eso dibuja un gesto amable, para que la cosa se calme—: Dicen que hay mal tiempo por allá. Estamos pensando irnos por otro lado, por la nueva autopista. Pero que está cabrón con los huachicoleros.

Recibe el cigarro. Lo coloca en la boca. Sin disfrutarlo, en automático. No es fumador, por eso no posee los movimientos delicados del rencuentro amoroso del adicto al tabaco. El hombre de los lentes responde arisco.

—No me importa manejar con lluvia... Un favor: no lo prenda aquí, estamos en una gasolinera.

Marlboro deja el cigarro en la boca, con cara de estúpido. Es suficiente para dar a entender que no prenderá el cigarro. Aunque en el fondo, se da cuenta de que lo hubiera hecho sin importarle.

—¿Es su mija? —señala a la niña en la camioneta. Ella lo ve de reojo. Descubre que esos ojos grandes son color verdosos. No del todo, como si hubieran vaciado un par de gotas de café—. Yo tengo uno igual, varoncito. ¿Va en cuarto, o en quinto año?

—Cuarto —responde sin cambiar la mirada hacia él. Podría haber dudado, ni idea del pinche año o la escuela. Sólo hay que responder algo similar, hacerlo rápido.

—Su mamá debe de estar orgullosa —señala con el cigarro el hombre Marlboro, que no fuma.

—Bueno, ya vio a quién se parece. A mí, no —intenta sonreír ante la broma. Pero el humor tiene poco espacio en su vida. Las cosas que no se usan se echan a perder, se atrofian. Sabe que la charla está agotándose, no necesita más chistes pendejos. Cuando la mano del vaquero empieza a descender al cinturón, la tensa situación se desquebraja por la sorpresa: el Nissan rojo se estaciona a dos lugares. No lo hace en silencio, sino con el radio a todo volumen escupiendo "My Sharona". Vaquero y Lentes Oscuros giran ojos desconcentrados de su duelo de palabras. Del compacto carmesí sale un hombre gordo y moreno que de lejos podría haber sido confundido con una resbalosa y mojada foca. Camiseta amplia, con lamparones en cada sobaco a causa del sudor. Pelo rizado y labios gruesos, muy gruesos. No viene solo, lo acompaña una Beretta automática cuyo ojo ciclópeo ya les apunta.

No es un concurso para ver quién desenfunda más rápido, pero no cabe duda de que el hombre de lentes oscuros ganaría. Cual entrenado prestigiador hace aparecer su arma. Mano derecha firme, sin temblar, sin duda. Como cuando responde preguntas, así se dispara: sin pensarlo. La primera descarga hace eco en las paredes de la estación ahuyentando a las aves negras del poste. Apenas roza al atacante. Justo en medio del ahora y el ahorita, en un parpadear. El gordo moreno dispara a lo güey, una y otra vez. Las balas ni idea dónde van a parar. Puede ser que a otro estado en la República. El segundo disparo de Lentes Oscuros es más preciso. El proyectil viaja en línea recta enfilando al rostro abotagado y negro. Cruza a un par de centímetros del ojo derecho deshaciendo su gesto de ya me los chingué y logrando una explosión de sangre digna de un trazo de lienzo expresionista. Trayecto que continúa por nervios, músculos, cerebro y sale por el cráneo arrastrando pedazos gelatinosos de su cabeza. Limpio y preciso.

Pero ha dejado libre a Vaquero, mala idea. Su revólver ya berrea escupiendo municiones. Una logra rozar el hombro, rasgando su chamarra de cuero. Da más coraje que dolor: era una Michel Domit. Y de las caras. Da el tiempo suficiente para alejarse de su vehículo esperando que ninguna bala llegue a la cabina, a la niña. El segundo tiro se pierde dentro de la tienda haciendo reventar la ventana de cristal. Las astillas vuelan cual confeti brillante cayendo sobre la cabeza de Lentes Oscuros. Un grito de la niña. Él voltea. Ella está bien, fue sólo la impresión.

Lentes Oscuros logra protegerse detrás del contenedor de basura, aunque sabe que eso y una hoja de papel blanco es lo mismo. El vaquero avanza abriendo las piernas. Perfecto para que la última descarga cruce la rodilla. El hueso se quiebra en diminutas esquirlas doblando la pierna como mantequilla. Viene el alarido de dolor y la caída al suelo. La pistola rebota a unos metros. Ahora, Lentes Oscuros vira hacia las bombas. Ahí sigue la camioneta Honda negra. No encuentra al otro pasajero, Bigotes bien cortados. No le gusta eso. Sin embargo le gusta menos cuando lo descubre detrás de su vehículo con una AK-47. Entonces sabe que es hora de bailar: la automática comienza la canción, de corridito, sin respirar.

Misma tonada de siempre siguiendo las instrucciones que señalan 300 proyectiles por minuto. Ni los cuenta, sabe que son un chingo. Pero lo bueno es que casi todos van hacia el Nissan rojo, que parece aguantar poco. Como que muy delicadito el carro: de inmediato se prende con un fuego en el motor. Otro tanto de balas al gordo caído a su lado. Otro más al interior de la tienda. Es todo un espectáculo ver estallar un refrigerador de cervezas baleado, vertiendo su líquido ámbar en forma de cascada. Y hasta ahí llegó. Cinco tiros de la automática de Lentes Oscuros, su venerable TTI Glock 34 versión Combat Master hace terminar el espectáculo. Confía en ella desde siempre. Ligera e indestructible. Tiene el hermoso porcentaje de nunca fallar una detonación. Esas municiones de 9 mm cruzaron la distancia entre tienda y bombas de gasolina para perforar al hombre del bigote. No una, no tres, sino cinco veces. Derribándolo cual tronco recién cortado. Su rifle va con él. Ya no podría decirle a su vieja que no llegaba esa semana a casa, ni la siguiente.

El hombre de los lentes oscuros da magnos pasos para regresar hasta el vaquero que se arrastra. Va marcando de sangre el asfalto como caracol dejando baba. Está tratando de alcanzar su revólver. Le falta poco, sólo un par de metros. Mas no parece importarle a su contrincante. Su arma le apunta directo al rostro.

—Una promesa es una idea vaga hasta el momento en que entra en juego el concepto de lealtad —repite la afamada frase que el escritor Yukio Mishima había dicho medio siglo atrás, para que tal vez alguien la repitiera en juntas corporativas. Pero ahí, en medio de la nada, suena como la voz de un profeta.

—¿Cómo? —balbucea adolorido Vaquero. No hay respuesta, sólo la pistola que apunta—. ¿Eres tú? ¿El cabrón que buscan en Guadalajara?

—"Sicario despachado por el patrón. No tengo su nombre, le dicen Lobo"... Bla, bla, bla... "La niña viva, el cabrón muerto"... Sí, el mismo —gruñe el pistolero.

—¿Cómo... chingaos? ¡El mensaje! —suelta aturdido por el dolor y la cercanía de la muerte.

Lentes Oscuros no divaga, le da una respuesta, es la última cosa en que cede.

—Yo mismo lo mandé, pendejo. Maté al hijo de puta de tu judas lame huevos que crees que te lo envió. Así podría saber quién era el cabrón vendido si me lo topaba...

—¿El Lobo?

—El mismo, y ¿sabes por qué me dicen así?

El eco del disparo rebotó una y otra vez hasta apagarse. La pistola estaba caliente. Tuvo que soplarle para volverla a meter en su leal cinturón. Su boca se torció en un gesto de disgusto al advertir los tres cuerpos tirados en el calmado mar de concreto de la gasolinera. Cada uno con su respectiva charca roja relumbrando ante el reflejo de ese sol primaveral. El Nissan rojo ya no tenía ganas de seguir ardiendo, sus flamas se agotaban. Eso sí, la canción seguía emergiendo de la radio. Poco a poco, el escándalo de las aves negras volvió, y se posaron de nuevo en el cable de luz donde continuaron su parloteo. Los dos empleados de la gasolinera no se dejaban ver. Seguramente el instinto de supervivencia los hizo correr y refugiarse en el baño.

El hombre de la chamarra negra apretó los dientes y suspiró. Regresó hacia su camioneta estacionada a los pies de la tienda. Un pedazo de cristal del ventanal roto cayó aumentando el reguero de astillas. Al pararse frente a la puerta de la Lobo, la niña retiró el seguro para dejarlo pasar. Entró como un vendaval. Cerró de un portazo dejando el eco suspendido. El sicario Damián Ross giró la llave para arrancar gruñéndole a la niña, Renata de la Colina, una de las pocas sobrevivientes de la Masacre de la Piñata:

—No, no soy marica, pendeja.

3

Y la leyenda cuenta que miles de niños y muchachos, de edades que iban desde los seis años hasta la plena madurez, abandonaron arados, rebaños y toda labor para marchar a Tierra Santa. Aunque fuera algo increíble, eso hicieron pese a la voluntad de sus padres, que intentaron sin éxito que cejaran en su empeño. De repente, se veía a alguno correr detrás de los peregrinos para hacerse con la cruz. Y así, en grupos de veinte, cincuenta o cien, izaban sus estandartes para partir con rumbo a Jerusalén. Sí, así lo escribe la *Chronica regia Coloniensis* a través de sus páginas que rememoran el año de 1212, cuando se decidió que la naturaleza pura de un niño salvaría el mundo. Era de comprenderse esta creencia ciega a esa disposición. La fe era lo único importante. La niñez siempre ha tenido connotaciones de pureza, honorabilidad y bondad. A los infantes los llamamos justos, pues se cree que aún no están pervertidos por el desgaste diario con el que la vida azota. Son arcilla pura, apenas lista para ser moldeada. No en balde se convierten en la esperanza de todos. Desde los padres que los conciben en miras de optimizar su estilo de vida, hasta de las civilizaciones que asumen que el futuro está en esos ojos, y que algún día podrán ver el paraíso prometido que les fue vedado antes.

Pues es aquí que comienza la fábula, esa que nos llega hasta hoy desde la pequeña ciudad de Cloyes, en Francia. Eran los tiempos medievales, donde se sufría entre miseria y pobreza. La muerte se materializaba ante el simple acto de robar una rebanada de un pan en búsqueda de saciar el hambre o por el capricho de una enfermedad mandada por Dios, quien da todo y quita todo. Apenas pasando el pavor del primer milenio, donde el temor del fin del mundo inundó a los feligreses, un pequeño niño regresó por la noche con el rostro iluminado a su hogar. Horas habían sido de angustia para su parientes al verlo perdido por días. No se descartaba que un lobo lo hubiera devorado o alguna de las brujas que habitan los bosques bajos lo hechizara, pero la sorpresa de los que lo encontraron fue enorme: no sólo se topó con algo divino, sino que hasta le obsequió un mensaje. Decía provenir de un hombre barbado en túnicas puras que resplandecían más que un sol de mediodía con una sonrisa toda bondad. Ese imposible individuo le encomendó al niño llevar su palabra, la de Jesucristo, a su pueblo. Una misión le confió: reconquistar Jerusalén. Ante ese anuncio que se difundió por tierras aledañas, entre conventos y parroquias, se alcanzó a reunir a los elegidos que realizarían el milagro. Esteban de Cloyes, como sería conocido el designado, poseía una sabia elocuencia en sus descripciones que impresionaba a los mayores y encandilaba a los niños. Recorrió el reino de Francia dando sermones en los que hablaba de su misión divina de recuperar Jerusalén. Mas había una condición en la misión: serían sólo niños, pues sólo ellos podrían recuperar el Santo Sepulcro. No abriéndose paso con las armas, sino con amor.

El elegido logró el milagro de juntar treinta mil niños, concluyendo su reclutamiento en Niza, al sur de Francia. De ahí se buscaría el medio para cruzar el Mediterráneo. Para lograr el éxito en ese trascendental cometido, varios adultos se unieron con los niños para dirigirse a Tierra Santa también. Viejos cruzados y caballeros que servirían de lazarillos, quienes cuidarían el importante paquete infantil que liberaría Tierra Santa en nombre de Nuestro Señor Jesucristo.

En Niza se quedaron por meses en espera de su siguiente paso por vía marítima. Hambre, enfermedad y mala fortuna cayó sobre ellos. Los niños que aún sobrevivían a la alocada expedición, azotados por las deserciones, aceptaron la proposición de un grupo de marineros locales que dieron su palabra de ayudarles en nombre de la Santa Virgen, otorgándoles a su disposición una maltrecha flotilla. Lo que quedaba de la comitiva zarpó en búsqueda de la encomienda divina. Cerca de las tierras de los desiertos eternos, Alejandría, la Cruzada de los Niños terminó dramáticamente cuando los marineros vendieron a los pequeños como esclavos. Nada volvió a saberse de ellos hasta pasadas varias décadas.

Fue en 1230 que un sacerdote llegado a Europa desde Oriente aseguró ser uno de los jóvenes que se habían embarcado en Niza, Francia, antes de su fatídico desenlace. Según su testimonio dos de las naves se hundieron cerca de la isla de San Pietro, al suroeste de Cerdeña. El resto, traicionado, fue entregado a los árabes. Los niños que sabían leer y escribir, como el sacerdote superviviente, tuvieron la fortuna de que el gobernador de Egipto los empleara en trabajos de traducción y otras labores que no requerían grandes esfuerzos físicos. El resto quedó desperdigado por Oriente, sirviendo como esclavos o servidumbre. Muchos de ellos usados como juguetes sexuales. No se dijo nada de los caballeros que los acompañaban.

Sí, eso cuenta la leyenda.

Hoy se discute la veracidad de los hechos. Mas el tiempo es lejano y poco se puede reconstruir. Al final, sabemos que hubo una cruzada de los justos, y éstos murieron en el intento de lograr aquello en lo que creían, esa encomienda directa de Jesús. El cuestionar que hubieran existido o no, pasa a ser poco importante, pues ya es parte de nuestras mitologías. Sin embargo, la versión más probable es que se tratara de un grupo de personas de baja escala social quienes tuvieron que emigrar desapareciendo en su huida de la guerra. Una historia que sigue repitiéndose en estas fechas: gente desplazada por los cambios económicos, campesinos pobres del norte de Francia o Alemania, denominados *pueri*, del latín "chicos". De ahí su confusión con los niños.

Mas nadie habla ya de los cruzados, esos hombres que guiaron a los más de treinta mil niños. No hay registro o memorias de esos santos hombres a los que se les encomendó el futuro de una generación. Tal vez muertos al igual que sus discípulos, quizá tentados por la precariedad de la pobreza para traicionar la lealtad a su iglesia y vender a los niños en un mercado por sólo un par de monedas de plata. Pero nadie habla de ellos. No existe revelación alguna para saberlos santos o demonios.

4

En esa esquina al sur de la colonia Roma, en la Ciudad de México, cuelga un anuncio impersonal y burocrático de la Subsecretaría de Enlaces para la Comunicación de Gobernación. La placa fue colocada en 1985, dos meses antes de los terribles terremotos que cambiaron la faz de la ciudad. Se hizo con bombo y platillo ante la presencia del entonces presidente de la República. Fue un evento pequeño pero con cobertura nacional por noticiarios y periodistas. El acontecimiento fue sazonado con un discurso alusivo al progreso en los derechos humanos impulsado por el mandatario. Al terminar, cuando develaron la placa para inaugurar las oficinas adjuntas a la Secretaría, un grupo de acarreados simpatizantes del partido aplaudieron unos diez minutos. Desde entonces ha permanecido en ese sitio la insignia metálica juntando polvo, limpiada cada tres meses para de nuevo volver a acumularlo. Da su rostro desgastado a los peatones que cruzan la calle, quienes voltean fastidiados del trote diario sin darle importancia al guardia que escolta la entrada. No hay mucho que ver en esa reconstruida casa de los años cuarenta que hasta en su color beige de las paredes es abrumadoramente aburrida.

¿Cuántos empleados han pasado al lado de ese letrero? ¿Cuáles fueron los escándalos que se vieron silenciados en esas paredes desde entonces? ¿Qué número de muertos han sido analizados en los registros de este lugar? A nadie le importa, pues su mundo de archivos, cifras e informes interminables es ajeno a cualquiera.

Mediodía. La mujer de cabello corto desciende de su automóvil a un lado del letrero: un Mercedes blanco conducido por su chofer-guardaespaldas. Ella forma parte de ese árbol genealógico que se ha aferrado a vivir del sector público. Su padre fue uno de esos diputados que amasaron su fortuna en las décadas pasadas con el glamour petrolero otorgando préstamos gubernamentales al campo. Siempre se le podía encontrar en las fotografías de los periódicos de esas épocas. En especial en actos gubernamentales relacionados con el Consejo Nacional Agropecuario y la entonces llamada Secretaría de Agricultura y Recursos Hidráulicos. Era el gordo con cara inflada por el alcohol, corbata de proporciones de mantel de mesa y anteojos de cristal verde, grandes como parabrisas. Siempre en trajes grises, cruzados. Sólo si era necesario usaba sombreo vaquero para dar imagen de político extraído de las raíces de la Revolución mexicana. Color blanco, felpa. Pero sólo en los mítines en los estados, nunca en la ciudad. Su hija es de una nueva generación, nuevo partido, distinta forma de hacer las cosas.

La elegante mujer de cabello corto se detiene afuera de su privado entre dos empleadas que revisaban un catálogo de zapatos. Ella las interrumpe sin percatarse de su alegre charla con el primer café mañanero. Exige ver ciertos informes y pide que la comuniquen con el secretario. No especifica nombre o da pista sobre de cuál secretaría está hablando. Su oficinista comprende a la perfección de quién se trata. Esta funcionaria ha aprendido con el tiempo, es una mujer de cincuenta años que lleva con la plaza más de quince. Trabajó con cinco patrones en el puesto de la mujer, provenientes de tres partidos políticos distintos. Ella opina que no hay mucha diferencia entre ellos. Mientras le den su bono de fin de año y sus vacaciones reglamentarias aprueba cualquier cosa. Se llama sobrevivir el sistema político.

Una vez dadas todas las instrucciones a su ayudante, la mujer accede a su privado. No hay mucho que refleje su forma de ser en esa oficina. Es tan minimalista e impersonal que se ve elegante. Muy distinto de las oficinas burocráticas en la Secretaría de Gobernación con cientos de papeles, cajas y teléfonos. Ella trata de dar una imagen fresca, distinguida, cual bufete de abogados. Tan sólo una planta verde brillante, dos cuadros con fotografías, una figura de metal del águila devorando una serpiente y una pintura de Rafael Coronel: dos viejos de gorros puntiagudos, tan apolítica y deslactosada como un condón sin usar. Tal vez sea su silla ante el escritorio lo más valioso: ergonómica, de marca importada y diseño suizo. El perchero recibe abrigo y bolsa de mano que acompañan ahora un paraguas en espera de la temporada de lluvias. Con un control remoto enciende el sistema de sonido. Una lista de éxitos de los ochenta suena apenas perceptible. Los papeles están en perfecta armonía, acomodados en el generoso escritorio como piezas de geometría básica. La figura de metal del símbolo patrio es tan grande y chocante que desentona la imagen purista de la oficina. No se puede deshacer de ella: es un regalo de su padre, era la misma que él tuvo en su oficina cuando fue diputado. Una herencia sobre la lealtad a ese partido que le dio tanto, y que ahora apenas subsiste. Ese gen de fidelidad no se lo inculcó su papá con palabras, ya que estaba muy ocupado entre cenas con políticos y noches de amantes. Lo aprendió viéndolo de primera mano, sabiendo que si se era devoto a los principios de la institución que los colocó en el puesto, se verían recompensados. Hoy su padre estaba retirado en un exitoso rancho con más de tres mil cabezas de ganado, propiedades en el extranjero y una tercera esposa de veintiocho años, más joven que su hija.

La mujer en traje sastre levanta el teléfono al encontrar la luz amarilla parpadeando. Lo hace en automático, como casi todo en su vida: es fría, precisa y organizada cual máquina japonesa. El secretario, su nuevo jefe, le da toda la libertad para hacer y deshacer en esa oficina. Su secretaria lo sabe, pero lo desaprueba. Cree que una falda no debe tener tanto poder, las vuelve marimachas.

—Señor secretario —recibe la llamada. Evita desearle los buenos días. Se limita a darle su lugar a su jefe—: me pidió que me comunicara.

—¡Mi querida Ximena! Un gusto escuchar su voz. Aquí estamos desayunando con el afamado senador Benavides y el fiscal Valencia, que usted sabe que no perdona los huevos motuleños de El Cardenal. Ambos le mandan saludos —explota con voz falsa, empalagosa. Esa misma que coquetea con los micrófonos de la televisión o en sus discursos en los mítines. El secretario es cercano al presidente. Muchos dicen que puede ser el siguiente. No tiene mala presencia: unos cuarenta y pico, cuerpo atlético, cabello perfecto; ligeramente largo para marcar su imagen de rebelde, la opción juvenil del partido. Sonrisa pequeña, de buen tipo, así lo definen los editorialistas y las revistas de sociales. Eso lo ha ayudado en su ascendente carrera. Nadie se cuestiona por qué recibe la bendición de todos los políticos como próximo mesías.

—Mándeles un gran saludo a ambos. Se les extraña en esta pequeña oficina olvidada por la mano de Dios —pronuncia ella con ligero sarcasmo. Pequeño, casi forzado, pero idóneo para hacer reír a su patrón. El secretario de Gobernación es de risa fácil. Pero ella agradece que no trate de sobrepasarse con ella. Tal vez tenga sus casas chicas en otros lados, pero reconoce que la labor que hace es demasiado importante para meter el pene en la nómina. Tonto no es. Y eso, se agradece.

—Me encantaría platicarle más, licenciada Lazo. Pero ya sabe cómo es esto de la grilla. Tengo que aguantar los chistes malos de estos señores, así que mejor lo dejamos para más tarde. ¿Por qué no ve los periódicos de hoy y me echa otra llamada después? Entenderá que hay algo que puede dejarnos mal parados, y que es de interés personal para mí —explica con rapidez. Es el mago de decir sin decir, de explicar sin explicar. Ella de inmediato traduce todo: no puedo hablar, es delicado. Hay noticias, malas.

38

—Desde luego, señor secretario —responde la licenciada Ximena Lazo, subsecretaria de Enlaces para la Comunicación de Gobernación. El secretario ya no la escucha, ya colgó.

Ella suspira. Parpadea varias veces para soltar la presión. Es tan
estreñida en dejar fluir sus emociones que eso la hace una pési-
ma pareja. Debido a ello sigue soltera, a causa de la obsesión por
su trabajo, el orden y la perfecta careta que hay que mostrar a la
sociedad. Un antiguo amante la llamaba Reina de Hielo por ser
rígida, bella y fría. En una pelea se le escapó decirle que hacerle
el amor era tan pasional como cogerse una muñeca inflable. Ella
no le cuestionó si él ya había tenido relaciones con un pedazo de
plástico, sólo le arrojó sus cosas fuera del departamento en Co-
yoacán. No le importaba ser la Reina de Hielo viviendo en su
castillo en la alta colina. Para eso se había hecho a sí misma. De
nuevo pide apoyo a su secretaria. No sube mucho la voz para lla-
marla. No le gustan los sobresaltos. Una oficina debe ser como
un templo, no como una alocada clase preparatoriana con exceso
de hormonas.

—Un favor, tráigame los periódicos.

—¿Alguno en especial?

—Todos.

—Enseguida, licenciada Lazo.

Al recibir la pila de noticias, distribuye los diarios con paciencia
y orden en su escritorio. Cada uno en un sitio, mostrando su rostro con los gritos de la primera plana. Así, con todo en panorama,
puede leer mejor para reconocer la verdad entre la cacofonía de ti-
pografías negras en búsqueda de mejores ventas. De inmediato
entiende cuál es el problema: informan sobre un suceso que puede ser un foco rojo. Aunque los diarios discrepan en sus encabezados entre declaraciones del presidente, resultados de la junta
económica y el accidente aéreo en Yucatán, hay un factor común
que palpita entre las noticias del lado B: se han descubierto nuevos indicios de la Masacre de la Piñata. Al parecer, el finado comerciante de Guadalajara poseía una estrecha relación con dos

directores generales de bancos, quienes fungían como avales en empresas multimillonarias al servicio de la obra pública en diversos sectores. Un inesperado informe del grupo periodístico Animal Político había mostrado documentos que incriminaban un desvío en obras de desarrollo social para esas empresas relacionadas con el asesinado: Gustavo de la Colina.

Ximena Lazo se sienta. Han pasado más de cuarenta minutos desde su arribo. Es hora de comenzar a pensar, puesto que ella está en esa oficina por dos motivos: saber hacer las cosas silenciosamente y pensar. El apellido de ese hombre sin duda le es familiar. Lo relaciona de inmediato con la región de Jalisco. Hojea miles de libros mentales con fotos: cocteles, fiestas, eventos oficiales. Por fin apela a uno donde los rostros parecen moldearse. Una boda, quizás un año atrás. Fue en Chapala, si mal no recuerda. Acompañaba al secretario. Ahí conoció a ese hombre. Alto, voz grave, inteligente. Demasiado recto y caballeroso. Su esposa, una mujer agradable, casi perfecta. Tal vez un hijo. O una hija, no lo recuerda. Se mostró muy cercano a su jefe. Hubo palmadas y bromas personales. ¿Acaso hablaron de un evento gracioso de la preparatoria? ¿Algo relacionado con los hermanos maristas? Una escuela. Sí, preparatoria. Había un grupo musical. Bebieron juntos tequila: "Éste se lo vendí a los novios, es de mi destilería". Recuerda el nombre en la botella: Tequila Emperador. Eran pláticas demasiado personales entre ellos para dejarlo como casualidad. Ella es una firme creyente de que no existen casualidades, sino planes perfectamente demarcados por los actos de las personas.

Empieza a comprender: le mataron a un amigo, al secretario. Eso es muy mala publicidad. Da la imagen de que no cuida a su gente, de que no atiende a los empresarios, a quienes pueden ponerlo en la silla grande. No debe ser noticia eso. Hay que apagar el fuego de inmediato.

—Comuníqueme con el gobernador de Jalisco —indicó la licenciada. Su secretaria lo hace. Llama desde su pequeño escritorio que lleva como centinela un florero con una solitaria rosa aún en papel celofán. Se lo otorgó un compañero de trabajo: Dante Melquiades. El departamento de Contabilidad paga la nómina de aquel hombre, pero nadie sabe muy bien sus funciones en la oficina.

Melquiades se sienta al final del despacho central, en un cubículo lleno de cajas con papeles en espera de ser contabilizados. Nadie se acerca a él, da miedo. Algunos incluso dicen que huele a orines. Puede ser, padece disfunción renal y la vejiga no le es fiel. En ese mundo cerrado, su oficina, vive cual animal ponzoñoso encubierto en su caverna. No hay mucho alrededor que nos dé pistas de lo que Dante hace. Pilas de cajas con informes. Muchos de ellos son informes policiacos, repletos de fotos de muertos. No sólo de asesinados, también se encuentran de accidentes e incluso informes forenses de fallecidos en incendios. Por eso a muchas secretarias les da temor encontrarse con él. Dante es de Huautla, Oaxaca. Lleva viviendo en la ciudad más de tres décadas. Viaja en metro cada mañana desde el sur hasta el centro acompañado con un libro que casi siempre es un clásico de la colección Sepan cuantos... de Porrúa. De esos que dejaban leer en las preparatorias para ampliar la cultura con letra apretada y papel delgado. Obras ancestrales de la literatura. Los colecciona con pulcritud en una repisa de su diminuta oficina. Hombre gris, de trajes grises. El rostro afilado, grandes lentes y escaso cabello lo mimetizan con el cúmulo oficinista del lugar. Sin embargo, todos saben que Melquiades es especial. Cuando no está detrás de la computadora jugando solitario o en algún encargo para la jefa, puedes encontrarlo en la cantina a media cuadra de ahí, donde se bebe tres cubas antes de regresar llorando a su casa. Extraña su tierra, pero también esos años que pasó en la escuela en búsqueda de ser alguien de bien, como le exigía su madre, una india zapoteca que vendía canastos en el mercado del sábado. Nadie sabe eso, excepto la secretaria de la licenciada Ximena.

Mientras, el automóvil Mercedes blanco de la licenciada es estacionado en la calle. Le reservan el lugar desde temprano a pesar de lo complicado que es encontrar un sitio disponible en esa colonia. El chofer desciende sin echar el seguro o poner dinero en el parquímetro. No necesita hacerlo a esa hora del día, no en ese lugar. Todos saben a quién pertenece el vehículo.

5

¿Cómo se aprende a matar? ¿En una chingada escuela para asesinos? ¿O sólo jalas el gatillo y a la verga? Nel, con seguridad lo llevamos dentro como algo innato. Sólo hay que saber cómo hacerlo florecer. Yo creo que todos los humanos poseemos en nuestro interior la materia prima para convertirnos en criminales, que somos capaces de cometer actos terribles. Neta, neta, nomás es cuestión de vivir las circunstancias correctas, en un orden y tiempo específicos para que suceda. Y ahí, a la fruta, pues cuando se detona esa chispa que hace prender el combustible que llevamos dentro, la flama queda encendida. Por eso el resto ya es fácil, el fuego crepita. Una vez que cruzaste la línea, no te importa volver a hacerlo. En algunos casos, como el mío, siempre llevamos las llamas ardiendo dentro. Y esas flamas devoran la moral, la culpa, el arrepentimiento. Sólo nos importa verlo arder, pues sabemos que el fuego purifica.

Damián desmonta sus armas como si desvistiera a un amante: con delicadeza, con dulzura. Es que es vieja, le decía su abuelo, la fusca es una pinche vieja. Va colocando las piezas sobre una franela extendida, acomodadas en perfecto orden como si fueran partes de un rompecabezas. Con una brocha las limpia, para luego aceitarlas. Siente cómo ese líquido graso corre cubriendo el frío metal negro. Es lubricante para su funcionamiento. Para la vida se usa el semen, para la muerte el aceite. Ambos viscosos, preciosos, cubriendo un falo. Vuelve a armar la guía y el muelle recuperador, acariciando la pulida superficie con sus yemas. Está por sentir una erección pero se reprime. Voltea y mira el bulto en la cama. La luz del escritorio es lo único que apenas ilumina. Es su ritual, nunca deja de hacerlo: limpiar las armas y confesarse.

¿Y tú, pinche Damián, cuándo te hiciste asesino? ¡Uy, está cabrón! Es difícil responder a eso. Hay muchos momentos en esta vieja película que llamo vida que pudieron detonar mi malicia. Pero creo que el instante rojo fue cuando me di cuenta de que sentí algo. En realidad quiero decir, cuando *no* lo sentí. Yo no tuve que pasar por esa situación devastadora, ese estado de extrema crisis para llegarle a quitar la vida a un humano. Digamos que ya venía así de fábrica. El pendejo de mi hermano me dijo: "¡Vamos, marica! Si no le disparas, nunca más vendrás con nosotros...". No me dijo *puto*, ésa era una muy mala palabra. Nunca la hubiera aprobado mamá. Ella era de los Altos de Jalisco, y ahí cagan curas. Así que él siempre me decía marica. Lo odiaba, lo sigo odiando. Miré a ese jodido gato y le disparé. No recuerdo el último maullido ni el rostro del cabrón de mi hermano Gerardo que tanto estuvo chingando con que me chingara al gato de la abuela. Eso sí, evoco esa vieja pistola 22. La Trejo, oscura cual humo, con cachas blancas. La sentía liviana, cómoda en mi mano. Lo hice sin remordimiento. Nadie se atrevió a decírselo a los abuelos. Sólo enterramos al gato. Nosotros, en la familia, los problemas los enterrábamos, y ya. A lo que seguía. Por eso me dedico a esto. Un oficio tan válido como ser prostituta, chef o político. Da dinero, hay trabajo de sobra. No veo por qué me entran estas chingadas dudas, y a estas horas de la noche. ¿Por qué chingaos me cuestiono todo? ¿Por qué ahora?

—No puedo dormir —la voz, inocente y temblorosa, se abrió paso en la oscuridad.

Damián Ross se volteó y prendió la luz de la lámpara en el buró. Un metro separaba ambas camas. La niña Renata de la Colina estaba tapada con colchas y sábanas hasta la altura de la nariz. Sólo emergían los dos grandes ojos cuales discos de vinil observando el techo. Exudaban terror.

Sentándose en la cama, el hombre apresuró el montaje de las cuatro armas. Estaba en camiseta, impecablemente blanca, y calzoncillos. A ella le había conseguido una piyama de Pokémon. No le gustó, pero no había mucho de dónde escoger. Era eso, o una de *Toy Story*. Optó por la de Pikachu. La habitación del hotel no era mala. Un cuarto cómodo y amplio con ventana detrás de una pesada cortina. Parecida a las que alojan viajantes en todo el mundo. Los hoteles siempre se parecen. El murmullo del aire acondicionado persistía cual zumbido de insecto gigante.

—¿Tienes miedo? —preguntó el hombre restregándose la cara para tratar de alejar los recuerdos de muerte que lo perseguían antes de ir a la cama. Le era molesto reflexionar sobre sus orígenes, pensar en aquello que hacía para subsistir. Pero eran sus fantasmas con los que tenía que vivir. Así sería, cada noche: un monólogo eterno en su cabeza.

—Un poco —respondió Renata.

El hombre se levantó y caminó al cuarto de baño.

—Está muy oscuro. Si quieres puedes dejar prendida la luz del baño y entreabierta la puerta —propuso encendiendo la lámpara encima del espejo. La luminiscencia amarilla se coló hasta la habitación. El rostro de la niña se renovó, relajándose, pero no mucho.

—¿Está la tapa del baño abajo? Si voy en la noche y no lo está, me hundiré y me mojaré la cola —murmuró detrás de su barrera de sábanas.

El comentario hizo elevar la comisura de los labios del hombre. Apenas se sintió como una sonrisa.

—Siempre la bajo.

—Eres hombre. Mamá decía que los hombres nunca la bajan.

Damián Ross volvió a su cama. Se recostó bocarriba tratando una vez más de perder su conciencia bajo ese austero techo impersonal. Apagó la lámpara del buró diciéndole a la chiquilla:

—Tu madre era una buena mujer, Renata, pero podía ser una mamona —recordó Damián. Ahí estaba ella en su memoria: cabello de cuatro horas en el salón de belleza. Largo, lacio, en cascada dorada. Boca grande y jugosa, de durazno en temporada. Ropa de diseñador, totalmente Palacio. Una cabrona hecha y derecha—. Y para el colmo, de las mamonas de Jalisco.

Con la oscuridad peleando contra el haz de luz que huía del baño, el cuarto del hotel quedó en silencio. No contaron los minutos, pero después de un tiempo la niña completó:

—Yo soy de Jalisco. No soy mamona.

—No todos podemos ser perfectos —responde el hombre sonriendo en la oscuridad. Le gustaría voltear a ver el gesto de su acompañante, pero lo supone.

—Extraño a mi mamá. Quiero estar con ella.

—Lo entiendo, pero sabes que no se puede. Está bien extrañarla, ella siempre te cuidó.

—No siempre, si ensuciaba mi vestido o no me apuraba para estar lista para una reunión, me gritaba feo.

—¿Te pegaba? —cuestionó el hombre sin verla.

—No, me obligaba a quedarme quieta mientras me peinaba. Me jalaba el pelo con un cepillo tan duro que siempre me hacía llorar. Entonces me jalaba más —explicó la pequeña desde su cama. El hombre suspiró. Se sentía la terrible soledad imperante entre los dos. Dos entes huérfanos de destino, compartiendo algo que no sabían qué era.

—Sólo quería que te vieras bien —intentó explicar. Ni él mismo logró reconfortarse con ello, pero era lo mejor que tenía. A veces, lo que es nada resulta suficiente.

—¿Me puedes peinar mañana? A mi mamá le hubiera gustado que me viera bien —pidió la niña.

Otra sonrisa en ese rostro áspero del hombre.

—Nunca lo hice, trataré.

—Pero no me jales el cabello. Me duele. Mi nana Bertha sabe peinarme sin jalarme mucho. Ella sabría cómo.

—Prometo no jalarte. Tendrás que decirme cómo —dio su palabra—. Ya trata de dormir.

—Señor Ross, la extraño —susurró con voz resquebrajada, como si ésta apenas saliera de su boca y se partiera en pedazos. Él giró la cabeza para descubrir cómo los brillantes ojos de la pequeña estaban inundados de lágrimas, derramándose por la mejilla como riachuelo.

—¿Quieres dormir conmigo en la cama? Prometo no tirarte.

La niña no respondió, saltó hacia él con un solo movimiento, colándose entre las sábanas cual gato en búsqueda de calor. Damián sintió ese pequeño y delgado cuerpo pegado al suyo, emanando algo, que podría ser sólo vida. Esa sensación fue reconfortante, muy reconfortante. Un sentimiento que nunca antes había sentido. Ninguno se movió mucho. Pronto empezó a sentir cómo el cuerpo de la chiquilla se relajaba, se volvía una cobija más: estaba profundamente dormida. Aun así, murmuró.

—No me digas señor, Renata. Soy Damián, sólo Damián...

Entonces, ¿cómo vergas se aprende a matar? Pues de la misma manera en que se aprende a ser padre, supongo. Nadie te lo enseña. Lo eres, o no lo eres. Mi padre no era asesino, pero terminó asesinado. Era un hijo de puta, pero ésa es otra historia. Recuerdo las golpizas a mamá y a mi hermana. A mí me rompió un brazo. Sólo una vez, pues después se largó con una puta. Mi hermano también resultó un cabrón. Él no llegó a matar pero sí a ser padre madreador. Supongo que aprendió sobre la marcha. Como ahora, cuando siento este cuerpo caliente a mi lado. Estoy seguro de que si uno de tus hijos estuviera en peligro, no dudarías en matar, en chingarte al que te hizo mal. Tal cual como hice yo cuando asesiné a ese gato: había que enseñarle al pendejo de mi hermano que yo no era un marica. ¿Eso es ser padre? ¿Sentir la vida de tu hijo? ¿Saber que se puede matar sin remordimiento por salvar a esa persona que duerme inocentemente a tu lado? Estás jodido, Damián, deja de darle vueltas al asunto y duérmete ya.

6

Éste es Damián recién egresado como agente de la Policía Judicial Federal, experto en armas, en investigación y un sicario. Nombre código: Lobo. Casi siempre trabaja en solitario. No es muy distinto al Damián actual, pero a principios de 1997 tenía más cabello, era más delgado y el brillo de locura en sus ojos resplandecía como una farola en la oscuridad. En ese entonces tendría treinta años. Uno ochenta de estatura, 77 kilos y talla de zapatos 8.5. Siempre le costaba trabajo encontrar los de medio número, así que tenía que usar media talla mayor. Le gusta la ropa de marca y los colores oscuros. No parece lo que es, y eso es bueno para el negocio. Aparenta elegancia de un ejecutivo de empresa cibernética, o de un acaudalado galerista de Polanco. Viste traje y corbata. Trabajó en su acento. Sólo aparece cuando va a ver a la familia: dos veces al año. No más.

—Buenos días, tengo una cita con el licenciado Alberto Carrillo —se presenta en la recepción del fastuoso edificio en Santa Fe, la nueva área comercial con mayor expansión y futuro, al menos así lo venden en el anuncio. Aún no lo terminan de construir, algunos obreros dan los últimos toques de minimalismo extranjero entre mármol y aluminio a esa nueva sección al poniente de la ciudad. Desde el amplio vitral se puede ver el recién inaugurado Centro Corporativo Calakmul: un enorme queso de concreto y acero. Modernismo del sexenio zedillista, el porvenir al final del milenio.

—Por aquí, sígame —le informa uno de los encargados de seguridad. Muy rapado y muy gorila para ser cuidador. Apesta a militar. Damián lo sigue haciendo resonar sus zapatos en el granito. Se cierra el primer botón del saco negro. No se quita los lentes oscuros. Cree que lo hacen ver como John Travolta en *Pulp Fiction*.

A pesar de tener esa edad y creer que lo sabe todo, no es así. La madurez no viene con los años, llega con la experiencia: no sabe ni puta madre, nada de nada. Pero también eso es bueno para el negocio. Sin preguntas, no hay respuestas. Los que lo contratan no quieren ni lo uno, ni lo otro. Es intuitivo, observador y en lo que cabe, calmado. Quizá toma un poco de riesgo innecesario. Le convendría ser más como el Damián viejo, con la cabeza fría. Lo visceral y traer la cabeza caliente le atraen problemas. Los problemas llaman más problemas. Eso no es bueno para el negocio.

—¿Le fue difícil llegar? —pregunta el agente en el elevador.

—Está lejos esta zona, sí —responde parco Damián. No regala ningún gesto. Sólo el portafolios de metal en su mano. Ahí lleva su trabajo: sus dos pistolas. Al abrirse la puerta usa una. Un disparo directo en los ojos del guardia. No vio venir la bala.

Habrá que admitir que es brillante, único en su labor. Todo un profesional. Comenzó en la PJF, que le pagó estudios en criminología y leyes. Salió por bien portado, independiente y eficaz: en México no se requiere de ese tipo de policía. Si se necesita que alguien termine un trabajo en silencio y sin complicaciones, Damián es el mejor. Eso no quiere decir que no cometa equivocaciones. A fin de cuentas, en 1997 sólo es un joven flacucho de trato fino con una pistola y buena puntería.

Revisa al muerto. Tiene buen olfato, le encuentra su credencial militar. Pero sabe que de soldado raso no tiene nada. Es gente del general, por lo tanto achichincle del mayor de los capos. Y nadie quiere pedos con ese cabrón.

La puerta del elevador se vuelve a abrir. Pasillo con oficinas a medio decorar. Muchos muebles envueltos en plástico y cajas. Seguramente importados. Eso es bueno para el negocio también: no hay testigos. Así que se escurre entre paredes de tablarroca y cristales. Escucha voces al fondo de una sala. Se detiene a unos metros agazapado detrás de un escritorio que aún huele a plástico nuevo. Distingue dos voces. Una con acento de Culiacán.

—Aquí lo tenemos, patrón... —silencio. Tal vez le contesta desde el otro lado del auricular—. Ya le dimos su meneadita al pendejo.

Otra vez, silencio. Damián se levanta de su escondite un poco. Sólo para obtener un panorama integral de la situación: dos hombres de pie, otro en una silla. El que está sentado, amarrado con cinta gris en manos y pies. De esa que es imposible escapar. Rostro ensangrentado. Lo acaban de hacer un retrato de Picasso. Pobre, se ve mal. Es sólo un muchacho aterrado. Su corbata azul está morada por la hemoglobina absorbida. Vaya que le metieron una buena meneadita. Damián calcula, revisa y analiza. No tan bien como debería. No espera el mejor momento, pues aún cree que no hay mejor momento. Sólo se levanta con la pistola al frente. Uno, dos, tres disparos. El primer hombre cae. El segundo, el del teléfono, no. Logra evadir los tiros. Huye entre las paredes móviles de la próxima oficina. El teléfono queda descolgado. Gritos del chico golpeado. Son agudos.

—¿Gustavo de la Colina? —se planta Damián al frente del aterrado secuestrado. El ojo derecho es una masa de carne inflamada. Seguro no ve nada por ahí. El otro está mejor. La sangre ya empieza a coagular. Le arrancaron un pedazo de oreja. En verdad se ensañaron con él.

—Yo... Sí... ¿Quién eres? —responde pávido.

—Me mandaron —indica Damián liberándolo de sus ataduras. El muchacho siente tanto miedo que no se mueve aun libre ya de las sujeciones. No duda de que se orinó en su pantalón. A Damián le da lástima. Otra cosa que lo distingue del hombre que es hoy: ya no encuentra empatía con nadie—. Haz lo que te diga y saldremos.

No hay más palabras entre los dos. Damián no cesa de levantar la cara olfateando cual perro nervioso. Sabe que uno de los hombres huyó. No sólo se trata de que esté refugiado esperando un asalto, puede ser peor y estar en camino de pedir refuerzos. Por eso es hora de salir de ahí, y pronto.

—Me dijeron que eran de la DEA —expone el chico con voz entrecortada. Está libre. Damián busca algo con que limpiarle la sangre de la cara. Sólo encuentra el saco del muerto. Lo usa, está seguro de que ya no será enviado a la tintorería para desmancharse—. Pasaron por mí a la oficina.

El matón niega con la cabeza. No puede creer que ese chico sea tan inocente. No lo culpa. Los delitos surgen en los lugares que se creen peligrosos, como el triángulo dorado, Ciudad Juárez o Chiapas, nunca en la ciudad. Es un pendejo.

—Son gente del general... En realidad de su socio, el jefe del Cártel.

—Pero... ¿aquí? ¿En México? —chilla apenas comprendiendo en lo que se metió.

—¿Qué hiciste para que se enojaran? —pregunta Damián con sarcasmo arrastrándolo de regreso al elevador, su única ruta de escape.

—No lo sé... ¡Soy empleado de una casa de bolsa! El general era uno de mis clientes...

—Pues nunca debiste avisar a tu jefe sobre los gastos de tu cliente. Fuiste un pendejo. No sé cuáles sean las reglas en tu trabajo. En el mío, si eres pendejo, te matan —se aprovecha Damián. No es que tenga mala vibra contra el impresionado joven, sólo le pone un poco de salsa picante al momento.

—Tenía que hacerlo. Descubrí un problema muy grave, podrían meter a la cárcel a mi jefe, el dueño de la financiera. Era dinero sucio —termina narrando mientras ven subir el elevador al tercer piso, al cuarto, quinto... La historia suena tan tonta, tan estúpida que empieza a dudar de que valiera la pena rescatarlo. Merecía que lo mataran por pendejo.

—Creo que sigues sin entender nada —responde Damián alzando la cabeza al creer escuchar algo entre los cuartos del piso en construcción: los están vigilando—. Te lo voy a explicar con peras y manzanas: diste un pitazo sobre el excesivo dinero del general, eso sonó alarmas y lo hizo caer. ¿Crees que no se darían cuenta de que un pinche empleado muerto de hambre la cagó y que te dejarían vivir como si nada?

—¿Caer? Yo sólo evitaba una demanda por malos manejos. Incluso le expliqué a mi jefe cómo debieron hacer las inversiones para no ser rastreadas por la comisión —grita desesperado como si no se percatara de que le falta media oreja y que uno de sus párpados está en carne viva. Será pendejo, pero tiene huevos, piensa Damián.

—Acaban de encarcelar al general, acusado de alta traición por estar ligado con el narco.

—¡Puta madre!

—Sí, así es, puta madre.

—¿No era dinero del gobierno? Siempre pensé que era de las campañas. No me importaba... Pero era de... —balbucea. Damián se pregunta si aún sigue en *shock* por los golpes, pues parece reflexionar como si le hubieran pedido un informe económico de inversiones.

—... dinero del narco más narco, genio.

El chico se queda callado asimilando lo que hizo. Ahora entiende por qué fueron tras él: su jefe lo entregó. Si alguien iba a pagar los platos rotos, sería él. Un cordero al matadero, servido calientito y en la boca. Los dos hombres se miran bien por primera vez. No sólo de reojo, sino con un sesgo de complicidad. Saben que nadan en mierda.

Damián Ross, de niño, vio a su padre salir de su casa una noche después de darle una paliza a su madre. Se le había ocurrido a ella confrontarlo sobre una amante. Mala idea, peor porque venía esa noche ebrio. Después del espectáculo de box que ofreció a sus tres hijos, quienes le imploraban que dejara de golpearla, salió por la puerta para nunca volver. Su padre bebía y era malo en las cuestiones de dinero. Vivían del abuelo, el que le regaló su primera pistola a Damián. Cuando notó que no podía sacarle más billete a su suegro decidió continuar su vida con una amante, secretaria de la empresa del padre de su esposa. Ante su huida, los tres hijos y la madre quedaron abrazados en la oscuridad, con las manos unidas mojadas por el llanto y el sudor. ¿En qué le afectó ver algo así a Damián? ¿Qué tanto de esa violencia la recibió de herencia? Nunca se sabe. Su hermano es vendedor de seguros. Su hermana, ama de casa. El único asesino es él.

—¡Que cabrón! Prometió que no pasaría nada —murmura el joven De la Colina para sí, recordando a su director en pulcro traje importado entregándolo a los supuestos agentes de la DEA—. Una promesa es una idea vaga hasta el momento en que entra en juego el concepto de lealtad...

—Bien dicho, genio.

Gustavo de la Colina nunca vio a su padre golpear a su madre. Vio otras cosas, pero no eso. Su progenitor era comerciante en Guadalajara. Atestiguó cómo amasó la fortuna prestando dinero. Usurero, prestamista, le decían. Él prefería autonombrarse "hombre de solvencia". Cuando los que le debían dinero se atrasaban en sus pagos, ignoraba las súplicas y se apropiaba de las escrituras otorgadas de aval. No importaba esa crueldad, pues sabía que trabajaba para su familia, para sus hijos. Con ello les otorgaba un futuro, una carrera. Eso sí, Gustavo vio a su padre morir. Nada espectacular: paro cardiaco en el quinto set de un partido de tenis en un club de Guadalajara. Iba perdiendo. El chico tenía diecinueve años, iba en el segundo año de la carrera de ingeniería. Eso lo motivó a dedicarse al dinero. Trabajó en la casa de bolsa mientras se titulaba. Logró clientes con antiguos amigos de su padre durante el resurgimiento de nuevas finanzas después de la devaluación del error de diciembre. Como el general de división, que alcanzó ese rango comandando la Quinta Región Militar con sede en Jalisco. De ahí conocía a su padre. Se supone que por eso se preocupó en dar trabajo al joven De la Colina, poniendo millones en sus manos para que se dedicara a multiplicarlos en inversiones. Quizás el calvo general encontró algo en los ojos del visionario joven con hambre de éxito. Tal vez pensaba que lo ayudaría a tener una vida normal, a volverlo humano. A olvidar que ese dinero era malhabido, a lograr la cotidianeidad casera de la criminalidad.

Balazos. Son muchos, tantos que tienen que cubrirse con lo que pueden. Ya no sólo dispara el hombre que escapó, hay dos más. Uno de ellos con un arma automática, de esas que escupen en ráfaga. Los cristales se rompen. Un par de cortadas más no se notan en el rostro desfigurado del joven De la Colina. Damián sabe que es su culpa: lo dejó ir, no se aplicó en detenerlo. Si vas a entrar a un lugar pistola en mano no puedes dejar cabos sueltos. Más si se trata de cabos del ejército mexicano aceitados por el dinero del más grande narcotraficante de América Latina.

Damián se escurre entre las esquinas cual culebra pegada. Sabe escabullirse en silencio. Espera, espera... No comas ansias, se dice el sicario. Y al verlos dispara. Su rutina del bang, bang comienza. Piensa en la fidelidad de esos hombres por el legendario general, el primer militar caído en la guerra antidrogas. Sí, ese tipo. ¡Vaya que tiene cara de villano! ¿La han visto? Calvo, grande cual melón, con lentes de botella. No sabemos si el general vio algo en su infancia que lo llevó adonde está ahora. Tal vez sólo se trata de una manzana podrida, como lo trata de vender el presidente. Quizás es la mejor representación del pragmatismo mexicano ante el negocio más lucrativo de todos los tiempos, la venta de estupefacientes. Matar, robar, secuestrar, violar, corrupción y hasta lavado de dinero. Claro que se entiende a esos hombres que siguen órdenes en búsqueda de dinero extra. Ante la pobreza, la abundancia permite sacrificarlo todo. Pero, como comentamos antes, Damián es bueno en el negocio. Todos terminan muertos, con una bala dedicada y autografiada por él.

El elevador abre sus puertas como dos quijadas invitando a entrar en él. La tonada de música ambiental escapa: es una versión instrumental de la canción de moda "I Can See Clearly Now" de Jimmy Cliff. Damián toma de la mano al chico que sigue recostado evitando que termine con su vida alguna bala perdida. Le dice algo para reconfortarlo, pero no le escucha bien:

—¿Perdón?

—Lo logramos. Podrás seguir haciendo pendejadas, niño genio —repite metiéndolo a empujones al elevador. Sabe que habrá más resistencia abajo. Pero ya será otro problema. No quiere preocuparlo, por eso le concede una sonrisa ante su respuesta:

—Ni madres, ya tuve suficiente con esta pinche ciudad. Que se vaya a la chingada, me regreso a Guadalajara...

—¿Y que hay allá que no tenga México?

—El club Atlas y los ojos de las mujeres tapatías —se cierra el elevador para comenzar el descenso. Antes de que las puertas se besen, el muy joven e inexperto Gustavo de la Colina completa—: ¿A poco necesitas algo más?

7

—Encontraron el cuerpo en la basura. En la parte trasera de la casa, hace una semana, en el patio de servicio. Usted lo conocía, creo... Ese hombre de traje pardo que me presentó en la boda de Chapala, el de la corbata color rosa y zapatos italianos. Siempre sonreía y aparentaba estar relajado todo el tiempo. Yo lo estaría si fuera dueña de una destilería con mi propio tequila: Emperador. ¿Recuerda? Me sorprendió encontrar el poder económico que ostentaba, era de esos hombres "mátalas callando" que manejan los hilos. En fin, los federales lo encontraron con la cara sumergida en una pila de basura. Eran las sobras de una fiesta. Trataba de escapar por atrás cuando fue finiquitado. De su cabeza no quedaba mucho. Al parecer una bala desbarató la mitad de su cráneo. Usted sabe cómo es eso, no pudieron encontrar los restos de los pedazos. Era mejor dejarlo entre la mugre y que luego lo limpiaran. Al menos sabemos que su esposa no iba a reclamarlo, ella también estaba muerta. No en ese momento, fue horas después, en un hospital. Pensé que debía saberlo.

El silencio se posa en esa oficina del edificio de Abraham González 48, colonia Juárez. Lugar de poder sin poder, lugar de decisiones y fantasmas. Donde el corazón late, donde las arterias convergen en México. Para poder entrar, se deja el coche a unas cuadras, porque casi siempre la calle está cerrada por manifestantes. Perturbadoramente custodiado por granaderos y sus escudos transparentes. Aquí no pasas si no tienes nada que hacer. Al menos, nada provechoso para los ojos de la Secretaría de Gobernación. Si traes broncas, la secretaría te las devolverá con creces.

La mujer de cabello corto, Ximena Lazo, con su uniforme de Perra Maldita marca Givenchy, cruza la pierna y junta las palmas de sus manos esperando a que el secretario se trague sus palabras. Ante el gesto que hizo con la descripción es obvio que le costó trabajo pasarlo por la garganta. Un vómito podrido podría haber sido más fácil de digerir. Claro, con un vaso de agua. Pero ella no se toca los ovarios, está en modo de Perra Maldita y así seguirá mientras eso funcione para todos.

—¿Cuándo será el entierro de Gustavo de la Colina? —pregunta el pujante secretario de Gobernación mirando por su ventana desde donde lograba ver la punta del Reloj Chino que marcaba la esquina de Bucareli y Atenas. Le gustaba verlo desde ahí, pues le recordaba que México era querido en el mundo: había sido el regalo del emperador chino Puyi de la dinastía Qing para celebrar el centenario de la Independencia. Sí, y también le recordaba que no le llegaran con cuentos chinos.

—No habrá. Sus restos fueron incinerados en una exclusiva misa entre familiares. Hace sólo unos días, su hermano Raúl voló desde Estados Unidos. Desconozco cuál será el destino de las cenizas. Si le interesa, puedo preguntar.

Durante un minuto incómodo la mirada del secretario se pierde por esa ventana. Ximena examina la oficina. Distinta a la suya, parece de administrador de empresas del ITAM. Un poco pretenciosa para denostar su posición con los visitantes. A un lado del escritorio con más madera que un galeón, un hermoso juego de ajedrez con piezas pintadas a mano: caballeros templarios contra moros. Sí, como los que pelearon las cruzadas, adonde mandaron a esos niños inocentes a morir.

—No es necesario, ya pagamos una esquela de página completa en varios periódicos —murmura el secretario. Tiene las mangas de la camisa recogidas, pero sin aflojar la corbata. Las remanga plisándolas sobre sí mismas dos veces, tal como lo hacía John F. Kennedy. Él mismo se siente así: un político joven, célebre. Levanta su ceja abultada, esa que lo hace ver varonil. Frunce el ceño—: Pensé que la prensa lo iba a dejar pasar, pero andan buscando sangre. Siempre demandan algo podrido donde no lo hay. Esas pendejas locutoras marimachas creen que la ONU les va a dar un premio por descubrir noticias falsas. Su hambre de reconocimiento les hace inventarse idioteces... ¡Que no mamen, Ximena! ¿A qué pendejo se le ocurrió llamarlo la Masacre de la Piñata?

La mujer del cabello corto, la licenciada que lleva toda una oficina fantasma para Gobernación, se queda callada. Si no tienes nada bueno que decir, el silencio se agradece. Es como cuando miras en las redes de internet a esos idiotas vociferar cual pericos veracruzanos pendejada y media, ganas de callarlos a base de hechos y verdades, pero mejor que griten: el reino de los cielos es para los ciegos y pendejos.

—Mi más sentido pésame, señor —logra añadir de manera gélida Ximena. Nada de sentimentalismo, sólo es para cubrir las apariencias y seguir con el protocolo establecido. El secretario tuerce los labios.

—Gracias —responde también en automático—. Era un buen amigo, Gustavo. Estudiamos juntos en el ITAM. Hubo un tiempo en que compartimos departamento, cuando decidimos vivir solos. Él tenía un lugar en la Nápoles. Supo que quería independizarme y me invitó a ser su *roommate*. Nos íbamos a michas con la renta. Luego se nos unió la Rana Sandoval. ¿Lo conoce?, ¿a mi compadre?

—¿El de Comunicaciones y Transportes?

—Ese mismo. Desde chavo fue bien pedo. Pero en cambio Gustavo era el bien portadito.

El secretario descompuso sus labios haciendo muecas, pero con la mirada en el vacío. Ximena lo deja con sus memorias, unos minutos. Se limpia la garganta con tos mentirosa. Es hora de darle más tragos amargos. ¿Listo para recibir mierda enlatada, señor secretario? Recuerde que estoy en modo de Perra Maldita, así que aquí vamos:

—Hoy fueron más rudos. En *Milenio*, dos comentaristas lo acusan directamente de no poder cuidar a sus amigos.

Ahí está la medicina apestosa. Ahora sí se descompone su cara. A nadie le gusta que le digan pendejo. Menos unos periodistas muertos de hambre.

—¿De veras, Ximenita? ¡Que no mamen! Bien que reciben su tajada los cabrones como para andar alborotando el hormiguero: es un nuevo gobierno, que nos dejen hacer y deshacer antes de opinar —toma su pluma fuente con incrustaciones de marfil y juega con ella sobre el escritorio dándole vueltas. Le gusta hablar con esa mujer, es inteligente y sabe callarse. Está seguro de que si buscaran bien, en el fondo sus genes no serían de mujer. Demasiado lista, demasiado fiel. Demasiado no hacerla de pedo por cualquier cosa.

—Uno escribió que no cree que haya sido un error la muerte del licenciado De la Colina, como lo manejaron en los medios. Lo liga con varias empresas que trabajan para el gobierno.

—¡Ah, qué cabrón! ¿Ahora resulta que es delito trabajar para el gobierno del señor presidente?

Pero ya estuvo bien de joderle la mañana al jefe. Demasiados pedos tienen con las elecciones que se avecinan, la toma de la rectoría de la Ciudad Universitaria y la nueva droga que circula entre los *spring breakers* llamada Hielo Negro. El pinche cártel de Constanza dando lata, como siempre. Así que es tiempo de dar soluciones, de desquitar el sueldo que recibes. Y mejor que esos periodistas muertos de hambre no se enteren de la cifra, que se les caerían los calzones si la vieran. Antes de poder mostrar el plan, el mismo secretario gira la orden:

—Quiero a quien lo hizo. Es personal...

Ximena Lazo toma su elegante portafolios de cuero italiano. *Clic, clic,* suenan los seguros. Saca una carpeta color rojo. Los colores son importantes: azul es para las cosas a largo plazo; verde, cuando se trata de dinero; negro, si hay narco metido; rojo si es algo urgente que sólo debe ser visto por el secretario en persona. O sea, que está caliente y echa humo. Lo abre con la delicadeza de un *sommelier* enseñando una costosa botella de vino recién descorchada. A Ximena Lazo le gusta hacer su tarea desde antes. Que no le digan por dónde, sino ella marcar el ritmo de su trote. Vamos, hasta cuando anda borracha y se para a bailar le caga que alguien le ordene en la pista de baile, ella lleva siempre a su pareja.

—¿Tenemos una puta idea de quién está involucrado?

—Tengo un nombre: Damián Ross. Alias Fernando Betancourt, alias Henry Cassell. Nombre código "Lobo" —declama con su voz de Perra Maldita. La muñeca de porcelana se convierte en la Reina de Hielo—. Trabajó para nosotros en los noventa. Luego algo tuvo que ver con las elecciones. No está alineado a ningún cártel, pero podría investigar.

Sí, ahí está. Ahora tenemos un rostro. El secretario lo mira con una sonrisa maliciosa. ¡Vaya jeta de cabrón! En esa fotografía en blanco y negro el sujeto mira a la cámara cual robot. Entradas en su frente, pero se defiende ante la calvicie. Pelo engomado, demasiado arreglado. De rasgos toscos, de hijo de puta. Su delicado bigote seguro es pintado. Las canas lo delatan. Se ve que es canela fina. ¿Por qué los matones siempre tienen jeta?

—Muy bien hecho, Ximena. ¿Y qué encontró? —cuestiona sin soltar el fólder. Sus ojos azules se clavan en la mirada sin vida del asesino. Ha estado enfrente de muchos matones, sabe que ese hombre es peligroso. Ése es su trabajo en Gobernación: hablar con asesinos. Ya sean de su bando o del contrario.

—Días después del asalto en Vista Verde, Ross apareció en las oficinas de la policía municipal de Tlaquepaque. Luego, en la Fiscalía General del Estado de Jalisco. En los municipales mató a seis hombres. En la otra, al comandante Salvatierra. Los videos de las cámaras lo muestran perfectamente como para tener una identificación precisa de que es la persona correcta. Incluso usó su celular para mandar mensajes a otros agentes judiciales.

A Ximena no la agarran con los calzones abajo. Siempre debe estar tres o cuatro pasos adelante de toda la Secretaría de Gobernación. Por eso existe, para no estar sumergida en las ataduras burocráticas impuestas por Derechos Humanos, empresarios golosos, partidos políticos o el mismo presidente. Claro que ofrece a su jefe la versión resumida de lo que vio en las grabaciones de las cámaras de seguridad. Se guardó para ella la facilidad con la que este Lobo entró a las oficinas de la policía y cómo se encargó de reventar las cabezas de sus víctimas con disparos a quemarropa en el cráneo. Y aun así, ante la desfachatez se voltea a la cámara para mirarla con los lentes oscuros como si retara a Ximena, como si le dijera con su cara de palo: "Aquí estoy, cabrona; atrévete a venir por mí". Sí, todo eso evitó decir. No sabía si por miedo o por pudor.

—¿Y eso tiene que ver con De la Colina por...? —le señala con su pluma fuente. Debería verse como una pieza delicada y costosa, una obra de colección única. Al final sólo se muestra fálica.

—Hay la sospecha de que el comando que entró a Vista Verde no era de narcotraficantes, sino que se trataba de personal de la policía municipal de varias localidades de Jalisco a la orden del comandante Salvatierra, de la fiscalía del estado —escupe sin tapujos Ximena. Sí, su jefe no se chupa el dedo como el señor presidente que cree que todos son santos mártires de la honradez, hombres inocentes dispuestos a dar su vida en beneficio del país. No, él sabe que la caca está a punto de desbordar y ni cómo pararla. Preferible un hombre pragmático con visión realista que un soñador.

—¿Y cuándo hubo diferencia entre narcos y policía municipal? —mira, ahí está. Si pendejo, pendejo, no es. Sólo que es muy carita. No ayuda ser guapo. Ahora, si te ven copetudo ya te tachan de idiota. Ximena sonríe ante la pregunta. No debería, pues es una verdad dolorosa que daña la realidad nacional. Pero el sarcasmo ayuda a sobrellevar las cosas—. Ross, ¿verdad? ¿Debería conocerlo?

—Es operador, altas esferas. Una vez lo enfrenté, trabajaba directamente para los gringos de encubierto para la DEA. Protegido de Bobby Spencell, el encargado de México. Cobra mucho y es selectivo. Podríamos investigar la relación con el licenciado De la Colina y encontrar los motivos —suelta la licenciada Lazo con su siempre entonada voz, sin aspavientos, sin subir un decibel. Perfecta como un robot, fría como la muñeca de plástico que trataba de cogerse su exnovio.

—No, no, no... Aquí en México no respondemos preguntas —la interrumpió el secretario. Lazo bajó la guardia. Pudo distinguir que el tono condescendiente se había acabado y no iba a echarle más monedas para seguir así. No, ahora sí era el cabrón, el que dice y se hace—: ¿Por qué mataron a nuestro candidato? ¿Usted lo sabe? Yo no lo sé. Nadie lo sabe. Pero tenemos un culpable, y eso es lo que importa. Aquí conocemos eso como justicia, Ximena. Ésa es la justicia que el pueblo quiere: la verdad histórica.

Sí, es un cabrón. Sí, no deja cabos sueltos. Por cierto, trabajas para él. Te ha recibido hoy para decirte exactamente esto que ahora vas a escuchar, no para platicar sobre su antiguo amigo fallecido en Jalisco. Estás en la oficina en Abraham González 48 sólo cuando es importante. Sólo cuando entras al juego. Pensé que debías saberlo.

—No me importa por qué el hijo de puta mató a Gustavo —continuó—: Me vale madres si se equivocó, como dicen los periódicos, o si se trata de un asesino serial, sólo lo quiero muerto. Con eso quiero decir bien muerto. No encerrado para que un pendejo juez después lo libere. Mande la orden de desaparecerlo, sin preguntas, y que no se les ocurra detenerlo para interrogarlo. No nos vaya a salir esta pendejada como sucedió hace dos meses. ¿Alguna idea de cómo afrontar esto?

—Pensaba en los canales habituales, pero también podría usar a mi hombre de confianza, a Porrúa. Anteriormente ha trabajado bien. Usted lo conoce.

—No me importa. Muerto, es muerto. Sólo encárguese de que los gringos no intervengan, si era cercano a ese gordinflón de Spencell, puede darnos lata con sus rollos de seguridad nacional. ¿Nos comprendemos?

—Siempre, señor —responde. Sí, pensó que debía saberlo—. Tenemos el problema del movimiento que desató todo esto, ya sabe, sobre la Cruzada de los Justos.

—¿Perdón?

—Sí, tenemos lo de la Cruzada de los Justos, podrá verlo en el periódico hoy. Así llaman la marcha. Se está convocando una marcha civil para protestar contra la violencia. Será el sábado 25 a mediodía. Saldrá del Ángel de la Independencia y terminará aquí, en Gobernación. Se esperan más de cinco mil personas. Los escritores de siempre ya confirmaron su asistencia. Se está pidiendo que se vista de blanco y se use un paliacate rojo en representación de la sangre de los inocentes.

Ella no tiene pedos con los cabrones, ya sean políticos o criminales, le vale madres enfrentarlos. A ésos se les conoce, se les acuchilla por la espalda o se les calla. Pero le cagan esos movimientos ciudadanos que sólo arman desmadre. Nunca tienen idea de nada, como si sólo vieran el principio de la película y con eso les baste para opinar. Son niños berrinchudos que nada les parece. Sin embargo, Lazo descubre iluminado el rostro en su patrón, como si el Espíritu Santo se posara sobre él. No, ella no tiene fe alguna.

—Yo asistiré también, Ximena —suelta el secretario como si fuera la mejor idea en la política mexicana después de la expropiación petrolera—. No se trata ya de confrontar, sino de unir. Es momento de demostrar que nuestro gobierno y la población civil somos un frente en contra de los otros: los criminales que desean dañarnos.

Es usted pendejo, señor secretario. Pensé que debía saberlo. Claro que no lo dice, pero pone cara de Perra Maldita, porque vaya que quisiera hacerlo.

—No pienso que sea una buena idea.

—Ximenita, querida, no le pago para pensar, lo hago para que haga mis cosas —la elegante mujer de cabello corto deja a un lado su modo de Perra Maldita. Guarda todo en su portafolios. *Clic, clic,* se cierra. Es hora de irse, de regresar a su oficina en la colonia Roma.

Sí, al menos sabemos que su esposa no lo iba a reclamar, ella también estaba muerta. No en ese momento, fue horas después, en un hospital. Es que a la mujer le dispararon en el pecho a través de la puerta del baño. Las balas perforaron los pulmones, ambos. Con lo que le quedaba de vida mandó un mensaje desde su celular y se refugió en la bañera para no recibir más heridas. Ahí se fue desangrando poco a poco mientras el comando huía. Vomitó casi un litro de sangre. Desde su boca hasta el elegante vestido corrió un río carmesí, que después de media hora ya comenzaba a cicatrizar. Apenas con pulsaciones la llevaron al hospital donde trataron de operarla de emergencia. La hora de defunción se dictó tres horas después. Al parecer su último pensamiento fue para su hija.

En eso piensa la mujer de cabello corto, le cruza la tentación de decirlo, de comunicarlo, que su jefe lo sepa, pero al final guarda silencio. ¿Para qué hablar de más? Al cabo el secretario ya dijo que no le paga para pensar.

8

Estoy escuchando muy atento, no parpadeo ni una vez mientras la licenciada habla. Fueron diez minutos. No parpadeo. Diez minutos (*Es mejor ser rey de tu silencio que esclavo de tus palabras*, así lo dice Shakespeare), ¿o fueron sólo ocho? Ella se mueve de su asiento al escritorio. Y de nuevo, a otro lugar. Sé que saca fotos de su portafolios porque yo la vi, porque no parpadeé. Vi cómo saca esa fotografía. (El bardo inglés dice *La memoria es el centinela del cerebro*.) Aquí está, frente a mí. La puedo ver porque no parpadeo. Estoy escuchando muy atento a la licenciada. Es un hombre. La escucho decir su nombre porque pongo mucha atención. Su nombre no es Rosa, es Ross. Rosa es flor y tiene espinas. Pica si la tocas, saca sangre. Yo también saco sangre si la licenciada me lo pide. Pero no es Rosa, es Ross. Porque lo escuché muy atento.

Se llama también Damián, el que no es Rosa. (*En las letras de "rosa" está la rosa, y todo el Nilo en la palabra "Nilo"*, lo leí de Borges. Sí, el argentino.) Un hombre chistoso: Damián. Demonio. El demonio rosa... Pero no es rosa, es Ross. Tiene una niña. La niña tiene nombre difícil. Lo escribo en una tarjeta. (*Nombras el árbol, niña. Y el árbol crece, lento y pleno, anegando los aires...*) También escribo el nombre del que no es Rosa. Soy profesional, me gusta tener las cosas en orden. Saber cómo se llaman, aunque no se llame Rosa. Y sigo escuchando, porque estoy muy atento, porque soy Dante Melquiades y trabajo para la licenciada. La licenciada es buena conmigo. Es buena con Dante.

—¿Entendió? —pregunta la licenciada Lazo desde su silla ortopédica, ergonómica e importada. El escritorio limpio, la oficina en silencio. Éste es su territorio, no en la Secretaría de Gobernación. Suspira complacida Ximena al poder despachar sin problemas, sin ataduras.

—Muy bien, licenciada —responde su hombre.

Es limpio, del que no hay que temer por los errores, pues él mismo es un error de la humanidad. Dante Melquiades cobra como contador. Si alguien viera la nómina entendería que no es contador. Mas algo tendría que hacer, pues en las tablas de Excel donde figura el salario de ese hombre no se menciona su cargo ni las labores que hace. No hay nada escrito sobre eso en ningún rincón de la Secretaría de Gobernación. Es sólo un empleado de contabilidad, pero qué alejada está esa posición de lo que en verdad hace. Dejemos que el resto de sus compañeros sigan en ese error. Algunas veces la ignorancia es la mejor razón para no morir. El hombre es delgado, pero no frágil. Alto, pero no garrocha. Demasiado simiesco para ser guardaespaldas, demasiado salvaje para contar cifras. Su cabeza tiene forma de pera, con un desbordante cráneo que pierde pelo y al que trata de cubrir con un enmarañado peinado. Nariz levantada, coronada por un bigotito ridículo y elegante, cual fiesta de quince años. De esos que ya no se ocupan, que se ven en los billares o barberías del centro de la ciudad. No, no es cara de simio: es de mandril. Feo, mandril, chango le dicen, pero a Dante Melquiades no le importa. Él sabe que no es simio, pues lee. Los simios no leen. Dante lee mucho.

—Señor Melquiades, la otra vez fui a desayunar a Sanborns y le compré un libro. Pensé que le gustaría, pues siempre está leyendo —le sonríe la licenciada Lazo. Dante trata de devolver una sonrisa, pero no puede. Feo, mandril, chango.

Del cajón ella saca un libro. Está aún envuelto en celofán y con una calcomanía que insiste en que es el éxito de la temporada, un *best seller*. La portada es una elegante foto de un hombre de gabardina caminando en un callejón. El título es atrayente, puede que sí sea un éxito. En la contraportada tiene frases seductoras como "el autor más destacado de su generación" o "una pluma majestuosa que hace una radiografía del mundo". Se ha publicado en tres idiomas y lo recomienda un finado novelista zacatecano con una frase alabadora.

—Gracias, licenciada —responde defraudado Dante.

No, no. A Dante no le gustan los libros con fotos. Los libros no deben tener fotos ni dibujos. Eso es de incultos, decía mamá. Tú eres inteligente, Dante. Lee libros con letras, nunca con fotos. Por eso me gustan los de Porrúa. Sin foto, sólo letras. Libros clásicos. Los buenos, los que te hacen un hombre de mundo, decía mamá. (*La persona, sea un caballero o una dama, que no es capaz de encontrar placer en una buena lectura, seguramente es intolerablemente estúpida*. Sí, mamá, sé que lo decía la señorita Austen.) Ahora por leer esos libros sin fotos sé muchas cosas. Sé que Aquiles era fuerte pero que lo mataron con una flecha. Mal pie, mala flecha. Reconozco que hay buenos libros. Los libros de Porrúa, sí, ésos son los buenos. Sin fotos en la portada.

—Le voy a ser sincera, no lo he leído. La verdad me gustaría tener más tiempo para leer, pero estoy ocupada todo el tiempo —se excusa la licenciada. Es mentira, sí lee. Pero no libros. Periódicos, informes, artículos en internet. Nunca libros—. Pero una amiga me dijo que era muy bueno.

—Gracias, licenciada.

Dante toma su obsequio y lo oprime contra su pecho como una niña pequeña haría con una muñeca. Recibe el fólder con las fotos del nuevo trabajo que le encomendó la licenciada y por fin sale de la oficina. Camina con pesadez, se siente mal de tener que aceptar el libro. La licenciada siempre ha sido buena con él, por eso le molesta. Es libro con fotos. No le gusta leer libros con fotos.

Dante Melquiades se escabulle a su privado lleno de cajas de archivo muerto. Se sienta en su raquítica silla arreglada con cinta de aislar. A su lado hay varios libros de su colección, para leer mientras espera. Son los libros que le gustan, sin fotos: *El conde de Montecristo* (*Sólo un hombre que ha sentido la máxima desesperación es capaz de sentir la máxima felicidad*); *Crimen y castigo* (*Pero esos rostros estaban iluminados con el amanecer del nuevo futuro*), *Anna Karénina* (*Si buscas la perfección, nunca estarás contento*).

Libro con fotos no es bueno para Dante. Lo sé, porque es de incultos. Simio, chango... Dante no es mono, es hombre. Por eso dejaré el libro en el metro, como si lo olvidara. Nadie dirá que fui malo con la licenciada. Olvidé el libro. Mejor llevar la foto de ese hombre que no es Rosa. A él lo llevo conmigo, hasta que lo encuentre. Mira la foto del hombre que no es Rosa. Mírala bien, Dante. Lo vas a matar. Lo sabes, porque pusiste atención. La licenciada te lo pidió. El que no es Rosa va a sacar sangre, sangre de él.

Cierra la puerta del privado, abre el cajón del archivero metálico. Se asegura de que nadie lo vea. En especial las secretarias, porque le tienen miedo. Y si ven lo que ahí guarda, van a temerle más. Extrae cuatro semiautomáticas envueltas en un paño rojo. Un estuche para guardarlas y varias recargas. Luego, en otro cajón, una IMI Tavor, su fusil de asalto 5.56 mm. Sabe que es israelita, así le dijo el militar que se lo dio. Le gusta, es compacto, pequeño. No recuerda ningún libro de un israelita. Porrúa no lo tiene. No se acuerda. Pero éste cabe en una pequeña maleta y hace estragos. Muchos. Lo ubica en el escritorio, acomodándolo. Hace anotaciones de lo que se lleva, contándolo una y otra vez. Sin equivocarse. Luego, lo guarda en maletas. En cada maleta mete uno de los libros Porrúa.

Sonríe. Su mueca es intrigante, aterradora. Sí, esta vez sí parece simio. Dante Melquiades entonces abre el último cajón: dos pasaportes, tres credenciales del INE, rollos de billetes en pesos y dólares. Ésos los mete en una cangurera que se coloca al frente, para terminar de colgarse el resto de las maletas.

Está muy atento para comenzar este trabajo. No parpadea. Sabe que tendrá que pedir un taxi. No Uber. No le gustan los Uber.

Dejan huellas y Dante quiere estar atento. Nadie debe saber que va tras el hombre que no es Rosa. Dirá a la secretaria de la licenciada que va a visitar a su hermano en Oaxaca. Aunque no le gusta decir eso. Ella le dirá que le manda saludos. No le gusta. A Dante Melquiades no le gusta decir que ve a su hermano. Su hermano está muerto: lo mató hace tres años, y lo disolvió en ácido en una bañera de un hotel en Veracruz.

9

Treinta putos años, quizá más. Y nadie se había metido en mi jodida vida. Ahora tengo a la pinche inquisición española en vestido Zara talla pequeña preguntando todo. Vamos, si a mi chingada madre no le contestaba, no veo por qué deba hacerlo a esta mocosa. Entiendo que el aburrimiento se cura con curiosidad. El pedo es que la curiosidad no se cura con nada. Véanla, esa metiche parece mosquita muerta pero es una cabrona hecha y derecha. Goza de lo mejor y lo peor de sus padres. Eso sí, condensados en paquete compacto. Ya hizo un desmadre con mi estuche de CD. Me caga que se meta en mis cosas. No para de sacarlos y mirarlos con esa jeta de ¿realmente escuchas esta madre? Con ganas de responderle: ¡Claro que lo escucho! ¡Es mejor que tu puto Radio Disney!

—Este señor, ¿es hombre o mujer? —la portada de *Aladdin Sane* agitada por Renata impide que Damián Ross vea la carretera por unos segundos. Baja la velocidad con un largo suspiro. De esos que exhalan resignación y rendición.

—¡Es David Bowie! Está más allá de eso.

—Eres raro —critica la escuincla a Bowie mirándolo con su traje *glam* de lentejuelas. Ella lo regresa a la caja como si fuera radiactivo—: ¿Por qué usas discos? Nadie usa discos.

—Son cedés... ¿Tu papá no guardó sus discos de cuando era joven? —responde Ross tratando de esconder su malestar. Su vida privada es su bien más preciado. El que no posee lazos con nada no teme a nada. Eso lo supo siempre. La familia en su negocio era un lujo que no se podía dar. La privacidad era lo único que le quedaba para disfrutar, para lo que trabajaba y arriesgaba su pellejo.

—Papá nunca oía música, siempre estaba en su trabajo. Mamá un poco, en el coche. Pero ponía el celular —explica señalando el estéreo de la camioneta Lobo. Después pregunta inquisitivamente—: Ya sabes que la música puede ir en el celular, ¿verdad? ¿O eres muy ruco para eso?

—Desde luego que lo sé. Yo tuve uno de los primeros iPods, una chulada de aparato —alza los hombros. No es mala pregunta, hasta eso. El mismo Ross sabe que está pasado de moda. Cuando decide entrar a un bar, la música la escucha distante, fuera de su época. Eso es parte de sus obsesiones para subsistir: si el mundo no le da lo que él desea, se rodea de lo que quiere. Aunque se encubra con el manto de la alienación—. Sólo que me gustan los discos. Me agradan las portadas, tocarlos.

—¿Y te gusta ese señor-señora? —vuelve a agitar la portada de Bowie con su extravagante maquillaje.

—¡Es el hombre que vino de Marte! ¡Ziggy Stardust!

—Nadie vive en Marte, eso lo vimos en la escuela. Todos saben que no hay marcianos —parece divertirla verlo así, como si su meta fuera desquiciarlo.

—Él viene de ahí, por eso usa esa ropa y se maquilla así —voz tranquila, es una puta niña. ¿Qué puede saber una niña? ¿Te vas a dejar enojar por una chamaca? No importa que discutas, tú serás siempre un ruco de cincuenta y ella una puta niña. ¡Tan sólo por sapiencias le ganas!

—¿Ziggy? Pues tiene un nombre muy feo para ser de Marte. Parece de perro. Yo tenía un perrito que se llamaba Chilly. Yo creo que debería tener algo imposible de decir como Chalkamaltuparras —remata Renata liberando acidez pura—. O sólo Kat. Sí, Kat es un nombre de alguien que viene de Marte.

—Se llamaba David Jones, se lo cambió a David Bowie.

—¿Para poder vestirse de mujer y que no le dijeran nada sus papás? —ojos con un infierno en cada uno. Ella, sólo una sonrisa. De ésas de "te chingué". Pinche chamaca—. ¿Y te gusta vestirte de mujer también?

—Esto va por mal camino. Dejemos lo de Bowie. Cambia la música si quieres, ahí están los discos —señala la caja.

—¿Tienes de Timbiriche? A mamá le gustaba, fue a verlos en concierto. Dice que estaban todos. Bueno, excepto la güera sangrona. Ésa nunca va. Eso dijo mamá —rebusca entre las cajas de los CD. Desde luego no encontrará de Timbiriche. Tiene de Pedro Infante, Beatles, los Rolling, hasta de Maldita Vecindad. Nada de Timbiriche. Aún poseía algo de dignidad: ni Timbiriche ni Luis Miguel, háganme el reemputado favor.

—No, no tengo esas porquerías.

Silencio. La carretera sigue al frente, con su verdoso paisaje a los lados, donde las palmeras y los mangos empiezan a ser comunes. El calor está al máximo, tiene que subir un poco más el aire acondicionado.

—No es cierto lo que te dije —murmura la niña. Ross se voltea extrañado por el comentario. Ella parece triste, con los ojos a punto de estallar en lágrimas. Termina diciendo sólo un murmullo—: lo de Marte.

—¿Qué cosa?

—Que nadie vive en Marte —explica ella como si hubiera dicho una gran mentira y estuviera en espera de su castigo. En verdad esconde el terror de lo vivido en los últimos días. Pero se lo aguanta. Por eso a él le agrada la chamaca, por cabrona—. Es el único planeta habitado sólo por robots.

—¿De dónde sacaste esa pendejada? —una pequeña carcajada de Ross, tratando de espantar el posible llanto.

—Hay sólo robots ahí. Lo juro: son los que mandó la NASA. Mandan fotos y hacen pruebas. Puros robots con rueditas son los únicos habitantes —le expone con brazos cruzados y actitud de "te chingué" por tercera vez, juego para mí—. ¿No lo sabías?

—Eres lista, muy inteligente —admite el gatillero. Lo reflexiona, como si tuviera que asimilarlo, pues es muy elevado para una niña—. Sólo robots... Claro.

—Era la mejor de mi clase.

—¿Y no te hacían burla por ser un cerebrito?

—No, les hacíamos *bullying* a los que no estudiaban. La otra vez una niña se burló de Migue, que la verdad sí está llenito rayando a gordito. Y todos lo defendimos, porque es muy bueno en clases. Sólo que le gusta comer. No debía burlarse de él.

—Vaya, eso suena muy adelantado para tu edad, Renata —Ross arqueó las cejas sorprendido.

—Nos enseñaron a respetar. Pero la verdad si son tontos, tontos, sí que les hacemos *bullying* —la niña parece molestarse ante sus recuerdos—. ¡Es que no escuchan a la maestra! ¡Me desespera que pregunten cosas tontas! En especial los niños... ¿siempre serán tontos o eso se quita con el tiempo?

—Creo que las cosas han cambiado. Cuando era chico a los cerebritos como tú les hacían burla —dice para sí mismo Damián. La niña lo observa con detenimiento.

—¿Porque estudiaban? Entonces, ¿te tenían envidia?

—Nadie me ha tenido envidia, nunca.

—Tienes una camioneta bonita, vistes bien y tienes muchos discos de ese señor-señora Ziggy. Creo que muchos deberían tenerte envidia —le indica alzando el disco de Bowie. Ross sabe que siempre perderá en ese juego.

—Ya deja eso, me voy a enojar —pero Damián Ross muestra una sonrisa tan amplia que parece salirse de su rostro: nadie le había chuleado tanto su ropa y su estilo.

La carretera sigue cruzando ante sus ojos dejando atrás los kilómetros y avanzando sin voltear. Así debe ser, atrás dejan muchas cosas, quizá más ella. Claro que llora por las noches, desde luego está estresada. Pero lo esconde, lo guarda en una cajita imaginaria que aprieta contra su pecho para no mostrar debilidad. Una niña de esa edad no debe sufrir lo que están viviendo, no es justo. Este puto país ya dejó de ser justo hace mucho. Con nuevo gobierno, o sin él.

—Tengo hambre... ¿No tienes hambre? Comes muy poco para ser un viejo. Deberías comer mejor. Un cereal, pan... No sólo café. Sé que el café es malo y te va a hacer un hoyo en el estómago. Luego no chilles porque te duele —Renata le suelta el monólogo. Damián Ross la observa de reojo. Conoce las reglas de la vida aunque nunca haya tenido una pareja en forma: si tiene hambre, aliméntala. Siempre es cuestión de vida o muerte. Nadie quiere enfrentarse a una hambrienta.

—Yo también tengo. No necesitas hacer drama —le explica. No puede decirle que cuida la línea, que desde que dejó los cuarenta años un taco se aloja de inmediato en su panza. Y se le nota.

—¿Qué vamos a comer?

—No pizza —pone en claro Ross. Ella hace puchero y se cruza de brazos. Lo ven, ahí está: se está enojando. Apúrate, alimenta a la mocosa o va a explotar como granada de mano—. He comido estos tres días más pizza que en toda mi pinche vida. No más, señorita.

—¿Y qué más hay? —gruñe Renata con ojos entrecerrados. El hambre está cegando su cerebro. Una revolución comenzará en esa camioneta si el hombre no actúa rápido.

—Comeremos mariscos... ¿te gustan? —suelta Damián como arrojando un hueso a un perro. Ella tuerce la cabeza afirmando:

—Bueno —Renata voltea al exterior. Palmeras y montañas que tratan de tocar el azul. Una duda le llega y la exterioriza—: ¿Falta mucho?

—¿Para qué?

—Para los mariscos.

—Hay un restaurante en el camino, en Mazatlán, a pocos kilómetros de aquí —con la barbilla y sin quitar la mirada, el hombre señala al frente—. Así podemos llamarle a Hidalgo.

—¿Hidalgo? ¿El de la Revolución?

—Era de la Independencia. Y no, no es ese Hidalgo. Éste es un amigo de Mazatlán —explica Lobo tranquilo, con voz pausada para ganar tiempo mientras llegan al prometido restaurante. Trata de sonreírle a la niña—: David Hidalgo. Vamos para allá.

—¿Y qué hay en Mazatlán? —de nuevo la curiosidad. Unida con hambre. Claro.

—Hidalgo.

—*Really?*

10

—¿**P**uedes ver esas tres islas de allá? Sí, las que se observan a lo lejos. Te voy a platicar un secreto: no son islas, son niñas. Claro que se ven como islas. Todo mundo así las aprecia desde cualquier punto de la playa. Pero antes no eran así, eran tres niñas hermosas. Princesas, en verdad. Las mejores hijas de un afamado rey. Sí, el que dominaba esta tierra. Claro que Mazatlán era un reino. Porque aquí siempre ha sido hermoso, ¿lo notaste? El sol, la playa, la montaña. Parecería que estás en el paraíso, ¿no crees? Por ello, ese rey prometió a su gente que este lugar sería perfecto. Pero nadie puede cumplir su promesa por siempre. Eso es imposible, ya que por más que lo deseas, la vida te juega malas pasadas. Y un día llegó una fuerte tormenta. Terrible, la peor de todas. Destruyó casas, arrasó los cultivos y hundió las barcazas. Pero el rey deseaba cumplir su promesa a su pueblo de que aquí sería el Paraíso... Pero ya ves, esa terrible tormenta lo arruinó todo. Entonces, una bruja le dijo que debía sacrificar a una de sus hijas. Sí, matarla, pues ésa sería la única manera de calmar los aires. Y claro, al dios de los vientos. Que era muy poderoso, pero muy vengativo. El rey se volvió loco, pues no podía desprenderse de ninguna de sus tres hijas: todas eran su amor. Ellas lo sabían. También comprendían que eran princesas, y como tales debían cumplir la promesa de su padre a sus súbditos. ¿Sabes lo que hicieron?

Las tres, de la mano, se fueron caminando al mar entre la gran tormenta. Esos terribles vientos trataron de arrancarlas de las olas, de hundirlas en lo más hondo del océano. Después de eso, nadie volvió a verlas, pero el temporal amainó. Todo volvió a la normalidad, con una gran excepción: desde ese día existen esas tres islas, las tres princesas. Las niñas que mantuvieron la promesa. Ésa es la historia de las tres islas de Mazatlán. Sí, las que ves desde aquí...

Hubo un silencio largo. Sólo se escuchaba el cuchicheo de las olas rompiendo a unos metros de ellos. Cierta gaviota graznó para desencantar el instante. El sol caía sobre todos, sin piedad, arrancando gruesas gotas de sudor al grupo que trataba de resguardarse bajo el cobijo de una palapa en la playa.

—Pero eso no fue justo —dijo Renata sin apartar la mirada triste de las lejanas islas, que parecían desaparecer entre el horizonte y la bruma.

—No, no creo que fuera justo. Así es la vida en ocasiones, plebe. Las princesas lo sabían, por eso lo hicieron —explicó el hombre que estaba sentado junto a Renata. Grueso, canoso bigote debajo de la nariz y piocha en la barbilla, de esas que se dejan cuando se acepta ser un *don*, un hombre viejo y respetado. Había logrado mantener su abundante melena, pero ya estaba descolorándose cual pico nevado. Las arrugas surcaban su cara a pesar de no ser tan mayor. Presumía que esas líneas eran el currículo de su vida. Un color ocre, de esas pátinas que otorga vivir en la playa, ostentaba la piel. Guayabera abierta mostrando una cruz de oro en el cuello sobre camiseta con mangas que tratan de aprisionar el abultado vientre. Es el periodista Hidalgo. Así se lo presentó Damián Ross a Renata. Apenas se conocieron, el hombre sonrió a la niña y le ofreció una paleta congelada de Jamaica que tenía guardada en el refrigerador de su casa. Le agradó desde el primer momento. A Renata, este Hidalgo, panzón y de risotadas, le gustaba más que el de los libros de Historia. A su lado, su esposa, una mujer delgada de ojos claros y dientes grandes. Eso sí, con una sonrisa siempre de fachada. Una fresca camisa oaxaqueña y shorts le servían de vestimenta para esa relajada tarde en la playa. La lucha eterna de pintarse el pelo parecía perdida y las canas emergían triunfantes.

—No me gustó el cuento, es triste —gruñó Renata. Damián sonrió, o lo intentó desbaratando su gesto de piedra en algo insólito. Alzó la mano para llamar la atención de una joven que esperaba a la sombra de la cobertura del restaurante a la orilla de la playa. Ellos se encontraban en una palapa sentados alrededor de una mesa que ya llevaba dos líneas de cervezas bebidas y dos platos vacíos de filetes de pescado capeados. Nunca imaginó que esa frágil niña comiera tanto. Cuando la mesera se acercó, no dijo nada: se limitó a señalar los envases de cerveza y los platos, preguntando la pertinencia de una nueva ronda. Mazatlán era para disfrutarse: playa, comida y cerveza.

—¿Quieres meterte al mar? —preguntó la mujer a la niña. A la pequeña le brillaron los ojos. No fue necesario decir más. De la mano se fueron entre risas y saltos para que las olas mojaran sus pies. Damián suspiró al verla. Su compañero lo miró agitando su sombrero de paja para refrescarse. Lo hizo durante un tiempo, como si tratara de leer los gestos, de introducirse en la cabeza del Lobo. Pero sabía que era imposible eso: si había algo que estaba bajo llave, eran los pensamientos de Damián.

—¿Qué traes, Damián? Has hecho una cagazón, cabrona —por fin decidió aventurarse a cuestionarlo David. El matón no se inmutó, continuó con los ojos apuntando a la niña que se carcajeaba ante la llegada de una nueva ola, lista para mojarla. Habían llegado un día antes a casa de su conocido, por la noche. El periodista vivía en una de las viejas construcciones del centro de Mazatlán, con muros gruesos y altos como fuertes militares que trataban de repeler el calor. Ni siquiera tuvo que tocar la puerta; era de esos hogares abiertos para que el aire juguetee entre las habitaciones y sus residentes saquen sillas por la tarde atestiguando cómo los gringos ahora dominan el pueblo que los vio crecer. Hidalgo siempre suspiraba un cúmulo de lamentos contra estos nuevos invasores o colonizadores, estos extranjeros retirados que sólo subían el costo de las cosas. Esa casa era lo único que le quedaba de su familia mazatleca, sus raíces. Sentía que esa herencia le era arrebatada por inversionistas foráneos en búsqueda de climas más acogedores. Damián y Renata lo encontraron sentado en el exterior la noche de su arribo, al lado de su esposa, abanicándose como un par de viejos en espera del fin del mundo. Bebían agua de tuba mientras observaban pasar a los turistas. No se había molestado en llamar antes: siempre podía estar el teléfono intervenido. Le explicó lo mínimo, lo indispensable. La presentó como su sobrina. David y su esposa lo aceptaron como una mentira mínima. Al menos no había llegado como hace cinco años, con tres balas en el cuerpo, desangrándose. Esa vez había puesto a cagar chayotes al matrimonio Hidalgo. No tanto como cuando lo conoció, pero casi.

—No lo sé —reconoció Damián refrescando su garganta con un trago de cerveza.

—No es tu jale. Nunca te imaginé con una morrita, pues. No es tu estilo eso de ser paternal —no continuó, algo en su cabeza le dijo que no pisara terreno removido. Alzó los hombros y continuó—: Además, metido en un mierdero. Todos hablan de eso, viejón, que tú fuiste el que los mató —murmuró el periodista agitando su barba de chivo lo menos posible, pero haciendo rebotar sus ojos a cada extremo en búsqueda de orejas. Apenas movía la boca para hablar, como si las palabras las tuviera reservadas para sus periódicos.

—Ya oí el chisme. No necesité trabajar en un periódico para saberlo —ahora sí volteó a verlo con sarcasmo. Su compañero agitaba su sombrero para atrapar una brisa fresca. Tomó una cerveza de las recién depositadas por la mesera e imitó a Damián con otro largo sorbo. Por fin, lo soltó:

—Arre, siempre quedamos en que no nos echaríamos carrilla, pero vas a terminar muerto. No sólo tú, también la morra.

—No, el reportero chingón eres tú, Hidalgo. Recuerda que en este país a los que matan son a los de tu raza —pinche Damián, si para eso sí era chingaquedito, para asustar a los que ya ni se meten en pedos estás bueno. No era necesario recordarle cómo se conocieron años atrás, cómo le sacó un pedote. Fue una de esas noches mazatlecas donde todo ardía: desde el clima hasta las vidas que se extinguían con violencia. Hidalgo salió a la calle para fumar un cigarro dejando a sus espaldas las oficinas del afamado periódico. Sintió cómo le cayó de golpe la temperatura, como si el mismo diablo le hubiera lanzado su aliento. Sabía que el ambiente estaba caliente: la Marina había jugado al tiro al blanco con un convoy del patrón mayor. Tres cadáveres, un buen de coca. Aparecieron dos periodistas muertos en la zanja a un lado de la carretera con una cartulina indicando que eran los chismosos que desataron el conflicto. El que había decidido publicarlo era Hidalgo. Damián Ross lo esperaba recargado en su coche afuera, en la calle, apuntándole con una pistola. David Hidalgo se zurró de la impresión. Comprendió por qué estaba ahí ese cabrón con cara de matón y una calurosa chamarra de cuero negra. La razón sólo tenía un nombre, y era el de un capo. Sabía las reglas, por lo que se limitó a esperar a recibir la descarga. Se dijo mil veces pendejo, pues pasaría a formar parte del grupo de periodistas muertos en México. Una cifra más, ¿a quién le importa eso? Con ojos cerrados aguantó la respiración. Rezó que no doliera. Pero el disparo nunca detonó. Al abrir los ojos pudo ver mejor el rostro de ese hombre con ojos gélidos y gestos sutiles. Su voz ronca le preguntó dónde podía comerse un buen aguachile y beberse unas cervezas. Los Arcos, respondió el cagado periodista, y ahí fueron juntos. Poco le explicó ese rudo hombre de breves palabras. No preguntó mucho, pero entendió que lo habían contratado para matarlo. Aunque ya no lo haría. Le había dado a entender que mejor era tener a un chismoso a su servicio que bien enterrado. Aunque ese día no lo entendió. Lo hizo a la semana, cuando capturaron por segunda vez al líder del cártel. Estaba en Mazatlán, apenas a unas cuadras de donde había sido encañonado Hidalgo. Ahora él le debía la vida al Lobo, y por eso sabía que algún día se lo iban a cobrar. Esa semana dejó el periódico y decidió abrir su propio panfleto de chismes locales, donde cobraba por subir la foto de los quince años de algún político o muchachas en bikini. Adiós al periodismo cabrón, hola a ser la nueva Pati Chapoy de Mazatlán.

—Se cargan a los que escarban demasiado —comentó Hidalgo mirando a su esposa y a la niña. Recordó a sus dos hijos, lejos de ahí, profesionistas y con familia propia. Un sentimiento de mal padre lo inundó. Así que continuó su comentario suspirando—: A los pendejos, reporteritos cuachalotes que quieren ganarse el Pulitzer. Ni idea tienen de que no dan premios en México. Eso de andarle haciendo de Robert Redford y Dustin Hoffman no deja, Damián.

—¿*Todos los hombres del presidente*? Esa referencia nadie la entiende hoy.

—Estamos viejos. Tú la entiendes, yo la entiendo.

Los dos hombres levantaron al mismo tiempo la botella de cerveza y bebieron. No se miraban, los ojos permanecían sobre el horizonte del mar que jugaba con sus olas tratando de atrapar a la niña.

—Un periodista chayotero me tapa la boca —murmuró Damián—. No, está poca madre.

Hidalgo saltó ante el adjetivo. No le gustaba que le dijeran vendido. Él se sentía más como un sobreviviente. Tomaba el dinero, hacía lo que le indicaban, publicaba notas que no le creaban pedos. Nada fuera de lo normal. Era la vida de esa profesión.

—¿Ahora resulta que saliste evangélico para criticar mi forma de vida, pinche Ross? No me jodas, viejón.

Después de ese primer encuentro, los dos empezaron a verse más seguido. Ross pasaba una semana en un hotel para irse al malecón a platicar con el periodista. Hidalgo una vez le dijo que no se había quedado vivo para convertirse en un informante, sino porque Damián quería tener un amigo. El gatillero se enojó, gritó palabras altisonantes aventando las bebidas que compartían en el restaurante y no volvió en tres meses. Las verdades a veces son duras de digerir. Para Ross un poco más.

—Mira, la verdad es que ahora necesito de tu chayote —le arrojó Damián, esta vez con su mirada de cazador fija en él. Hidalgo apretó los dientes, sabía que ese momento llegaría: se estaba cobrando todo—. Necesito hablar con él, por eso vine a Mazatlán.

—Bien que sabes que aquí en el puerto no viven los cacas grandes. Lo de aquél fue pura casualidad, hay que irse para Culiacán, a la sierra —explicó David. Una sonrisa de lobo a punto de devorar al cerdito se dibujó en Ross. A él no se lo hacían pendejo.

—Sí, los que salen en las noticias ni se paran allá. No así los de lana, él anda aquí de vacaciones.

Hidalgo sintió que su estómago se comprimía, se le hacía una bola de plastilina. El aire le faltaba, a pesar de que la brisa marina lo golpeaba de lleno. Era terror, terror destilado, del bueno.

—Nos van a matar a los dos, pendejo.

—¿Dónde lo busco? —insistió.

—... 'tas pendejo —agitó la cabeza de un lado al otro. Ross sabía más de lo debido. Podía mentirle, mandarlo con un capo menor, pero algo que no tenía ese hombre era un pelo de tonto. Por eso era la elite, el VIP de los cabrones. Hidalgo torció su rostro—. Ella está enferma, lo sabes —murmura, esperanzado de que las palabras se las llevara la brisa marina: Ross observa a la mujer de David. Sí, está más delgada. No es dieta, es algo que la carcome desde dentro. Pobre Hidalgo, le vienen días difíciles—. Pinche Damián, entrega a la morra y sigue con tu puta vida.

—Me lo debes, periodista —la gaviota volvió a graznar. Damián volteó ante el nuevo ruido llevándose la mano al pantalón. El bulto del arma apenas era perceptible. Al ver al pajarraco graznar en tono de burla, se volvió a relajar.

—No te prometo nada —aceptó con mirada baja el periodista buscando en la arena una salida. No la había—. Nos va a cargar la chingada por jugarle al don Vergas.

—No, mijo, te cargó desde que decidiste ser periodista en Sinaloa —otro trago a su cerveza. Pinche calor, ya la estaba entibiando.

Es un imperio escondido, construido entre la perdición del hombre. No se trata de tierras ni de poder político, sólo es dinero. Un capital edificado con dinero, para atraer más dinero. No importa que sea el pecado con lo que se lucra, las cosas prohibidas. Esa palabra no existe para ellos. Es sólo un eco lejano de su infancia, cuando asistían a misa y creían en seres superiores. Ahora son parte de una estructura aceitada cual máquina perfecta que derrama sueños y escupe billetes, donde la única religión es el lucro. Nadie se pregunta, ante las impresionantes casas con vista a la bahía, de dónde salió el capital para comprarlas. No, son sólo enormes edificaciones rodeadas de muros que roban suspiros a los vecinos envidiosos del verde pasto o los frondosos árboles frutales que escoltan el acceso. Una mansión más, entre un mundo exclusivo de mexicanos. Damián ve la residencia estilo mediterráneo y sus jardines recién regados por un ejército de jardineros. Recuerda lo que le dijo su abuelo. Sí, el que le enseñó a disparar por primera vez: hay tres Méxicos. Uno es en el que vives, pero te gustaría vivir en el de arriba. Aquél reservado para pocos y al que nunca te dejarán entrar. Y hay un tercero, en el que nunca querrás vivir. Es donde las historias de horror se cuentan solas envolviendo a los que se sumergen para nunca más dejarlos emerger. Es el México que nadie quiere ver, que nadie quiere oír. Y esa casa, de perfectos tejados rojizos, es la unión del México elitista y del México que nadie busca. Éste es tu mundo, Damián, se dice.

Desciende del automóvil de Hidalgo, frente a la reja. El viejo periodista se mantiene detrás del volante cubriéndose con su amplio sombrero. Sólo con los dedos en el volante llevando el ritmo de la canción que escucha en la radio, de las viejas, de su época. Dos individuos que escoltan el acceso a la mansión hacen su trabajo de manera instantánea cual relojes suizos: se acercan con las manos en el cinturón donde llevan la pistola, ante la llegada de un visitante extraño. Damián se queda parado sin mover un músculo. No desea ponerlos nerviosos. Tan sólo observa el panorama y toma nota: es una construcción alejada, cercana al Cerro del Vigía y a una cómoda distancia del muelle donde siempre espera una lancha para salir de la ciudad. El silencio de cada movimiento es vital en este México VIP: nadie quiere ser visto, nadie quiere hacer ruido. Menos llamar la atención de los otros Méxicos. Gira un poco la cabeza, hacia la costa, esperando que los guardias lleguen hasta él. Piensa que Oceánica, famoso lugar de refugio de artistas drogadictos, está a tiro de piedra. Es un chiste personal que la mansión de este hombre sea vecina de la clínica que se dedica a limpiar a la gente de los pecados que lo hicieron rico.

—¿Qué quieres, cabrón?

—Soy yo, muchachos, el Hidalgo —saluda el periodista alzando ambas manos del volante. Uno de ellos lo reconoce: de la cara de bull terrier a punto de morder, cambia a compadre mazatleco.

—Pinche reportero. Avisa antes de venir, cabrón. Un día te vamos a descontar —declara el guardia—. ¿Qué pedo? ¿A poco vienes por tu lanita hasta acá?

—Aquí el señor viene a hablar con el patrón.

—El señor se puede ir a la chingada...

Podría ponerse tenso, podría ser el preámbulo de una explosión, mas Hidalgo sabe manejarlo mejor, sólo necesita pronunciar un nombre:

—¿No lo reconoces, Janitzio? Es el Lobo...

Esa palabra. No necesitan más. Los hombres apartan ambas manos del cinto. Bocas se abren invitando a que una mosca se meta. Están frente a una leyenda, un mito del bajo mundo. Podrían decir que el hombre en sí parece poca cosa, pero al saber su identidad lo ven grande, inmenso.

—Un placer, señor —murmura uno. El otro de inmediato se comunica a la casa por radio: todo en orden, lo están esperando.

—Muchas gracias, muchachos —se despide Ross entrando por la gran reja que se abre lentamente. Se da cuenta de que es acero, una Hummer no podría tumbarla. Quizá ni una tanqueta. Esa morada, así como se mira, cual retiro vacacional, está más protegida que la casa del gobernador. Antes de acceder revisan perfectamente a

Damián. Imposible que esconda un arma entre su camisa holgada tropical de colores brillantes y el pantalón de algodón de diseñador. Los lentes oscuros nunca se apartan de su rostro, la cara de cabrón tampoco: sabe cómo aterrarlos. Uno se queda resguardando, el otro continúa su andar como guía, el Virgilio de ese paraíso tropical.

El camino serpentea entre flores preciosas y césped perfectamente recortado. Hay quizás unos siete elementos con ametralladoras dando rondines. Dos casas: la grande, donde está el patrón. La chica, para la plebe. Damián entra en la principal. Adentro encuentra más seguridad. Otra decena de gatilleros, pistolas, rifles y automáticas. Buena decoración, incluso un par de cuadros que reconoce como auténticos. Claro que no los compró él, sino un asesor, para limpiar el dinero, invertirlo, moverlo de aquí para allá. Las obras de arte son la mejor manera de blanquear.

Salen a la parte de atrás, donde una piscina con forma de riñón refleja el candente sol. En una terraza, donde el viento refresca unas mesas de jardín, se encuentra a su conocido. Fue cliente, fue patrón. Prefiere llamarlo "colega del negocio". Lejos está de ser el culichi bigotón que muestran los avisos de los más buscados del FBI. Es un güero de lentes con sobrepeso y calvicie prematura. Nunca ha disparado un arma, nunca lo hará. De hueva, cual contador. Porque es eso. Su posición es dar órdenes y manejar dinero. ¿O a poco creían que los pinches narcos con sus botas de serpiente hacían colas en los Bancomer para depositar?

—Licenciado, buenas tardes —Ross, parco y amable, su característico estado de ánimo perpetuo.

—Damián, siempre es un gusto verte —el patrón se levanta, incluso da dos pasos para ofrecer la mano. No, no son iguales pero tienen razones para respetarse. Ambos se conocen demasiado. En ese medio son pocos, y se encuentran mucho—. Por favor, siéntate... ¿deseas beber algo?

Toman posiciones de cada lado de esa mesa de jardín. El patrón tiene una computadora abierta y un par de papeles que de inmediato oculta dentro de un fólder. Una línea de lápices recién afilados con una libreta de hojas amarillas le acompañan. Es el espacio de trabajo de alguien que convive con cifras, no con drogas. Atrás de él, dos guardias. Los más cercanos, los más jetones.

—Agua mineral.

—Tuviste suerte de encontrarme aquí —explica el hombre sacando un pañuelo para secarse el sudor de su frente. Hace una señal para que le traigan algo de beber. Agua mineral y hielos, gustos simples de Ross. Un Buchanan para él, con suficiente hielo como para hundir el *Titanic*—. Es por los niños, están pasando unos días en la alberca. Además, se come bien.

—Siempre se come bien aquí, licenciado.

—Tú tan refinado, Ross —el licenciado alza su bebida para dar una mojada a sus labios. Ross toma un buen trago de agua dejando que las burbujas jueguen en su garganta—. Me gusta tu estilo, no la haces de pedo nunca. Ojalá el resto te siguiera el ejemplo. Si no es por sus viejas, es por problemas con la droga. Siempre termino recogiendo platos rotos. Los huercos ya no son profesionales, Damián. Hacen un cagadero por donde pasan.

—Periódicos, atención —completa el pistolero ajustando sus lentes oscuros.

—Correcto, la publicidad no es buena. Son morros con pistolas que se creen Sylvester Stallone. Este negocio no funciona así, tú lo sabes. Es algo serio. Por eso estoy comenzando a trabajar con croatas y serbios. Nada de colombianos, ésos son los peores —narra el licenciado con un monólogo donde expulsa sus frustraciones esperanzado en que regresen tiempos mejores, donde Estado y crimen funcionaban sin tanto aspaviento.

—Por eso vine —susurra Lobo, apenas para que el patrón entienda. Y es cuando la campana suena en su cabeza. El gordo deja su escocés y echa su espalda hacia atrás. Problemas, huele una gran contrariedad.

—¿Lo de la Masacre de la Piñata? Sí, ése fue un gran mierdero. Ni idea de a quién se le ocurrió usar agentes municipales. Exactamente a eso me refiero con que no hay profesionales. ¿Viste las noticias, Damián? ¡Van a hacer en la capital una marcha exigiendo que encuentren a los culpables! La llaman Cruzada de los Justos... ¿Lo puedes creer? ¿Cuándo fue la última vez que una de esas cagadas causaba tanto revuelo? ¡Salió en el *New York Times*!

El licenciado espera la reacción de Ross. Tiene que aguardar casi medio minuto. Después Damián tuerce la boca y dicta:

—No hay que apretar mucho la soga del perro, licenciado. A veces, se enoja, y muerde...

—Ni me digas —mueve la mano derecha extendida como si limpiara la mesa. Indica que está libre de culpa, cual monaguillo recién confesado—. Nosotros no tuvimos nada que ver en esa porquería. Recuerda que somos solamente socios.

—Usted protege a quien lo hizo.

Eso sí fue una puñalada, no en la espalda: de frente, directo al corazón. Si no tuviera la sangre fría, el millonario hubiera escupido su whisky al piso.

—Son negocios, Damián —la cara se descompone. El rumbo de la charla está conduciendo a un sitio donde nadie va a estar cómodo—. No me meto en política, ellos no se meten en nuestras cosas.

—Siempre he pensado que usted es inteligente para dividir negocios de los impulsos personales. Pienso que la niña puede vivir —Ross es enfático.

—Tú sabes bien que no puedo decidir eso. Te arriesgas teniéndola a tu lado. Al parecer, la chamaca es la llave de esas cuentas, es mucho dinero —explica entrelazando sus dedos. El tono de la voz ya no es amable: son negocios. Ross, al escucharlo, sabe que todo cambia: nunca dijo que tuviera consigo a la niña.

—Sé que es importante, que la necesitan para cobrar. Por eso le propongo un trato: yo lo arreglo.

—Estás quemando muchas naves, Damián...

—Hacerse de la vista gorda no lo afecta en nada —propone el sicario con su mejor cara de póquer, aunque siempre tiene esa cara rígida. Sin embargo, esta vez mueve sus manos por la mesa como si se tratara de un astuto vendedor de autos usados—. A cambio, yo mismo les devolveré el dinero.

—Suena como algo coherente, todos ganaríamos, pero hay un problema: ¿por qué crees que traicionaría a mi socio? ¿Acaso no se trata esto de un trato entre caballeros?

Ross bebe el resto del agua. La mano derecha ajusta su pantalón. La voz pausada y lenta lo hace ver inteligente, como si tuviera los dados de la partida en su mano. Nada más erróneo. Pero las apariencias son importantes.

—No se trata de lealtad, licenciado. Es sólo dinero.

El licenciado acomoda sus carpetas buscando algo que hacer ante esa cara de piedra. También hace lo mismo con los lápices. Es extraño: podría apostar que falta uno. Toma aire, y mirando los chispeantes reflejos del sol en la alberca, termina:

—Voy a consultarlo con mi gente. Quédate un par de días en Mazatlán y te aviso —Ross apenas levanta los labios, casi parece ampliar la comisura de los labios en un gesto amable.

—Gracias, licenciado.

—No arruines tu reputación, Damián. No lo merece —último consejo. El licenciado ha terminado la charla, hora de irse. Ross gira ligeramente la cabeza para bajarla a manera de saludo, de respeto. No es necesario un segundo apretón de manos. Se levanta, da la espalda a esa terraza desde donde se mueven tremendos capitales. Los dos hombres que lo custodiaban se colocan a cada lado escoltándolo hacia la casa.

De nuevo en el interior, frente al cuadro que le llamó la atención, uno de ellos lo detiene posándole una mano en el hombro. Al parecer algo más desea decirle el patrón. Damián gira los ojos detrás de sus espejuelos oscuros, cual víbora sacando la lengua para sentir el ambiente. Es hora de sacar partida, antes de que ellos jueguen su carta. Las manos del sicario de inmediato atrapan ese brazo que tenía en la espalda. Rápido, preciso, el lápiz faltante de la mesa se entierra en el ojo. El grito es desgarrador. Cara de espanto en los dos jetones: se dan cuenta de que les comieron el mandado.

Movimiento giratorio para usarlo de escudo. El brazo hace un ruido, similar a una vara de madera rota. El escudo sirve, es gordo como buen sinaloense y la bala de su compañero ahí queda, perdida entre órganos y tripas. Damián le extrae su arma al que tiene atrapado. Agradece que sea una Browning semiautomática y no un revólver. Un tiro en el hombro, adiós pistola. Otro en la nuca, adiós tipejo. Va por su segunda arma. Para cuando la levanta llegan refuerzos. Una escopeta se carga el cuadro, al patrón no le va a gustar perder miles de dólares por un analfabeta gatillero que dispara como si estuviera en videojuego. Otra descarga, ahora son jarrones y parte del sofá donde Damián se ampara. Dos más, armas cortas que se unen a la serenata. Damián se tira en la alfombra, por el espacio que hay entre el sofá y el piso, un par de zapatos. Las balas destruyen la pantorrilla. Es el de la escopeta quien cae desinflado. No llega vivo a tocar el piso: una nueva bala lo finiquita. *En tu siguiente vida aprende a usar el arma, pendejo.*

Gritos, llamadas por radio. Damián Ross sabe que va a ser un tango divertido. Salta a un lado, entre una mesa con ridículas patas de perro y lámparas de cristal. Un cenicero, de esos pesados, sale dirigido a la cabeza de uno de los chalanes. Buena rajada de hocico le metió. Ni para quejarse, pues al otro le tocaron tres balas. En un santiamén el espacio queda libre. Damián sale sigiloso por la entrada. La tronadera lo recibe, es el momento de los cuernos de chivo. Ahí quédate, Damián. Deja que los chamacos se sientan Stallone, como dijo el patrón. No se trata de sólo tirar, es sangre fría y mucha puntería. Matarile-rile-ro... Le toca a uno, le toca al otro. Que le manden flores a las viudas, pinches chamacos pendejos.

¿Y no fue raro eso? Nadie más. No, ningún otro pelado que desee entrarle a los trancazos. Vía libre, pero no le gusta. A nadie le parecería bien que encontró un maldito batallón cuando llegó y ahora resulta que está más vacío que una lectura de poesía alternativa. Le gustaría haber pensado más en eso, reflexionarlo y sacar una conclusión. Mas sabe perfectamente qué está sucediendo: creen que la niña ya no es un problema.

Pinche licenciado puto. No quiere perder más hombres. Es un pendejo si confía en ese periodista chayotero. Ahora tiene poco tiempo para poder deshacer su gran error: de nuevo la pinche lealtad yéndose por el caño.

—¿Dijo que pasaba por mí? —pregunta Renata tomando su maleta mientras se despedía de la esposa de Hidalgo. La mujer le da un beso sonoro con bendición incluida. Hidalgo espera en su automóvil. Le dijo que la llevaría con Damián, quien la espera en un restaurante para seguir su camino. Hay lágrimas de por medio, la niña por un momento se había sentido como en familia, no quiere irse.

—Sí, chamaca. Ahorita nos alcanza —dice con amplia sonrisa Hidalgo. Pero ella no se da cuenta de que el hombre está sudando más de lo debido, incluso con el fuerte aire acondicionado. No es calor, es culpa. Y ésa achicharra más que el sol.

El automóvil circula tranquilo por las calles del centro de Mazatlán, evitando a los turistas gringos que buscan el restaurante recomendado en Tripadvisor o Yelp. O bien, cazando la hora feliz de margaritas. Da vuelta en la avenida saliendo para la parte moderna, a fin de evitar el ejército de coches. En un semáforo espera nervioso volteando hacia atrás y adelante. Mas no a un lado, de donde salió el cañón de la pistola.

—Renata, súbete a la camioneta. Está estacionada en la esquina —indica Damián arrojándole las llaves. Ella se queda congelada, sin moverse. El grito la hace reaccionar—: ¡Vamos, en chinga!

Ni voltea a verla, sabe que hace lo indicado, es un buen soldado. Damián se cuela en el lugar del copiloto, al lado de Hidalgo, quien ha perdido todo rastro de color. El sudor se incrementa. Las gotas son manantiales de agua circulando por su frente.

—Fue extraño ver refuerzos cuando llegué, sabían que yo iba —indica con dientes apretados enterrando la pistola entre dos costillas.

—Yo... No le dije nada.

—¿Ahora vas a empezar con cuentos? ¿Adónde la llevabas, cabrón? —gruñe Damián. Debería disparar e irse. Esa amena charla es una cortesía de amistad—: Ellos sabían que traía a la niña. Nunca dije que estaba conmigo.

—Mi esposa está grave... Es muy costoso el tratamiento —lloriquea el periodista. Son ésas sus prioridades. De eso se trata la vida: de la lucha de las prioridades de cada uno. Esta vez, la de Ross ganó. Lo mata por pena. Para que no vea morir a su esposa de esa enfermedad. Él sí se fue rápido: ella, ¿quién sabe? Cuando Damián se sube a su camioneta negra y arranca, Renata está llorando. Le hace un cariño en la mejilla. No dice nada. Al menos ella no escuchó el disparo.

Al comienzo sólo la llamaron Marcha por la Justicia, fue entonces que un comentarista se equivocó, al calor del debate con un vocero del gobierno que trataba de minimizar el evento durante un programa de televisión, y se expresó de ésta como la Cruzada de los Justos. El defensor la equiparó con un suceso que conseguiría igualar la Primavera Árabe o el movimiento estudiantil del 68. Entonces así quedó, como la Cruzada de los Justos. Al siguiente día, ante las desafortunadas declaraciones de ese vocero institucional que insistía en que el movimiento nacido en las redes sociales por el desconcierto y molestia ocasionados por los asesinatos perpetrados en la Masacre de la Piñata procedía de una manipulación "elaborada por los enemigos de los cambios estructurales del señor presidente", varios editorialistas refrendaron el nuevo título en sus columnas y lo perpetuaron como su nombre final. En los periódicos, varios columnistas escribieron sobre cómo la ciudadanía parecía despertar de su letargo y miedo ante la ola de violencia, para exigir algo que el gobierno debía otorgar sin que fuera necesario salir a las calles a exigirlo: paz y seguridad.

No era mal nombre para dicho movimiento social, pues la definición de cruzada es el de una campaña o acción a favor de algún fin. Sin lugar a dudas, esa meta era más que válida en un país donde las muertes humanas terminaban siendo sólo cifras y estadísticas sin que las víctimas tengan rostro, nombre o apellido. Esos compendios sólo parecían ventilarse entre los gobernantes cuando se trataba de golpear a los políticos contrincantes en tiempos de elecciones. Mientras los muertos no incomodaran, no eran problemas que debían resolverse. Otros periodistas también relacionaron el nombre con la otra definición vinculada a la guerra: una expedición militar a los lugares santos para librarlos de musulmanes. Si nos ponemos a pensar, tampoco tan errados andaban, ya que se trataba de un movimiento para recobrar las tierras que fueron arrancadas por la criminalidad y la corrupción. Sí, una cruzada para recuperar las calles, los parques, los hogares. En general, todo el país.

¿Y quién estaba detrás de esta cruzada? Desde luego los justos, de ahí su nombre. Mas al colocar ese adjetivo venía la pregunta: ¿quiénes son los justos? Los ciudadanos, de inmediato contestaban. No obstante, se alzaron voces que insinuaban que el gobierno también era parte de la ciudadanía. Incluso, en una entrevista, un autor galardonado con premios internacionales ponía como ejemplo que el gobierno no llegó de ningún platillo volador extraterrestre para establecerse como si fuera ajeno a la sociedad. Explicaba que no creía que los pueblos tenían el gobierno que se merecían, sino el que más se les parecía. El poder era parte de esta sociedad, estaba metido en lo más hondo de la idiosincrasia mexicana. Entonces, ¿los gobernantes también eran los justos?

¿Y los criminales? Ellos también procedían del mismo lugar. Sí, esa sociedad que causaba tantos dolores de cabeza. Ante tan demoledor pensamiento resonó el cuestionamiento de quiénes eran los justos, el tipo de controversia que buscan los periódicos para poder vender anuncios de las ofertas de fin semana o del miércoles de plaza. Ante tanto barullo, gritos y desacreditaciones, al final parecía imperar una definición: los justos somos yo y mi gente. Los demás, los de afuera, no.

Así comenzó la gran marcha de la Cruzada de los Justos. Esa llama avivó en las grandes ciudades con una gran recepción entre sus habitantes, demostrada por el interés en la convocatoria para marchar, salir a exigir la tranquilidad tan deseada. La Ciudad de México fue el centro de ese fervor que desató una pasión entre los que estaban a favor o en su contra. Pero también hubo respuesta en ciudades como Guadalajara, Puebla, Monterrey y Veracruz. Increíblemente, en lugares como León, Guanajuato o Aguascalientes la respuesta fue menor, pues se tenía la idea preconcebida de que el movimiento había sido infiltrado por opositores al gobierno, lo que había desvirtuado el espíritu original. La invitación fue a reunirse ese sábado de final de mes en las plazas importantes de cada ciudad, para marchar unidos vestidos de blanco con un pañuelo o paliacate distintivo en color rojo, símbolo de la pureza y de la sangre derramada. Era de notarse que el mismo movimiento se comió a sí mismo, lapidando sus raíces originales: al final, los nombres de las víctimas de la Masacre de la Piñata ni siquiera volvieron a escucharse. Como todo lo viral en tiempos modernos, se fue transmutando de tener un propósito para terminar en lo contario. El fraccionamiento Vista Verde, el licenciado Gustavo de la Colina o su esposa, apenas se vieron nombrados en dos o tres pancartas que algunos llevaban. Terminaron como el resto de los muertos, simplemente cifras.

La concentración en la capital comenzó en la glorieta del Ángel de la Independencia, un monumento que se ha convertido en el centro neuronal de los eventos masivos sociales del país. La llegada de grupos fue llenando la avenida Reforma y logró colapsar totalmente el tráfico de la ciudad que mantuvo cerradas varias de sus arterias vehiculares. Todos los noticiarios de televisión y radio transmitieron el evento en vivo. Más de un dron sobrevolaba capturando escenas para mostrar el increíble número de convocados que seguía creciendo a cada minuto. Cuando el primer grupo salió caminando hacia la Secretaría de Gobernación eran las once del día. A la cabeza llevaban una manta con la frase "NOSOTROS SOMOS LOS JUSTOS". Era una mancha blanca y roja, que de inmediato hizo recordar a un comentarista de radio al traje de los templarios: la cruz roja ante la sábana blanca. En ese primer conjunto caminaban personalidades de todo tipo, desde escritoras y sacerdotes activistas hasta actores y boxeadores. Entre ellos, antiguos gobernantes y catedráticos. Había un ambiente de cordialidad y empatía. No se trataba de un grito político, sino de recuperar esa vida que tal vez añoraban, aunque nunca su México querido había logrado otorgarla.

Las cifras de los asistentes, como siempre, fueron manipuladas dependiendo del medio que las informara, de acuerdo con su inclinación política. Mas todas esas voces resaltaron lo inusual del secretario de Gobernación al anunciar que él mismo se uniría al evento como parte de la ciudadanía, no sólo ofreciendo su apoyo, sino demostrando que pueblo y gobierno debían trabajar en conjunto. Claro que no todas las opiniones se mostraron a favor de esa arriesgada decisión. Muchos denunciaron el oportunismo del joven político, la falta de tacto hacia los dolientes y, desde luego, el hecho de banalizar el movimiento en beneficio de su carrera política con vistas a las próximas elecciones presidenciales.

El secretario esperaba el momento correcto para incorporarse. Ximena, a su lado, permanecía en espera de un evento catastrófico. El timbre del celular la asustó. El carismático político respondió con voz seca al mirar el número.

—Soy yo... ¿Quién? —alzó las cejas. Hubo un pequeño instante en que su cara se deformó.

Ximena de inmediato lo percibió.

—¿Dónde?

Quedó prendido al teléfono, escuchando. Su gesto cambió, retornó a la complacencia.

—Si terminas con eso, se olvida todo —indicó y apagó el celular—. Vamos a ir, Ximena. Lo voy a hacer, le guste o no —fue lo último que dijo el secretario a su mano derecha antes de incorporarse a la marcha. Con su típica camisa blanca remangada, sin corbata y el aplomo de su puesto, el joven político se lanzó al océano de personas a la altura de la calle de Bucareli. No fue fácil, muchos de los jóvenes que desfilaban le trataron de cerrar el paso con gritos en contra del presidente. Un conato de bronca, con dos acciones violentas que culminaron en un escaparate roto de una tienda Oxxo y el incendio de la bandera mexicana casi hicieron que el grupo de guardaespaldas que resguardaba al secretario se enfrentara con los marchistas. Las voces de calma y las súplicas por parte de algunos de los notables que encabezaban el grupo ayudaron a que aceptaran al secretario, sólo con la condición de que no hiciera ninguna declaración: si iba marchar, sería en silencio como el resto de los habitantes que no tenían micrófonos alrededor de ellos todo el día.

La situación se complicó cuando un grupo de radicales intentó confrontarlo para exigirle de manera violenta una solución al problema. La decisión que se tomó por parte de su equipo de seguridad fue que no existían las condiciones para asegurar su bienestar. El secretario de Gobernación tuvo que retirarse, pero sin que sus detractores notaran que había sido un éxito su decisión: la foto de éste, marchando con el resto de las personalidades, decoraría todas las primeras planas de los periódicos.

Ximena Lazo aceptó el perspicaz acierto cuando, circulando a una distancia justa para que no la relacionaran con él, atestiguó cómo el fotógrafo de Associated Press capturó la imagen de su jefe con rostro circunspecto, casi a punto del llanto, marchando en medio del grupo puntero. Ximena, la Reina de las Nieves, la muñeca de porcelana que apenas vivía para su trabajo, tuvo que ampliar la comisura de los labios en algo que podría llamarse sonrisa. Entendió que nunca hubo mayor intención que ésa: no se trataba de escucharlos o de sensibilizarse por las necesidades de la ciudadanía. Ni siquiera entablar un lazo sentimental hacia las víctimas. No, todo era por una pinche fotografía, la que le aseguraría la próxima candidatura a la presidencia. Ante esa aplastante visión de sentirse manipulada, de ser una minúscula porción de un juego mayor donde ella ni siquiera figuraba, Ximena Lazo se detuvo de golpe. Por primera vez en su vida sintió algo que le era imposible manejar, como si literalmente la hubieran violado. No sólo ese cabrón se había burlado de los miles de marchantes, sino especialmente de ella, quien debía estar tres pasos adelante. El sentimiento de suciedad le cayó de golpe, con una desagradable sensación de que la boca le apestaba. ¿Eso es culpa? ¿Eso se siente cuando les vemos la cara a los pendejos? ¿Es esto de lo que se quejan? Ante la soledad e impotencia cabalgando en sus venas, la mujer de cabello corto sólo pudo irse mezclándose entre los marchantes anónimos que caminaban con el puño en alto, para mimetizarse, para dejar de ser ella y convertirse en esa masa informe que llamamos pueblo.

Se miró por un momento reflejada en una vitrina de una tienda cerrada por el miedo de la rapiña, notando cómo se había disfrazado de una de ellas: mujer de clase alta, vestida de blanco con playera GAP, poca pintura en los labios y ojos para no verse como puta. Un pañuelo Donna Karan rojo en su cuello, importado de Francia. Era como si a la Reina de Hielo la hubieran descongelado. Bajó la guardia y miró el cielo contaminado de la ciudad. Lanzó un suspiro sin poder comprender los recovecos de la ambición humana.

—Tú bien sabes que eres una cabrona —escuchó a su espalda Ximena Lazo. No, no era su conciencia la que le reclamaba su pendejez. No necesitaba voces internas para saber que le vieron la cara. Además, su conciencia no hablaba, menos a alguien que sabía quién mató al candidato hace unos sexenios.

—¿Perdón? —giró la licenciada Lazo para enfrentarse a una mujer delgada de pelo largo y castaño, quien le sonreía con el más grande gesto de Soy-Cabrona-Y-Te-Chingas que había visto en su vida. Sí, hasta le ganaba a ella. La reconoció, mas no a su acompañante, una chica delgada y alta que parecía a punto de quebrarse bajo sus delicados huesos. Apenas debía de haber salido de la universidad, pues aún mantenía esa actitud de "voy a comerme el mundo". En esa delgadez había mucha sensualidad. Demasiada.

—Lo sabes, ¿no? Ximena Lazo: eres una cabrona profesional —le dijo la periodista Laura Medina, perfectamente vestida de blanco para la ocasión, con una mascada roja en el cuello. También Donna Karan, igual que la de ella. Tenía buen gusto la reportera, pensó de inmediato. Gustos caros. Ximena tardó en procesar lo que había escuchado. No esperaba esa cachetada lingüística en medio de un mitin. Le había dolido más que el desplante de su jefe, pero la sonrisa picaresca le indicó que estaba jugando con ella—: ¿Qué no eres la cabrona del secretario, linda?

—Graciosa, Laura. No tienes idea de cómo me río —respondió con regusto a limón amargo. Muy, muy amargo. Laura se carcajeó, excesiva, invitando a su delgada acompañante a secundarla. La chica apenas logró esbozar una sonrisa.

Ximena Lazo había sido puesta en el pelotón de fusilamiento de la periodista varias veces para contestar temas delicados. Como profesional, siempre había sabido darles la vuelta sin llegar a desacreditaciones. Ambas tenían un trato cordial, el mismo que deberían tener dos leonas en celo a punto de matarse, pero que ninguna se atrevía a dar el primer zarpazo.

—Un cabrón. Eso es tu patrón, querida —comentó la reportera señalando al grupo puntero que se alejaba. No era necesario decir más, también ella se había dado cuenta de que todo el espectáculo había sido una escenografía perfectamente montada.

—Por eso es mi jefe —apenas logró decir. Esas palabras casi se atragantan en Ximena.

Laura volvió a reír. Le dio una palmadita al hombro y se despidió con un beso en la mejilla que más cayó sobre el aire. Judas en plenitud. No hubo más comentarios. No necesitaban decirse más. Habría otro ring, otra lucha donde las leonas se lanzaran al cuello. No ese día. Mas la muchacha delgada se quedó mirando a Ximena. No sólo observándola, devorándola como si ésta fuera un pastel cremoso y azucarado. La Reina de Hielo se sintió súbitamente desnuda.

—Minerva Gante, trabajo para *Reforma*. Mucho gusto, licenciada. ¿Usted cree que podría darme una entrevista?

—No es el momento, niña —gruñó tratando de alejarse de la

marea de gente que continuaba su fluido caminar. Ximena terminó pegada a la pared, dejando que la masa pasara a su lado. La chica la siguió cual perrito callejero suplicando comida.

—No soy niña. Ya aprendí a limpiarme sola cuando voy al baño —respondió con tono de "soy dura, soy perra maldita también". No le salió muy convincente.

—Entonces corre, ve y díselo a tu papá para que te aplauda —la desarmó Ximena.

—Podemos hacerlo por las malas, pero me da pereza. En verdad la admiro, licenciada —intentó con un tono más suave la muchacha. Tenía ojos grandes, color verde. Ximena estaba distraída por ellos—. Me gustaría que fuera por las buenas, ¿puedo decirle Ximena?

—Sí. ¿Y tú me dejas decirte pendeja? —un golpe al hígado. Ximena era buena boxeando con palabras.

—Lo acepto. Me gusta cuando me hablan sucio —pero la muchacha sabía pelear. Era un golpe bajo, pues su rostro fue de lujuria. Hasta Ximena sintió como la excitó esa grosería.

—Dejémonos de mamadas, niña —terminó el juego.

—¿Qué opina de trabajar para un gobierno hipócrita que se ha dedicado a encubrir asesinos y criminales? ¿Les tienen miedo a esos hombres? ¿Acaso ellos les saben algo a ustedes que les impide actuar en su contra? —soltó la chica. Ximena cerró los ojos, se sintió defraudada: esperaba algo mejor de una hambrienta reportera que terminó escupiendo esos burdos comentarios de cavernícola. Por eso el periodismo en México se había convertido en un chiste: sólo se limitaban a repetir las notas que encontraban en internet.

—Para ser chismosa profesional, no has comprendido nada. ¿Crees que los criminales están en contra del gobierno? Déjame decirte algo, nunca he visto a ninguno de ellos proclamándose por algo. No los veo marchando aquí ni dando dinero para financiar la revolución o el cambio.

—Ellos son los otros...

¿Pero en verdad es reportera o sólo es de esas viejas chairas que opinan en Facebook? ¡Vaya que es pendeja! Una lástima, es guapa. Una verdadera lástima. Pendeja y guapa. *¿Los otros?* ¿En verdad tuvo la osadía la muy pendeja de decirlo? ¿Qué tanto mal ha hecho la educación en México para que los jóvenes sean tan, pero tan pendejos?

—No hay otros, no seas inocente. No se trata de bandos, ¿no lo ves? A todos les da seguridad pensar que somos nosotros contra los malos, pero no hay *otros*. Nunca los hubo.

Cansada de la plática, Ximena Lazo caminó a zancadas intentando alcanzar una esquina para alejarse de la marcha. Deseaba regresar a su departamento en Polanco, quería bañarse y beber algo de vino. Pero la seguían, la seguían cual novia perseguida.

—¿No se puede atacar a los que están podridos? —dijeron a sus espaldas. Mala idea: se estaba enojando. No respondió, no perdería su tiempo. Sin embargo, la muchacha hizo un acto estúpido: trato de detenerla posando una mano en su hombro. Cual animal atacado, Ximena giró con dientes apretados, gruñendo. Apresó la blusa de su perseguidora en un movimiento espontáneo y veloz. Sorprendida por la reacción de la mujer, la chica se congeló con ojos cual platos gigantes.

—Somos un perro de dos cabezas. ¿Quieres matar la cabeza que te repele? Ten cuidado, pendeja, pues está unida al mismo cuerpo que tú. No son *los* criminales, *somos* nosotros. Nos hay tumor que extirpar, el cáncer somos todos.

Y la soltó. Dientes apretados aún, flama en ojos. La muchacha movió la boca tratando de decir algo, mas no hubo palabras. Cuando logró recobrar el aliento, murmuró:

—Si así es, entonces sería mejor matarnos.

—Es una posibilidad cuando las cosas empeoran, niña —remató Ximena Lazo mientras se alejaba. Dejaba atrás eso que llamaron la Cruzada de los Justos, ese magno evento que aún duró tres horas más. Sería la noticia más importante por una semana, repetida en diarios nacionales y algunos internacionales. La foto del secretario caminando con los punteros daría la vuelta al mundo.

Sucedieron más cosas: un grupo de radicales decidió hacer pintas en el Hemiciclo a Juárez, por lo que granaderos arremetieron contra ellos. Bombas molotov y piedras fueron chubasco. Veinte detenidos, cinco heridos. Pero Ximena Lazo no los vio. Caminó por media hora hasta el estacionamiento donde dejó su automóvil. Estaba molesta, con ese tufo de suciedad que deseaba quitarse antes que cualquier cosa. Tomó su teléfono y buscó en internet por quince minutos. Al encontrar algo de su agrado, marcó. Quedaron en verse en una hora, en uno de los cuartos de las Villas Patriotismo. Se fue manejando hasta ese sitio sin prisa haciendo tiempo para llegar a su cita. No le gustaba quedarse en una habitación del motel sola mirando porno. Al llegar pagó en efectivo por toda la noche. Pidió una botella de Johnnie Walker, hielos y aguas minerales con servicio a la habitación. Bajó una pequeña maleta de gimnasio de su cajuela. Esperó que nadie la viera para entrar. Encendió el aire acondicionado, la televisión y se quitó los tacones para recostarse sobre la cama. Apenas le llevaron su comanda, se sirvió un trago con hielo suficiente para ser confundido con un iceberg para hundir trasatlánticos. Lo bebió de golpe. El mal sabor seguía ahí. Esperaba que ese regalo, esa terapia para aligerar su ira, ayudara a borrarle el malestar. Su cita llegó cinco minutos después. No era muy alto, pero con músculos marcados. Por desgracia era mucho más moreno que el secretario. Al menos tenía un corte de pelo muy parecido. El joven trató de besarla con coquetos arrumacos. Ella no se dejó, se limitó a quitarle la camisa para acariciar sus pectorales. Se mordió el labio inferior disfrutando desde ya el placer que le esperaba. Con voz potente, la misma que usaba en su oficina en la colonia Roma, le exigió que se desvistiera. Ella hizo lo mismo, mostrando su cuerpo firme logrado por las dos horas de gimnasio diario. Sacó algunos artículos de la mochila que llevaba. Cuando el prostituto volteó, se encontró con el largo falo de goma color morado colocado en la cintura de

Ximena con un arnés de cuero. El culo del joven se apretó al ver el tamaño de esa cosa. Ella, con los ojos hambrientos, entre dientes, le explicó:

—Ahora sí, señor secretario, se la voy a meter hasta dentro...

12

Tomé la 15D a Mazatlán desde Tepic. No tomé la 15. También sale de Tepic. Igualmente llega a Mazatlán. No, tomé la 15D porque es mejor. (*Un libro, como un viaje, se comienza con inquietud y se termina con melancolía,* escribió José Vasconcelos.) Más silencio, más solitario. No la 15. Creo que podía ir desde el norte, pero no lo hice. Es que seguía al que su nombre no es Rosa, es Ross. Rosa es flor y tiene espinas. Pica si la tocas, saca sangre. Sé que saca sangre pues mató a tres en la carretera de Guadalajara hace unos días. Uno estaba quemado. Muy quemado, parecía birria tatemada, como la que comen en Jalisco. Es normal eso, pues lo mataron en Jalisco. Los otros dos son judas. Judiciales los llaman. Estaban en la nómina del jefe de la policía municipal al que le dispararon en su oficina. (*Lo que de los hombres se dice, verdadero o falso, ocupa tanto lugar en su destino, y sobre todo en su vida, como lo que hacen: Los miserables* de Victor Hugo. Edición Porrúa.) Por eso sé que estuvo aquí el hombre que no es Rosa. Porque le sigo la pista. No puede decir que no. Yo sé todo.

—Por favor... Por favor —implora la mujer amarrada. De sus ojos corren dos ríos entintados de lágrimas y resto de maquillaje. Llora, suplica y trata de zafarse. Imposible mover esos nudos. Son realizados con perfección. Dante Melquiades es preciso cuando se lo propone. Difuso, asimismo—. No sé dónde están... Dijeron que vendrían pronto... Me habló David... Que tenía a la niña, pero no sé dónde está... Hace horas...

El hombre Porrúa revisa la cocina con detalle, sin que se le escape ningún objeto. Los cuenta. Uno, dos, tres, siete, quince... y encuentra un afilado cuchillo cebollero. Brilla cual daga, una reluciente espada de caballero, de mosquetero de Alejandro Dumas (*El capitán de los mosqueteros era por tanto admirado, temido y amado, lo que constituye el apogeo de las fortunas humanas*).

—Cierre los ojos —indica. La mujer grita. Los ojos no quieren cerrarse. No quiere que lo vea como un simio. No, los changos no leen. Así que mejor le quita los ojos. Los ojos no sirven para decirle donde está el hombre que no es Rosa. Chilla, grita, pero ya no lo ve. Ahora podrá decirle dónde está su objetivo. Porque él es bueno, porque cumple con lo que la licenciada le pide.

La sangre no importa. Siempre hay sangre.

Parte II: Confesión

1

De todos los mártires que sucumbieron durante la llamada Cruzada de los Niños, ese éxodo épico donde marcharon miles de infantes con la idea de liberar la tierra consagrada de Jerusalén, algunos dejaron vestigios de las razones de su demente campaña. Fue en la primavera de 1212, en la región de Vendôme, Francia, donde comenzaron las visiones entre los pequeños. Imágenes de sueños donde se veían como ángeles alados, seres brillantes que portaban la espada de la justicia peleando contra los herejes, musulmanes que osaban reclamar tierras bendecidas por Dios. El principal predicador de estas visiones fue un sencillo pastor que admitía haber recibido una carta de la misma mano de Jesucristo con las indicaciones para comenzar la cruzada con los puros, los vírgenes, los que no poseían pecado: los niños. Su voz se expandió entre los infantes que, ante la ausencia de un porvenir en una Europa acechada por enfermedad y hambruna, encontraron una razón para vivir. O al menos, para morir con dignidad. El norte de Francia, los Países Bajos y Renania fueron las zonas donde la Iglesia había estado evangelizando con gran pasión para obtener apoyo económico para sus cruzadas. Es ahí donde el llamado recibió mejor recibimiento. Entre ellos, un joven líder, un niño local llamado Nicholas comenzó a portar una cruz de tau, parecida a la letra T, que serviría de estandarte para la movilización. Desafortunadamente, muchos de los viajeros dependían enteramente de la caridad por dondequiera que iban. Por eso, al llegar a Génova, no tenían fondos para pagar su paso por mar. Los genoveses se negaron a ayudar. En algunas versiones de la leyenda, los niños esperaban con optimismo que el Mediterráneo se abriera, a la manera que el Mar Rojo se apartó para dar paso a Moisés. Después de que no llegara ni el milagro ni la oferta de ayuda material por parte de los genoveses, algunos de los niños regresaron a casa. Lo que sucedió exactamente con el resto se ha perdido entre mitos, leyendas o cuentos creados por los moralistas medievales posteriores. Según algunas voces, la mayoría de los niños fueron enviados a Cerdeña, a Egipto e incluso a Bagdad, vendidos como esclavos. Sin embargo, esta versión de los hechos puede tener menos que ver con la realidad y más con el deseo de la Iglesia de tratar todo el asunto como un relato moral: una clara advertencia de que sólo las cruzadas con autoridad papal, las que la Iglesia financiaba, podrían tener éxito.

Aun así, se dice que sobrevivieron tres mil niños al terrible viaje desde Europa hasta Tierra Santa. Los que murieron de enfermedad durante el trayecto, deshidratados y con temperaturas altas, fueron los beneficiados. Los otros, los que continuaron la travesía, sufrieron la mayor pena. Es entonces cuando todo se vuelve confuso, pues no existen narradores confiables que expliquen la suerte de ese grupo que llegó a Tierra Santa. Al final, sólo quedó en las líneas de la Historia el evento, mas no los nombres de estos que perecieron buscando lo que su fe les dictaba. No quedó ni un solo nombre de los veinte mil que se lanzaron a la cruzada.

2

Déjame echar un vistazo a lo que es mi vida: platos sucios, ropa usada sin lavar, las cuentas por pagar mañana, mi trabajo de mierda. ¿En verdad estudiaste dos años de leyes para esto? ¿Tres años en la policía federal y sigues siendo un perdedor? Bueno, necesitaba comer. Desde que decidí dedicarme a esto, no tuve que pedir prestado. Nunca más necesité dinero. No estuvo tan mal, hay jodidos más jodidos. Al final, todo se puede arreglar. Ésa es tu frase de venta en el negocio: Yo le arreglo sus pedos. Eso sí, los míos, que los arregle su chingada madre, pues soy bien pendejo para hacerlo por mí. Al final todo es cuestión de estética, de tener las cosas en su lugar para sentirse cómodo con las culpas. Si quieres casa limpia, hay que lavar los platos. No pueden estar más de un día en el lavadero. Eso es sucio, se ve mal. ¿Imagínate qué pensaría alguien si viera ese lugar? Tiene que estar impecable, como tu vida. Sin cicatrices ni manchas. Mi madre me enseñó cómo mantener la casa limpia, a planchar, a cocinar. Si vas a hacer una cochinada, trata que sea lejos de tu zona. Que puedas olvidarla al siguiente día, cual pesadilla nocturna. Desde luego hablo de los menesteres de la casa, pero se aplica igual para los negocios: necesitas que limpie tu mierda, no hay problema, encontraré la Glock idónea para remover la basura.

Así como la sangre: hay que poner una carga de ropa en la lavadora. Dejar tu vida reluciente de limpio. Un buen suavizante, y luego a la secadora, con sus toallitas para que huela bien. Esa parte no es difícil. La otra, sí está cabrona: evitar que te maten. No quiero morir. Pero si voy a morir un día de éstos por mi estilo de vida, preferiría haber vivido la vida plenamente y bebiendo un Jack Daniel's con ginger ale. Tengo todo para tomar la vida y pelarla cual fruta. Sí: comérmela en pedazos sin escupir las semillas. Voy a encenderla y dejar que arda cual hoguera. Hasta que sólo queden cenizas, que se apague sola. Sin embargo, lo haré como quiero, sin mentiras ni caretas. Tengo todo para hacerlo. No veo por qué no podré lograrlo. Yo nunca me he detenido en nada. Eso de la culpa no me queda. Mato por dinero, no es una profesión que implique una reflexión ética y moral. Incluso, se recomienda que esas palabras no se usen en léxico diario. Pero sí, la culpa está ahí. No sé por qué nos la regaló el creador. Quizá para hacerme sentir mierda, como estoy ahora: lavando platos y secando ropa. Vaya vida. Vaya forma de pelar la vida.

Ese sonido nefasto, tal como lo conoces, ha llegado: el timbre del acceso al departamento. Nadie toca. No posees lazos suficientes para que alguien tenga los pantalones de pulsar el botón. Damián Ross avienta el trapo con el que seca los platos y oprime el intercomunicador. Hay cinco pantallas que se encienden de inmediato en un sistema de alta tecnología que son ojos y oídos para mantener aislado su santuario, ese departamento lujoso en la colonia Americana de Guadalajara. La imagen le muestra una mujer de rasgos locales, que ya vivió medio siglo. Ella no debería estar ahí. En cualquier otro lado, pero no ahí. Su uniforme de sirvienta está manchado.

—¿Quién es? —pregunta malhumorado. Ha sido roto el cascarón, traspasado el muro que divide su vida privada del resto del mundo. No le gusta.

—Señor Damián —lloriquea la mujer. Se ve inquieta tratando de esconder algo entre su ropa. Algo que la cámara no registra—. Necesito su ayuda... Soy Bertha, la del señor Gustavo de la Colina.

Bertha, se repite Ross en su cabeza. No hay Berthas en su guía telefónica ni en la lista de contactos de correos. Sigue su mente saltando de aquí a allá. Y entonces, como una revelación a la que le quitan el manto, encuentra un resultado. *Mierda*, piensa, *esa Bertha*. La servidumbre de su antiguo amigo. No es bueno. No, nada bueno.

—¿Bertha? —pregunta de manera tonta. Lo hace porque le sobrevienen en directo los recuerdos cual cubetazo de agua gélida. Sabe lo que quiere decir eso: no le gusta. Se queda petrificado por primera vez en la vida.

—¿No me recuerda? —suplica la mujer con voz entrecortada. Voltea de un lado al otro aguardando que algo malo suceda a sus espaldas. Ella no sólo está aterrada, está a punto de desfallecer. Ross intuye que debe abrirle—. Me dio su tarjeta... Me dijo que si necesitaba algo, lo buscara... Fue en casa del señor De la Colina, ¿lo recuerda?

—La puta madre —murmura para sí. Cierra los ojos gestionando mentalmente lo que vendrá. Y aprieta el botón que abre la puerta sabiendo que no habrá marcha atrás. Ross se sienta en la silla de su antecomedor. Voltea de nuevo a ver su espacio, su vida. Ha dejado que las cosas cedieran cual castillo de naipes que le quitan la base. Se levanta sintiéndose viejo. Ese llamado cambiará todo.

—¿Qué chingaos pasó, mujer? —pregunta al abrir la puerta reforzada de su departamento. Ella está al otro lado con su angustia.

—Los mataron a todos... En la fiesta —explica la sirvienta entre sollozos mostrando lo que trataba de esconder entre sus faldas: una niña de no más de once años, asustada y llorosa, que observa con ojos de terror a un Damián atónito. Es la segunda vez que Ross ve a Renata de la Colina en su vida. Se sorprende al escudriñarla, pues la niña posee los mismos ojos de ese hombre al que

115

hace años juró lealtad. El mismo que una vez le dijo una frase que ahora usa de mantra: una promesa es una idea vaga hasta el momento en que entra en juego el concepto de lealtad.

Damián le entregó un juego de toallas a la pequeña, quien las recibió con las manos extendidas, congelada en una mueca de continuo pánico. Ojos abiertos, tez pálida y diminutos escalofríos que la hacían vibrar como ventilador en funcionamiento. Su ropa estaba salpicada de sangre, manchas que provenían de alguien que seguramente ya estaba muerto. La llevó a su baño tocándole suavemente la espalda, le abrió el grifo de la regadera y templó el agua.

—Puedes dejar la ropa en la cesta. No creo que vuelvas a usarla —le explica. La niña lo confirma con un movimiento de cabeza—. ¿Renata, verdad?

—¿Lo conozco? —murmuró con la voz apagada. Tal vez por el llanto que peleaba por salir antes que las palabras. Ross la miró obsequiándole un gesto amistoso.

—Hace años. Apenas caminabas. Ibas por todos lados en tu casa. Tu mamá tenía que seguirte para que no rompieras su decoración. No creo que me recuerdes —explicó rememorando aquel día cuando llegó a casa de Gustavo de la Colina. Hace cinco, quizá más años. Dejó de contarlos cuando empezaron a crecerle arrugas en los ojos y el cabello a retroceder en su frente. Se llamaba vejez, pero trataba de entenderlo como madurez. Pretextos siguieron una y otra vez para no volverse a ver. Quizás algunos sólo inventados para no pasar por el juego de la visita.

—No lo recuerdo... Pero tampoco recuerdo mucho. Ni cómo me sacó mi nana de la casa. Estaba asustada, nunca me fijé que caminamos hasta la carretera. Luego el taxi... No recuerdo nada —recitó como autómata. Era un monólogo absurdo para hacer prevalecer su poco razonamiento infantil. Ross comprendió y repitió el gesto amistoso, dejándola tomar esa necesaria ducha.

Regresó a la cocina, donde Bertha estaba aferrada a una taza de un té que se enfriaba sin ser consumido. Había recuperado un poco de color en la piel después de una larga explicación de cómo lograron escapar en pleno tiroteo durante la fiesta infantil. Había sido un simple golpe de suerte que ella estuviera con la niña para llevarla a partir su pastel, cuando escuchó los balazos. Lo demás, fue el pandemonio. Sangre y muertos asemejando un campo de batalla donde no se respetaba edad ni género de las víctimas. La madre se encerró en el baño para llamar la atención necesaria que ayudaría a su escape. Le pidió que viniera con Ross, le dijo específicamente: Damián Ross. Y que le entregara el patito.

—¿El patito? —preguntó Damián recargándose en el refrigerador. La mujer alzó la vista, como si apenas entendiera que estaba en casa de aquel hombre, para luego bajar incrédula la mirada a la taza de cerámica entre sus manos.

—El que estaba en el escritorio —respondió dejando su bebida en la barra de la cocina para meter la mano en uno de sus bolsillos y sacar un pato de goma, apenas de unos centímetros: era un dispositivo, con la festiva figura amarilla. Damián lo recibió con extrañamiento, una memoria USB con documentos importantes, sin duda. La guardaría para después, ahora necesitaba más respuestas.

—Gracias, estoy seguro de que es importante —trató de reconfortarla. Se sentó a un lado de la mujer para continuar recabando información—. No escuché de ningún atraco en Zapopan.

—No, los señores De la Colina ya no vivían ahí. Construyeron en el fraccionamiento Vista Verde en las afueras de la ciudad —lo interrumpió la empleada doméstica. Al escuchar el nombre del lugar, Ross sintió un dolor en la espalda: la Masacre de la Piñata.

—¿Vista Verde?

—Sí, de ahí venimos —aclaró la mujer. Agitó su cabeza para acomodar las ideas y continuó—: Bueno, primero me escondí con una amiga en Chapala. Sus patrones estaban fuera.

Los ojos de Ross estaban cerrados. El dolor de la muerte de su amigo lo golpeó cual guantazo. Pocas amistades tenía, Gustavo era una excepción. Comenzó desde que lo salvó en México y lo trasladó en coche hasta Guadalajara. Esa tarde charlaron y se conocieron lo suficiente para notar que había algo especial entre los dos, entre esa joven estrella de las finanzas y el recién graduado agente federal que trabajaba por la libre. Una relación sin duda sorprendente, pero no por ello imposible. Había más en común entre ellos de lo que imaginaban. Ahora uno estaba muerto, había sido acribillado en su propia casa.

—Tiene que ayudarme con mi niña, señor Ross —gime de nuevo la mujer—: Tiene que llevarla a un lugar seguro.

—¿Y eso dónde es?

—Con su tío Raúl. Ahí nadie le hará daño —explica la sirvienta.

Ross comienza a juntar las piezas faltantes, comprendiendo lo que le pedían. Y lo que ello implicaba: tenía que ser discreto, pues los hombres que asaltaron la mansión de la familia De la Colina seguían por las calles buscando a la niña que parecía ser la presea de ese juego mortal. Habían logrado seguirla hasta la casa en Chapala. Niña y señora habían apenas logrando huir unos minutos antes de que embistieran la casa donde se escondían.

—No lo dudes, mujer, te siguieron.

Es como termina la charla. De inmediato va al cuarto adjunto, donde limpia las pistolas y las guarda. Detrás de los clósets, un arsenal de armas, colocadas como piezas de arte en la pared. Una media docena de pistolas de mano: una Glock 26 compacta, con su gemela. Heckler & Koch P30L; Walther P99; Coharie MP10 y varias Heckler & Koch MP5K Submachine Guns. Ross no lo piensa, una Glock compacta y la ametralladora. Al ver las armas, Bertha trata de acallar un grito.

—No salgan —indica señalando a la niña que sigue en el baño—. No tardaré.

Trata de cumplir su promesa: baja las escaleras del edificio para no hacer uso del elevador. No llega al nivel de acceso, sino al estacionamiento, desde donde los ojos extraños que aguardan en la calle no pueden divisarlo. Por la salida de servicio emerge. Primero la pistola, luego él. La calle está pacífica, cubriéndose de las sombras del atardecer en colores pardos. Una postal que podría ser regular para un simple peatón, mas no para alguien que conoce esa calle como su mismo cuerpo. Una camioneta Dodge azul se encuentra estacionada con dos hombres dentro. En estos rumbos nadie se queda en el interior salvo los novios libidinosos que buscan caricias y besos. Esos dos hombres están lejos de ser parejita. Comprende cómo será el juego: han avisado a un mando superior y esperan indicaciones. Pueden venir refuerzos, o sólo quedarse a vigilar. Pero Ross no espera a saber qué decidirán. No le gusta que metan las narices en su casa. Se acerca a ellos caminando sin caretas, cantando que va por venganza con la automática en la derecha y la Glock en la izquierda. Reclama por un duelo a mitad de la calle. Los dos hombres advierten la presencia de Ross. Salen de la camioneta tratando de sacar sus defensas, pero lo hacen a destiempo. Sin el cobijo del elemento sorpresa, se dan cuenta de que su vida habrá de terminar en una calle burguesa de Guadalajara. Por eso las balas de la ametralladora caen sobre ellos antes de lograr poner ambos pies en el asfalto. Luego vienen los tiros de precisión con la escuadra. Una bala en el cuello, la otra al pecho. A unos centímetros del corazón. Lo que queda sirve a Ross para recaudar inteligencia: carteras, credenciales. Son policías municipales, locales. Hijos de puta que se dejan llevar por tres pesos, maldice. Uno trae charola de la judicial. Es tan falsa como una moneda de 7 pesos. El otro lleva radio, que seguro comunica a las oficinas.

—Ya los cargó la chingada —dice por la radio. Entiende que ellos no saben que es él. Por ello se encargará de que lo sepan. Deja los muertos en la calle para los ministeriales. Regresa por su camioneta Lobo. Arranca con un gesto de piedra en su rostro, el mismo que adopta cuando trabaja: va a saludar a un viejo socio en la policía municipal de Tlaquepaque. Luego, quizás hará una visita a la Fiscalía General de Jalisco, al comandante Salvatierra. El muy pendejo merecía ser arrastrado a la calle a morir como perro.

Como se dijo antes de que todo cambiara con la llegada de esa niña: iba a tomar la vida y pelarla cual fruta. A encenderla y dejar que ardiera como hoguera. Hasta que sólo queden cenizas.

3

Ser secretario de Gobernación en México te hace mitad dios, mitad rey. Ni siquiera general, que sólo es designado por el que se sienta en la silla grande. Tampoco eres un peón, de los que usan para hacer enroques o se sacrifican en nombre del partido. No hay mucho que hacer con eso: casi eres, pero no. Así son las leyes no escritas en la política de este país. El tema es que todos te ven, eres el que sale en las portadas del periódico o a quien rodean los micrófonos acosándote con problemas. Al final, sólo se trata del buen burócrata que apaga fuegos. Ni siquiera se tiene un nombre especial como jefe de gabinete o primer ministro, sólo "secretario".

Asimismo, el asunto de ser sólo mitad dios es que la otra mitad es un infierno. No tienes la bendición total, como el que se sienta en la silla. Es como ganarse la rifa del tigre. Y así fue cuando el señor presidente tuvo que quitar al primer elegido para tu puesto. Fue en ese desagradable evento ante la presión de los medios por la licitación fraudulenta de la construcción de un nuevo aeropuerto. Ahí estabas listo cuando te nombró secretario. La idea era que fueras una nueva semilla de la democracia que se expandiera entre gobernadores y políticos, afianzando el partido como esa nueva esperanza para México. Sólo te pidieron una única condición: que fueras fiel e hicieras tu trabajo con pulcritud. Tampoco era mucho pedir. Nada mal para esa joven promesa con estudios de Derecho Internacional en el extranjero y un apellido de abolengo. El problema es que eres demasiado bueno, quizá más que el presidente. Por esa razón ya te creen como el posible sucesor para sentarse en la silla grande. No es mal prospecto para ese alocado muchacho que estudió con los hermanos maristas y tenía como sueño ser bajista de un grupo de rock. De nuevo, el problema es que eras bueno para eso de ser joven promesa. Demasiado bueno para ser el elegido. El que todos volteen a verte no es nuevo, tampoco es de a gratis: cada paso que das es para eso, para que todos crean que eres *demasiado* bueno.

—Le voy a platicar el secreto de este juego en México. Será gratis, podrá comprarme un buen vino la siguiente vez que vayamos a comer, Ximena —el secretario se levanta detrás de su escritorio con la impostura de un rey celta. En su rostro hay malicia pero también el brillo astuto de los zorros que saben engañar a sus presas en un bosque. Camina con pasos firmes haciendo resonar los tacones de los zapatos italianos hechos a la medida. Cruza su oficina frente a una Ximena Lazo que espera sentada, con libreta sobre las piernas y pluma en la mano, a seguir las precisas indicaciones de su jefe. Llega hasta la mesa labrada donde presume su juego de ajedrez con figuras medievales, silenciosos caballeros andantes en túnicas blancas con la cruz roja en el pecho, listos para la batalla contra los musulmanes en turbantes y con sables curvos. Con un elegante movimiento de su mano señala su detallado juego—: Esto es la política, esto es México...

Su índice apunta al tablero, al rey. La referencia no es tan alocada, tan fuera de la realidad: dos eternos rivales buscando el espacio para derrotar al contrincante. Mas el secretario hace un meneo poco usual y toma al rey medieval para intercambiarlo por el sultán. También lo hace con las torres y un alfil. Voltea hacia Ximena, quien lo mira extrañada.

—¿Podemos jugar ahora? —pregunta él—. ¿Le afecta que cambie el diseño de la pieza?

Ximena Lazo se muerde un labio. Es una pregunta capciosa, pero está asimilando el monólogo. No es difícil seguir la idea.

—No creo que sea un problema. Usted seguirá siendo las piezas negras y yo las blancas. Sólo cambió la apariencia...

—¡Correcto, Ximenita! Bueno, eso sucedió con este gobierno. Sustituimos al rey, la gente votó por él. Sin embargo, observe los peones, caballos y hasta la misma reina. Sí, son las mismas piezas. No cambia el juego.

—¿El señor presidente es el rey entre los árabes?

—Deseo creer que es inteligente para entender la metáfora.

Ximena Lazo no responde, se limita a observar el tablero. Puede ser un idiota en traje sastre el que tiene frente a ella, pero es un idiota astuto. Demasiado para su puesto, se dice ella. La licenciada permanece callada, con piernas juntas para no mostrar más allá de su falda, pero a la vez por sentirse como niña regañada ante su confesor en una escuela católica. No le gustó nada que le exigiera ir a la oficina cuando le llamó por teléfono. El tono fue con un sabor a furia. Y Ximena sabe muchas cosas por llevar tiempo en esa burbuja que es la vida política. Una de ellas es la certeza de que el enojo provoca errores. Los errores surgen de la desesperación, y ésta siempre se materializa cuando se hicieron mal las cosas: alguien más estaba fallando.

—¿Así que esta pendeja se cree que sabe más del gobierno que yo?

El secretario alza el periódico y lo agita en el aire. Lo arroja para que caiga frente a Ximena, donde está el artículo que hizo que esa junta se llevara a cabo. Minerva Gante pareció ser una cachorrita cuando Lazo la conoció en la Cruzada de los Justos, pero la flaca sabía morder, había escrito un texto visceral y ponzoñoso que trataba de desenmascarar una serie de movimientos financieros hechos con precisión quirúrgica de un cirujano estético, los cuales desviaban más de tres mil millones de pesos con apariencia de programas sociales, obras infladas y pagos a supuestos apoyos externos. El secretario se queda mirando por su ventana, rumiando sus ideas y apretando la mandíbula. Sin voltear a ver a Ximena, entonces le pregunta más sereno—: ¿Conoces a esta pendeja?

—Me la presentó Laura Medina el otro día, en la marcha. Una niña pendeja que está haciéndose de su voz en los medios.

—Pues salió en la radio esta mañana, ya sabes dónde. Podrá estar muy niña, pero de pendeja, nada —gruñe el secretario. Se está despeinando. Su fotografía en medio de la importante marcha en contra de la violencia ha sido nublada por esa nota: ya no lo bajan de posible traidor al gobierno y un pillo como los de los regímenes anteriores. Cosa que podría ser cierta, pero lo importante es que no se supiera a ojos del público—. Su trabajo es mantener todo en calma. Ni siquiera ha podido finiquitar ese asunto que le encargué, Ximenita.

—Porrúa casi lo alcanza en Mazatlán.

—Sí, supe que hicieron un desmadrito en la zona. Ahora hablan de que yo no protejo a periodistas. Un tal David Hidalgo está muerto y la Comisión de Derechos Humanos insiste en que es un mártir de la prensa libre.

—Lo sé, señor. Estamos tratando de investigar cuál será su paso siguiente para poder adelantarnos —expone Ximena con voz neutral, sabe que está siendo el blanco de la frustración de su jefe. No hay problema, es parte del trabajo también. Sólo espera en silencio su siguiente desplante de niño consentido por la prensa, al que insisten en decir que es demasiado bueno para cualquier cosa que haga.

—Tengo un encuentro con el señor presidente en dos semanas, durante el congreso de gobernadores en Puerto Vallarta. Hemos quedado en cenar juntos, en charlar sobre nuestro futuro en el partido —narra el secretario con un leve brillo de ego desmedido—. Tengo un regalo que quiero llevarle. Hace tiempo compré una botella, pero a los vinos hay que dejarlos guardar, Ximenita. Pueden ser un regalo perfecto.

—Será un éxito su reunión, le aseguro que para esas fechas todo estará arreglado —se adelanta antes de que su jefe le pida lo inevitable. Sabe que esa junta es para eso, para poner fecha de caducidad a los problemas que ahora los agobiaban.

—No me importa cómo lo haga, pero calle a esa periodista. No quiero más sorpresas. Menos que todo esto llegue a los oídos del presidente —el tono de voz es impositivo, de pequeño caudillo. Mas Ximena no es una pollita que se deja rostizar tan fácilmente, le gusta leer los pequeños mensajes ocultos y pregunta:

—¿Señor? ¿Hay algo que debería saber que necesite ser manejado con discreción?

—Sólo que haga lo que necesito. No es mucho pedir, ¿verdad?

—¿Esa nota periodística tiene algo que ver con nuestro sospechoso, Damián Ross? —pregunta Ximena. El secretario no gira la cabeza, sólo le ofrece las espaldas mirando desde la ventana del edificio que da a Bucareli.

—No es mucho pedir, ¿verdad? —repite.

La charla ha terminado.

4

Voltea a mirarlos con ojos tristes. Tal vez no eran melancólicos, pero había algo en ellos que atraía el abatimiento, recordando sueños de atardeceres en las estepas africanas. Ésa era la mirada que debería tener alguien que lo perdió todo, a quien sólo le queda esperar a que la muerte arribe. La jirafa dio un mordisco a la paja que sobresalía del comedero ubicado en lo alto del árbol. Sus ojos ya no parecieron tan desoladores, simplemente aburridos. Damián Ross sorbió de su popote y el refresco bajó directo por su garganta. Demasiado dulce, seguramente la máquina dispensadora había sido mal calibrada y arrojó exceso de jarabe. Sintió el sustituto de azúcar como una bomba que irrumpía en sus venas. Tuvo un gran antojo de buscar un bar y ordenar su bebida preferida: ginger ale con Jack Daniel's. Pero a cambio de eso estaba viendo animales. El zoológico no estaba en sus planes, pero tampoco convertirse en niñera de esa mocosa que le cuestionaba todo. Contempló de nuevo a la jirafa y se sintió identificado con el surrealista animal. Pensó que era una gran cagada por parte del dios haber realizado una especie con ese cuello y esas patas: una broma de mal gusto. Los ojos de la jirafa parecieron coquetearle al abrirse y cerrarse lentamente mientras masticaba su comida. Ross levantó su vaso de refresco imaginando que era su Jack & Ale, y brindó con ella: *salud*, porque los dos somos un defecto de la naturaleza.

—¿Tuviste una esposa? ¿O novia?

—Hay personas que no estamos hechas para ser pareja. Venimos descompuestas desde que nacimos, preferimos estar solas —respondió Ross a Renata que no lo miraba. Recargada en sus brazos sobre la cerca exploraba los animales con la vista. No era grande, no era espectacular. Sólo era un zoológico. Ni siquiera sabía que había un parque así en Culiacán. Damián Ross lo olfateó como un respiro en su viaje. Una concesión para ella, para que dejara de llorar por las noches en los hoteles.

—No estás solo. Estás conmigo —sentenció la niña. Ross agitó su testa, era demasiado cabrona para ser infanta.

—¿Vas a empezar? Recuerda que a nadie le gustan las listillas.

—Sólo digo —musitó alzando omóplatos y olvidando al animal de cuello desproporcionado—. A mí también me gusta estar sola. Me meto en mi cuarto a dibujar y no quiero que me molesten. Que nadie me hable. Es bonito, a veces...

—Lo entiendes. Bueno, así me pasa —caminaron por los andadores. Habían llegado a Culiacán el día anterior. Renata encontró un tríptico anunciando el zoológico local y se emperró en visitarlo. Después de lo ocurrido en Mazatlán, Ross avanzaba más cuidadoso. Estaba pensando en recurrir a cortes de pelo y tinte. Para ambos. Estaba seguro de que sus rostros estaban en todos los celulares del bajo mundo del país. Anunciados con una cifra abultada.

—Pero luego me aburro. Es como esa jirafa, le buscaron una compañera para que no estuviera sola —la niña bebió de su refresco. A ella no pareció inmutarle el golpe de azúcar—. No debemos estar solos.

—¿Querías venir al maldito zoológico para distraerte, o a cuestionarme como si fueras mi mamá? —Ross se ajustó sus lentes oscuros mirando al sol intenso de Culiacán. Siente que está cargado de balas y muerte. La tierra, el aire, todo. Es tierra brava. No se siente a gusto.

—Soy muy chica para ser tu mamá —sarcasmo a la una, a las dos y a las tres. Esa pinche chamaca es un dolor en el culo. Le han

128

disparado y lo han acuchillado, pero nunca como esas palabras. Se detiene para mirarlo—. Además, ya te hubiera dicho que buscaras a alguien. Si no quieres una niña, no hay problema. Podría ser un amigo.

—¿Vas insistir con eso?

Ella sonríe. Es una enorme sonrisa. Ilumina su rostro y a todo el zoológico. Es bella, fresca, un canto de un pájaro ante el silencio. Pinche chamaca hija de la chingada: ya empieza a quererla. No sabe cómo explicarlo, pues sus sentimientos están oxidados, atrofiados. Nunca pensó usarlos de nuevo. Menos en una mocosa. Se refugian en una zona de mesas para terminar su bebida y refrescarse del inclemente calor. Un grupo escolar marcha parejito a su lado. Todos en uniforme, como mancha dicromática en azul y blanco. Las risas y el murmullo de los niños rellenan los espacios abiertos. Damián Ross expulsa el aire y sus presiones.

—¿Es su hija? —voz femenina, a un lado. Mano a la pistola. Espera que no se fije que trae bulto. No importa mucho: en Culiacán todos traen fusca. Ross voltea. A un lado de ellos, sentada. La había confundido originalmente con una de las maestras de los grupos escolares, pero viéndola a detalle es distinta: menuda, frágil. Apenas un poco más alta que Renata. Debe de tener unos cuarenta. Lo pelirrojo de su cabello crespo y las pecas en la piel blanca la hacen ver más joven. Ojos curiosos, grandes. Su ropa es impersonal: blusa azul con un estampado: "Yes, I'm a Bitch". Para aligerar las malas palabras, el dibujo de una zorrita. Jeans y zapatillas bajas. Es lo contrario de las mujeres de Sinaloa, su contraparte. Responde rápido, siempre sin dudar. Hazlo seguro, como si en verdad la conocieras de toda la vida, Ross.

—No, es mi sobrina...

—Hermosa —voz aguardentosa. No corresponde a su físico. Extiende la mano. Entonces Ross duda. No le gusta la gente agradable. No es de fiar. Nadie debe ir por la vida con un gesto todo positivo y arrojando margaritas. El mundo es muy mierda para ser amables: la saluda.

—Gracias... Di hola, Renata —indica el hombre. Renata hace gesto de *¡ay!* y saluda a regañadientes. Le sale lo preadolescente. Ross no le da importancia: se vale ser antisocial.

—Hola, Renata —escupe. La mujer se carcajea. Es contagiosa.

—No son de aquí, ¿verdad? —pregunta ella. Mierda, eso de no llamar la atención era primordial y ya llamaron hasta a misa con campanadas. Eso de andar de turistas encubiertos no se les da, como que le sale lo pendejo a Ross cuando anda con una mocosa. Comienza a dudar de si un hijo de puta con chamarra de cuero y una niña son algo que llame la atención tanto como descubrir una madriguera de nutrias en tus zapatos.

—Guadalajara...

—Durango...

Ross la examina de nuevo. Trata de que su olfato le diga qué está pasando y sólo encuentra que se trata de una mujer sola. La soledad es cabrona: te hace hablarle a desconocidos.

—Vine a un congreso de médicos en la ciudad. Soy internista. La verdad estaba aburrida y me daba cosa eso de ir a ver la capilla de Malverde. Así que decidí que el zoológico era menos peligroso. No creo que haya balaceras por estos rumbos.

—Acabo de ver un rinoceronte con escopeta, pero eso no cuenta —interrumpió Renata. Ross le lanza una mirada fulminante. Ella lo recibe con gesto irónico.

La doctorcilla vuelve a carcajearse. Ya se la ganó. Pinche chamaca.

—Parece un lugar seguro —suelta Ross, pero sin saber qué más decir. Siente el peso de su Glock: eso es seguro, no un puto zoológico.

—Así que andamos de turistas... ¿Y qué más se hace en Culiacán? —pregunta la doctora con su guiño todo buena vibra.

Ross recuerda lo que se puede hacer en esa ciudad: se puede uno meter a la casa de un narco. Uno de mando medio, no caca grande. En la noche, en silencio. A degollar a los vigilantes, chamacos tontos de la sierra. Luego al perro para que no ladre. Se accede por la ventana de la cocina, donde aún huele a que hicieron chilorio y tortillas de harina. En la recámara ni siquiera se explica por qué: si el muerto no sabe por qué lo matan merece estar muerto, por pendejo. *Bang, bang.* Dos disparos con el silenciador. Uno para él, otro para la esposa. Los niños están dormidos: lo hace con almohada. No le gusta matarlos con balas. Al menos que los puedan enterrar como angelitos. Dos niños. Ni se fija en el sexo. Entonces regresa, sale igual de cauteloso como entró. Sí, eso se puede hacer en Culiacán.

—No lo sé... ¿Ir al beisbol? —trata de ser amable, Ross. Vamos, levanta los extremos de tus labios, parece que rechina, pero lo logras: una sonrisa.

—No, no me gusta.

—Eres de Durango, debería gustarte.

—Te lo cambio por mariscos. Dicen que se comen buenos por estos rumbos. Si me llevan, yo invito: tengo viáticos pagados —propone la doctora pecosa. Ross voltea a ver a Renata. Ella ya odia el plan:

—¡¿Otra vez mariscos?!

Un hombre y una niña llaman la atención. Una pareja y su hija, no. Nadie se fija en que los tres sean tan disímbolos. Sólo ven macho, hembra y cría. Lo admiten como respuesta buena. Por eso Ross decidió aceptar la invitación. Que sigan buscando a un pinche matón en chamarra. Él ya trae camisa hawaiana y pantalones caquis. Los odia, pero son perfectos. Renata pidió espagueti, estaba segura de que si comía otro camarón más, iba a salirle cola de sirena. Ross ordenó mejillones, callo de hacha y marlín. La doctora Hilda Jorosky se dejó pedir camarones capeados y aguachile. Todo al centro, para compartir. Excepto la pasta que está desapareciendo en la boca de Renata cual aspiradora. Con esa niña le sale a uno más caro darle de comer que vestirla. Llevan una hora comiendo y la doctora no para de hablar. La pusieron en encendido y nadie ha encontrado la manera de apagarla. Pinche soledad, piensa Ross: te hace hablarle de tu matrimonio fallido a desconocidos. No es una historia original, tampoco llamativa. Pero su risa contagia y su cabello pelirrojo que insiste en taparle la cara lo vuelve entretenido. Tanto, que Renata sólo escupe cuando ella dice un chiste: sí, es de Durango. Hace más de un siglo que su familia llegó por Tampico, de Polonia. Se autonombra *whitexican*: mexicana blanca. Y para chingar, de provincia. Odia esa palabra, le suena a película de Jorge Negrete. Familia de comerciantes, clase media. Uno de sus tíos fue diputado, se cambió el apellido por Ávila, para sonar más de pueblo. No pudo cambiarse lo pelirrojo: al menos estaba calvo. Estudió medicina igual que su abuelo, un partero que amasó una ligera fortuna con el fin de comprar un buen terreno a las afueras de Durango y poder repartirlo entre sus tres hijos. Su pedazo le llegó a ella de rebote cuando murió su papá, que dizque era administrador de empresas. Ella cree que era niño rico consentido de pueblo, de ésos con coche convertible para conseguir novia. Le sirvió, se casó con su madre, una mujer de cierto abolengo, de ésas con ranchos. Algo de ese dinero también llegó de rebote. Pero prefirió la medicina. Le gusta ser autosuficiente e independiente. Estudió en la UNAM y en Israel. Le gusta su trabajo, su camioneta, sus dos gatos y sus clases de yoga. Odia que su mamá le hable cada mañana para preguntarle cómo usar el internet, odia también a su exesposo y el beisbol, porque éste era muy aficionado. Consultas por la tarde, hospitalización por la mañana. Yoga los martes y jueves. Dejó las clases de cocina. Pero le gusta comer.

—¿Y tú? —le devuelve la atención Hilda después de engullir con lujuria un camarón. Ross se acomoda en la silla, incómodo por la pregunta. No, él no odia el beisbol. Tampoco le gusta. Y nunca fue a Israel. Pero ha sabido coserse heridas, sacarse balas y hasta desinfectarse una mordida de alacrán. No es médico, pero se siente bueno con eso de la sangre.

—Vendo seguros —le salió natural—. Axxa. Te puedo recomendar uno muy bueno de gastos médicos...

—¡Oh, no! Podías ser todo menos un hijo de la chingada de seguros. Los odio también —ríe Hilda ante el comentario. Ross se levanta, arrojando con lentitud la silla.

—Discúlpame. Fue un gusto conocerte —murmura. Ella se ríe aún más, Renata escupe por la nariz un pedazo de pasta. Los tres están contentos por la actuación; Damián, ¿ya ves?, no es difícil ser agradable.

—¡Vamos, siéntate! Claro que no pasa nada. Pero es que es un dolor de cabeza con los pacientes: que este papel, que este informe... Parece que no quieren pagar. Que los prefieren muertos.

—Así es, pero no se lo digas. No nos comprarían las pólizas.

—Ha sido una gran tarde, muchas gracias. Estoy hospedada en el Fiesta Inn. Si quieren cenar, los espero allá. ¿Ustedes dónde se quedan?

—Hotel La Quinta Posada Real —no le gustan los hoteles altos y con pasillos, son trampas mortales en ataques y sólo se puede salir en los elevadores. Le agradan mejor los de tipo motel gringo, desde donde pueda ver su camioneta y siempre en el primer piso para salir pitando en cualquier caso.

—¿Y Renata es hija de...?

—Mis papás —respondió la niña. Hilda alza las manos, entendiendo que a preguntas tontas, respuestas tontas.

—¿Y dónde están ellos?

—Muertos —suelta la niña. Ross casi se atraganta con un pedazo de marisco ante el comentario. Se congela, esperando que el mundo colapse. Mas Renata sigue comiendo y hablando como si fuera de lo más normal—. Hace años en un choque, ahora vivo con mi tío Luis. Que seguro te va a vender un seguro.

Pinche chamaca. Me acabo de cagar. Ella voltea y le hace un cariño. Es una cabrona en tamaño *petit*. Le guiña un ojo. Pinche chamaca.

Fue una buena noche, de ésas en que uno pierde de vista que la vida es una chingada y están huyendo. Renata bromeó y no parecía deprimida, igual que yo. Bajé la guardia un poco, a veces hay que dar un alto a la puta vida, pues te come vivo y escupe como si fueras un chicle usado. Pero hoy salió el sol, y todos reímos. Había olvidado el sonido de las carcajadas, porque después de vivir tanto tiempo solo, ese sonido se vuelve un ruido molesto, fastidioso. La soledad te ayuda a convivir con el silencio, a caminar de la mano con éste de por vida, tan sólo escuchando tu monólogo interno. Sí, éste del que estoy ahora hablando, ése que estoy escuchando. Eres tú, Damián Ross, ¿no recuerdas cómo suena tu voz?

—Pido el baño primero —exclamó Renata arrebatándole la tarjeta de la habitación apenas se estacionaron fuera de su cuarto de hotel. La niña abrió la puerta y salió cual bólido a la puerta que permanecía cerrada, esperándolos, pero no por mucho tiempo, pues la cerradura electrónica se abrió apenas colocó la tarjeta. Desapareció sin decir más. Damián Ross se quedó en la camioneta sentado mirando el atardecer que casi engullía en su totalidad la luz del sol para dar pie a una luminosa noche. Abrió la guantera y revisó el arma que estaba ahí: desde que salieron de Guadalajara le explicó a Renata cómo usarla: quitas el seguro, apuntas con las dos manos y disparas. No pienses, sólo dispara. Las armas no están hechas con chips eléctricos pues no requieren de mucho cerebro, sólo se jala el gatillo y te encomiendas a quien gustes para que la bala vaya directo al hijo de puta que se busca tronar y no a otro. La revisa con cuidado para volverla a guardar. Ésa es tu arma. Si ves que algo me pasa, la tomas y te chingas al cabrón que desea hacerte daño. No preguntes, sólo le disparas. Si lo ves con un arma, le disparas. Si lo ves tratando de hablarte, le disparas. Si te dice mentiras, *pum*, un tiro en medio de las cejas. Sabe que no es invencible, que pueden darle baje. Suspira, pues no desea que ella use esa pequeña escuadra que le cabe perfecto en sus manos. La hizo disparar en la carretera: lo hizo bien, sólo lloró una vez. Es una Trejo, la pistola de repetición más pequeña que jamás se ha fabricado. Calibre .22, permitida en México cuando fue creada. Negra, con cachas blancas de concha nácar, que la hacen ver como el arma de una princesa. La misma que le dio su abuelo años atrás.

Baja al cuarto, al baño, y quizás a limpiar las armas. Es buena hora. Abre la puerta, mete el primer pie y escucha el gatillo antes de la detonación. *Mierda. Bajaste la guardia, pero andabas muy feliz. Mierda.* La bala entró directo en el chamorro sin tocar hueso. Dolió de puta madre. No grita, no se queja. La mano directo a la Glock del cinturón. Y vuelve a la camioneta. *El cabrón esperó a que ella bajara: me quiere a mí.* Baja la vista y ve el pantalón caqui empapado en carmesí. Otra bala retumba la lámina de la camioneta. Muchas más. No es de repetición. Suena a pistola, una pinche escuadra de judicial: calibre .380, de las que usan los narquillos o los polis. El eco retumba de nuevo. *¿Qué nadie sale a ver la chingada balacera? ¡Ah, no! Olvidaba que estamos en Culiacán, aquí llueven coca y balas.* Ross voltea a un lado y a otro. El cristal de la puerta izquierda estalla en pedazos por un disparo que casi atina a su cabeza. Retrovisor: nada. Espejos laterales: nada... Espera, hay algo. Atrás, entre las plantas. Camisa a cuadros, pasamontañas. Toma la escopeta recortada calibre 12 que está debajo del asiento. *Bang, bang, bang... Pinche cabrón, ya me dejaste mi Lobo toda baleada. Puedo matarte con la Glock, pero mereces que te llene de municiones tu cabeza.* Abre la puerta del copiloto y se deja caer al piso. Suena como costal de cemento rebotando. Ahí sí se le escapa un "¡Ouch!". Más disparos. Lo ve. Es ahora el mero pinche momento donde se lo cargó la chingada: Ross se levanta y empieza a disparar con la escopeta, sin importarle resguardarse. Funciona a la perfección, pues se impone a un hijo de puta tan feo como la chingada disparando una fusca hacia él. Los destellos secos rebotan, una, dos tres, cuatro. Los balines 12 hicieron su cometido y cruzaron el estacionamiento hasta el sedán rojo que servía de resguardo. Cara de Pasamontañas queda tirado, lleno de heridas de los escopetazos. No cree que puedan reconocerlo fácil. Uno de los disparos le voló media cara. Lo mira y aprieta los dientes por el dolor en la pierna. De pronto llega el cuchillo en el hombro. Otro hombre. Eran dos. Éste lo atacó con un filo de caza que entró y salió igual que la bala. También dolió. Grita, por la sorpresa y por el dolor. Se voltea y con ambas manos atrapa el embate de una nueva cuchillada. Hombre con pasamontañas también, pero éste de color rojo. Forcejean haciendo volar el filo de la cuchilla aquí y allá. Corta carne, rasga ropa. La sangre brota. Las gargantas hacen ruidos raros mientras combaten, ruidos como de sexo. Tiene fuerza, mucha. Está dejándolo mal herido. Con la cabeza da un golpe directo a los ojos brillantes que no cubren el pasamontañas. La frente de Ross literalmente hace papilla la nariz. El hombre lo suelta y da dos pasos hacia atrás: la Glock aparece. *Pum, pum.* Esto se acabó.

Ross toma aire. Se recupera. Está herido de la pierna por una bala. En el hombro, cara y brazos por punzocortante. La sangre fluye cual manantial por todas las tajadas. Es hora de irse de allí. Corre cojeando hacia el cuarto para arrastrar por los pelos a esa chamaca. La puerta está entreabierta. No la cerró del todo. Al menos nunca se asomó ante la balacera. La puerta golpea la pared dándole el panorama total de la habitación. Y ahí están: Renata está llorando, parada en la mitad del cuarto. Hay un charco debajo de ella, sus mallones están mojados. No llegó al baño. Pero seguro la vejiga no aguantó cuando ese hombre de cara alargada cual mandril, pelo revoltoso y ojos de psicópata la inmovilizó con una pistola. Ahora el arma está apuntando en la sien: el hombre Porrúa logró encontrar a su presa.

Me apunta. Se llama Ross, el que no es Rosa. (Cervantes escribe *El que lee mucho y anda mucho, ve mucho y sabe mucho.*) Con nombre chistoso: Damián. Demonio. El demonio rosa... Pero no es Rosa, es Ross. Estoy mirado muy atento, no parpadeo ni una vez mientras apunto a la niña. No había niña. Nunca hubo niña: la licenciada me mintió. Dijo hay un hombre y Melquiades mata hombres. Fueron dos minutos. No parpadeo. Sólo me mira a mí y a la niña el que no es Rosa. No, no mato a la niña. Pero ya tengo al que no es Rosa. (*Todos los grandes fueron niños alguna vez... pero sólo unos pocos lo recuerdan.* Lo dijo Antoine de Saint-Exupéry en *El Principito.* Un libro con dibujos.) ¿He matado niños? No, porque Dante Melquiades no es un mono, no es un orangután salvaje. Ellos matan niños. Dante, no. Ella se mueve un poco, solloza. Y de nuevo mira al hombre que no es Rosa. Sé que trae una pistola en la mano, porque yo la vi, porque no parpadeé. Vi cómo la tiene abajo, tiene miedo de que dispare a la niña. Pero no sabe que no disparo a infantes, pues no está perdido (*No todos los que vagan están perdidos,* escribe Tolkien. Sí, ése, el de los enanos). Aquí está, frente a mí. Lo puedo ver porque no parpadeo. Estoy escuchando muy atento lo que me dice. Suplica que la deje ir. Lo escucho decir su nombre porque pongo mucha atención. Su nombre es Renata. No, no es Ross. Rosa es flor y tiene espinas. Pica si la tocas, saca sangre. Ella, la niña, es Renata. Porque lo escuché muy atento.

—Suéltala —murmura Ross bajando su arma. Renata vuelve a gemir. Apenas se mueve.

—Melquiades no puede hacerlo —comenta el hombre mandril. La pistola no se mueve de la cabeza de la niña—. Debo hablar a la licenciada.

Dante Melquiades saca con la mano libre un celular. Lo prende.

—¿Necesitas llamar a tu jefe? Bien, no tengo problema... Hazlo.

—Estoy llamando a la licenciada. No te muevas porque te estoy viendo —el celular suena. Va al oído del hombre mandril—. Con la licenciada, soy Porrúa. Sí, ya tengo al hombre, señora. Pero no sé qué hacer con la niña.

Ross da dos pasos adelante. Deja su arma en el suelo, levantando las manos: no hace ningún movimiento brusco. Insiste en que no le disparen, que está desarmado.

—Déjala ir... Dile que la vas a dejar ir.

Dante Melquiades escucha el teléfono. La licenciada pregunta "¿Cuál niña?".

Entonces se dan cuenta de que nadie sabe de la niña. Ojos a Ross, que se acerca aún más.

—¡Cállate!... Espere, licenciada —el hombre mandril baja la vista y mira a la niña. No le gusta dudar, pero necesita órdenes precisas. No le gusta tomar decisiones—. Sí, una niña. La tengo.

—Tú me quieres a mí: yo soy Damián Ross —insiste Lobo dando un paso más—. Ella no es tu problema, déjala.

—Estoy escuchando a la licenciada —le grita Melquiades, ya que Ross está muy cerca. No trae ya la pistola, pero no le gusta—: Quédate ahí.

—Si funcionó una vez, puede funcionar de nuevo —susurra el sicario. Lo hace para darse valor.

—¿Qué? —pregunta Melquiades antes de recibir el golpe directo de la cabeza de Ross contra su cara. Repite el movimiento que hizo afuera, pero es un poco más lento. La maniobra funciona en parte: hace que el hombre mandril casi caiga de espaldas y levante al techo la pistola. La bala cruza el plafón, con la detonación repitiéndose por el eco. El puño al rostro otra vez. Y otro. Necesitó tres buenos golpes para noquearlo. Al menos no era grande, por eso cayó lánguido al suelo con la nariz ensangrentada.

5

No, no había muchas opciones después de que te rompen la madre de esa manera, pues ya lo jodido, jodido quedaba. Un hospital queda descartado de entrada. Si la herida es con arma, con seguridad llaman a la policía para seguir el caso por oficio. Aunque los huevones no hagan nada, necesitan levantar el desmadre ministerial, y todo ese papeleo. Así que nada de clínicas privadas, populares o demás madres. A veces se puede optar por caerle a veterinarios, ellos no hacen tantas preguntas y, si se les sorraja una cantidad adecuada, pueden suturar y meterte un par de inyecciones para evitar que se infecten las heridas. Hasta seguro que lo hacen mejor que los matasanos, pues los mataperros hacen tantas operaciones que ya les salen con los ojos cerrados. Pero hay una doctora, insistió la chamaca. Sabían dónde estaba, así que se fueron pitando al Fiesta Inn. Ross necesitaba curarse esa herida en la pierna y en el hombro o se desangraría cual cerdo en matadero. Nadie quiere un pendejo sicario a medio morirse, pues comete muchas pendejadas y éstas traen muerte.

Al menos no gritó ni se alarmó al verlos, Ross apenas sosteniéndose de la niña, paraditos como niños buenos en el umbral de la puerta de su cuarto. Hilda dormía con una camiseta muy grande, que le tapaba la mayoría de su cuerpo lechoso, sólo dejando mostrar sus torneadas piernas muy bien ejercitadas. Ni siquiera preguntó por las heridas, de inmediato el pinche instinto de salvar vidas funcionó y ayudó a Renata para recostarlo en la cama de su cuarto. Adiós sábanas, que se llenaron de sangre. Pero apareció un botiquín, y a trabajar se ha dicho. Necesitó salir a comprar cosas, pues no era una farmacia ambulante. Hay una Farmacia Guadalajara a una cuadra.

—Espérense aquí —indicó Hilda Jorosky.

—No pienso moverme, estoy todo madreado, pendeja —se le salió a Ross. De nuevo la carcajada, esa que es contagiosa.

—Un par de puntos en la pierna. Tuviste suerte de que no hubiera necesidad de sacar la bala —indicó Hilda. Renata estaba asustada, por eso los miraba sentada con esos ojos abiertos como dos grandes platones. Hilda hizo una labor profesional de primera, cosiendo y curando con cuidado—. La herida del hombro está más cabrona. Pero nada que no te hayan hecho antes, ¿verdad?

—Fue un asalto —escupe Ross implorando por un analgésico que le aliviara el dolor.

—Estoy segura de que el ladrón quedó peor —comenta Hilda revolviendo una suspensión con un polvo embotellado en una jeringa. Parece antibiótico, el aroma así lo indica. Ese tufo dulzón que dice que pronto estarás bien—. No creo que quieras verme la cara de pendeja con esa explicación, ¿verdad?

Y ahí va la inyección. Ross siente cómo el contenido de la jeringa fluye por su cuerpo, entregándole una sensación de ensueño. De nuevo le ponen el encendido a la doctora y nadie parece hacerla callar. Habla, habla, sin tomar aire: La cosa está cabrona, pero seguro te vas a curar de estas heridas. Estoy segura de que no son las primeras, sólo de verte la espalda y los brazos te das cuenta que estás más rayado que un cuaderno Scribe. ¿Te chingaron tanto? La cicatriz que se ve muy ojete es la de tu vientre. ¿Te rajaron la panza? ¿O fue un balazo? La neta, güey, ni me importa. Mi chamba es arreglar lo que viene descompuesto y así lo hacemos. Es que nos gustan las cosas limpias, sin tanto alboroto. Por eso siempre nos agrada tu estilo, ya ves que no la haces de pedo nunca. Ojalá el resto de los cabrones te siguiera el ejemplo. Recuerdas que te lo dijimos, ¿no? Es que el patrón tiene razón, se quejan de que siempre traen pedos con viejas o por problemas con la droga. Siempre terminan recogiendo platos rotos, levantando la basura de los desmadres que hacen y aparecen en las noticias, ¿no crees? A eso me dedico, a limpiarle las colas de la cagazón que hacen sus narquillos. A veces la verdad ni los compongo, da coraje y mejor les meto una sobredosis para que se vayan contentos al país de Nunca Jamás. Ya nadie es profesional, Damián. Hacen un desmadre por donde pasan. Por ello tiene sus ventajas ocupar gente inteligente como tú, que le gustan las cosas refinadas. Gente profesional: si vas a matar, que sea limpio. Pues sí, para eso te mandan a estudiar a Israel. Claro que pasar un par de años en el Sayeret Matkal te hace ver las cosas de distinta manera, que las chingaderas, aunque sean las peores, se pueden hacer bien. Lo hice en la Franja de Gaza, y nadie dijo ni pío de los cabrones árabes que nos chingamos. Dizque los atendía, pero terminaban muertos. Claro que soy doctora, me fleté siete años chingándole y siguiendo a un pobre pendejo que deseaba ser ginecólogo. Sí, vas a decir que no le paro con mi exesposo, es que en verdad era un pendejo. Ahí, en el campo de guerra de Israel, no te preguntas si son padres, madres o hijos. Los borras, y a chingar a su madre. Así le hice a ese cabrón cuando me enteré de que me ponía el cuerno. Dizque una bala de un terrorista. Bala la que le sacamos de su cerebro al hijo de puta. Nadie revisó mi pistola, pues porque soy doctora militar. Ahora que regresé no me fue mal. No es mal empleo, uno puede seguir en la clínica en Durango y sólo hacer trabajos cuando te llama el Señor. Se lo debo, como todos. Tú se la debes, pues te apoyó en muchas cosas, así que no debe asustarte que ahora haya un precio por tu cabeza. Llegaste a su casa en Mazatlán e hiciste un mierdero, eso no es bueno para nadie. Ya ves, logramos resolverlo sin problema. Ahora esta inyección, que seguro te hace sentir mejor, te llevará al país de los sueños y pues nada, nos regresamos a Mazatlán. Aquí en Culiacán la cosa está que arde, ya ves con todo lo del pendejo del capo que coqueteaba a la estrellita de cine esa. Mejor dejemos que se enfríe un poco la cosa, para que puedas regresar con el Señor a pedirle disculpas. ¿Ya sientes el cuerpo pesado, Damián? Qué bueno, así debe ser. Como te decía, debes pedir perdón. Ni idea de qué van a hacer contigo, pero no puedes llegar a escupir la casa de alguien que te ofreció la mano. Eso no se hace. ¿Puedes seguir escuchándome? ¿Ya tienes sueño?

—Eres una cabrona... hija —balbucea Damián mirando con súplicas a Renata, quien sigue sin comprender qué sucede.

—No, soy una profesional, como te dije. Así que entre menos de pedo la hagas, mejor nos entenderemos —explica Hilda guardando todos sus instrumentos de curación. Se quita la playera, quedándose en ropa interior deportiva. Unos jeans, otra camiseta blanca—. Será mejor que me ayudes, cariño. Vamos a llevar a Damián a un lugar donde lo atiendan mejor. No podrá caminar bien.

Renata abre la boca para maldecir, pero la cierra sin emitir sonido alguno al ver que Hilda saca de un cajón una pistola. El ojo oscuro le apunta, motivándola a moverse y a quedarse callada. La niña ayuda a incorporar a Damián que intenta luchar, pero está flácido como un globo desinflado. Hilda es más fuerte de lo que aparenta. Al levantar al sicario por los hombros, un par de músculos en los brazos saltan mostrando que el ejercicio militar fue exhaustivo.

—Vamos a irnos en su camioneta, Renata. No debes preocuparte, nada te pasará. Así que, tranquila, esto ya se terminó —explica la doctora pelirroja arrastrando a Damián al elevador. La niña solloza, carga el peso de Damián que está drogado. Las lágrimas recorren sus mejillas y caen al suelo. Hilda le limpia la cara antes de que la puerta se abra en el estacionamiento—: No llores, todo va a estar bien.

Llegan a la camioneta Lobo, donde con dificultades colocan en medio de la cabina a Damián, recargando su cabeza en el tablero. Sigue intentando moverse, despertarse, pero es imposible: la droga ya hizo efecto. Hilda, al verlo, sonríe complacida e indica a Renata que se suba en el lado del copiloto, junto a Damián. Continúa con sus lamentos y su llanto. Se sube en silencio. La puerta se cierra detrás de ella. Hilda silba una vieja canción que su abuelo le cantaba, la misma que siempre suena cuando está en consulta. No se culpa por ser así: le gusta el dinero, igual que a su papá. De preferencia, dinero fácil. Sabe que su cuenta bancaria se va a engrosar cuando llegue a Mazatlán, lo suficiente para irse de viaje a Moscú o a Tailandia. Siempre quiso conocer las playas de Tailandia. Abre la puerta del piloto y entra, entonces ve la pequeña escuadra apuntándole: al parecer Renata la extrajo de la guantera. Es un arma pequeña, una Trejo 22, obvio que se la escogió Ross para que cupiera entre sus manos que ahora la apresaban con aplomo. Hilda suelta la carajada de nuevo. Sí, es contagiosa.

—¡Ay, no mames, niña! Deja eso y...

¡*Bum!* El disparo directito en el pecho. Hilda se mueve sorprendida ante el impacto, agitándose como si hubiera recibido una descarga eléctrica. Logra mover la boca, mas la sangre ya la está inundando. Un chorro carmesí escurre con baba. Y por fin Renata supo cómo poner en apagado a la doctora, callarla para siempre. A pesar de tratar de aferrarse a seguir respirando, los pulmones colapsados de Hilda se lo impidieron. Su cabeza se desplomó contra el volante. Renata piensa que tal vez debería limpiar la sangre. No llora, sólo piensa en que ensució la camioneta de Ross y él va a enojarse cuando despierte.

—Bien, chamaca... Muy bien —logra decir Ross antes de volver a desfallecer.

—¿Es la licenciada? —auscultó por el celular. Era esa voz, sabía que era él. Había perdido la comunicación con su hombre Porrúa desde el día anterior. Por eso le sorprendió que se volviera a comunicar ese mediodía.

—¿Quién le dio este número? Es de uso privado. Si lo desea, podré atender en... —respondió Ximena de manera fría, distante, procurando no mostrar interés, a pesar de que su subconsciente gritaba sobre esa maldita voz.

—Tengo el teléfono de su hombre.

—Celular —corrige ella en automático. Como es su costumbre, intenta controlar.

—Si así gusta: su celular.

Mutismo. Ella sabe que es su encargo del secretario al otro lado de la línea. Piensa en el siguiente paso. Puede dar cualquiera, y sin importar cuál sea, está segura de que será erróneo. Nunca un matón la había llamado. Su mundo había terminado tal como lo conocía.

—¿Lo mató? —única pregunta coherente que llegó a su boca.

—No, pero él casi me lincha a mí —aclara ese individuo con tono tranquilo. Es tan pausado que da escalofríos, como si dejara las palabras con anzuelo—. Un hombre peculiar, su trabajador, licenciada Lazo. Debo admitir que me dejó impresionado su perseverancia. Algo poco visto en estos tiempos. Desde luego déjeme decirle que no es la única que mandó hombres con encargos. El Señor de Mazatlán también me dejó un recado.

—¿Nos conocemos?

—Tal vez. Hace años, pero eso no importa ahora —escucha Ximena. Ella conoce su fotografía porque la ha visto en los últimos días, no necesita verlo en persona—. No seré más que un vago rostro o un recuerdo. Lo importante es lo que hablemos ahora.

Ximena sabe que él la está buscando, que esta llamada no es un error en el bien orquestado plan de ese asesino. Algo en ella, esa fidelidad que le debe a su gobierno, le impide hacer las preguntas correctas y por ello contesta de manera institucional:

—No hay nada que discutir. Usted es un sicario, señor Ross. El gobierno no hace tratos con ningún tipo de delincuentes. Menos con los de su calaña.

—No necesitamos llegar a esos peyorativos. Yo la trato como se merece, usted al menos téngame paciencia. No le pido respeto, que sabemos que perro no muerde perro —manifiesta el hombre que tanto busca. Un escalofrío galopa su espalda al comprender que pertenecen a la misma calaña.

—Si lo que me insinúa es que somos iguales, está en una fantasía. Voy a poner en perspectiva su situación para que no me venga con sus clases de moral: yo soy una servidora pública con más de veinte años en el servicio que ha trabajado más allá de canalladas partidistas... Usted, un simple asesino. Mató a sangre fría a un amigo del secretario. Y eso él lo toma como una ofensa personal.

Es una carcajada. Sí, una sonora risotada lo que le regresan ante su desplante moral. El escalofrío sube un nuevo escalón y Ximena siente un espasmo ante ese inquietante sonido.

—¿Perdón? ¿Cree que yo...? —balbucea entre la risa apagada.

—¡No se haga el pendejo! Tenemos pruebas de que organizó, dirigió y llevó a cabo el ataque conocido como la Masacre de la Piñata... ¿Quién le pagó por tan terrible crimen? ¿Qué hijo de puta lo mandó a matar niños?

—¿En verdad cree que fui yo?

—El que esté huyendo sólo me confirma su culpabilidad, señor Ross. No dude que lo atraparemos, o lo mataremos —ella sonríe al sentirse por primera vez en el poder durante la charla. No tiene idea de lo errada que está.

—Estamos viendo dos películas distintas, licenciada. Muy distintas —regresa ese tono pausado, esa voz que le causó estremecimiento.

—¿Usted cree? ¡Váyase a la chingada! ¡Yo misma me encargaré de agarrarlo de los huevos y colgarlo de la Torre Latinoamericana cuando lo atrapemos! —tranquila, que no te aprisione la furia. Eso sólo trae desesperación. Y ya lo sabes, te hace cometer errores. Pero no puede controlarse. No con ese monstruo. Le cuelga la llamada. Se puede ir directo a chingar a su madre ese cabrón. Ximena sonríe, pero no por mucho.

De nuevo suena el celular. Ahora ella está aterrada, sin saber si es por sentirse frágil o porque le están destruyendo los pilares de sus creencias políticas. Responde, vamos, responde.

—Supongo que hubo un error y me colgó —él mismo ofrece la explicación. Se está burlando. Ella nunca tuvo el control.

—El único error es que aún no lo he atrapado, cabrón hijo de puta —otra vez la explosión. Si te enojas, pierdes, Ximena.

—¿Y no le importa la niña? —le sueltan desde el otro lado de la línea. ¿Niña? Eso es nuevo. Se lo dijo Melquiades, no comprendió entonces, ni ahora. ¿Qué chingaderas? Ximena tiene muchas palabras, muchas frases dentro, pero ninguna emerge de su boca pues este giro la ha dejado desarmada.

—¿Niña...? ¿De qué me habla?

Silencio de nuevo.

—¿No se lo ha dicho su jefe, el secretario? Se lo dije, estamos viendo dos películas diferentes...

—¿La niña? —repite Lazo como una tonta. Y empieza a saltar en su mapa mental entre informes y notas de periódicos. ¿Cuál? ¿Qué tiene que ver con el desvío millonario? ¿Y con De la Colina? Uno, dos y tres. Suma y llegarás a la respuesta. De pronto, en medio de esa lluvia de recuerdos, aparece el informe de la Masacre de la Piñata.

—¿Por qué no revisa cuál es la película que le están vendiendo y nos volvemos hablar? —dicta Damián Ross antes de terminar la llamada, dejando a Ximena sola con sus especulaciones. Ella baja la mano de golpe, separando el aparato de su oreja al sentirlo pesado. La lluvia de reflexiones la aborda y el nombre de Renata de la Colina, la hija única del amigo del secretario, emerge. Ella es la niña, ella es la razón de todo.

6

Las armas matan gente. A ver, mijo, eso nadie lo pone en duda. No poseen otra jodida función. No es como que puedes romper nueces con ellas, arriar vacas o que sirvan de adorno. Fueron creadas para arrebatar la vida al que se tiene enfrente. Ésa es su mera inspiración, su única razón de existir. Se lo dice su abuelo, que carga la escuadra Trejo. Tómala entre tus manos, Damián. Siente el peso, el frío del metal. Sabe que es una extensión de ti, que ya traes tres ojos. Recuérdalo. Dos están en tu cabezota, en medio: son los que te dicen por dónde caminas, dónde estás y adónde vas. El tercero es el de tu pistola. Siempre apuntando a donde debe. La vista de tu carota puede estar ojeando el cielo, pero este pinche tercer ojo, el del cañón, debes tenerlo hacia donde vas a disparar. Como en los ojos que tienen pupilas, la pistola tiene punto en la mira. ¿Lo ves? Esa cosa arriba del final, como aleta de tiburón. Ésa es tu guía, la que te mostrará para dónde va la bala. Hay otra parte, la alza de la mira. Esa curva que debes juntar con tu vista. Cuando las dos se encuentran es hora de cantar: le jalas.

No debe tener más de diez años. Damián sabe que es pequeño para tirar de ese gatillo, pero su abuelo explica que para ser hombrecito uno debe saber montar a caballo, disparar una pinche arma, ser educado con las viejas y con los mayores. Ése es el secreto de todo, muchacho. Si lo aprendes, seguro vas a sobrevivir en este jodido lugar. ¿Lo tienes? ¿Ves la botella por el punto y el alza? Pues, vamos, jálele... Para eso estamos aquí. La detonación hace eco por el campo, rebotando entre árboles y rocas, asustando a un grupo de chachalacas que se escapan dando gritos. La botella estalla en pedazos, haciendo sentir a Damián una satisfacción única, que sólo volverá a paladear cuando tenga su primera eyaculación en tres años. El abuelo le revuelve el cabello pidiéndole la pequeña pistola Trejo. El niño se la entrega. El padre de su madre es un hombre de rancho, creció entre ganado y sembradíos. Se robó a su esposa cuando ella tenía dieciséis, mató a su primer hombre a los veinticinco. Está curtido por el sol y los golpes de la vida. Toda su vida ha estado en ese pedazo de tierra, su rancho, cerca de San Juan de los Lagos, Jalisco. No necesita salir de ahí, pues dice que tiene lo que necesita: un lugar para vivir, una vieja que lo espera, un lugar donde morirse.

Ésta va a ser tu nueva amiga, y como vieja, hay que respetarla. Le enseña la pistola al pequeño Damián Ross. El niño contempla con ojos de admiración a su abuelo grabando en su cabeza las enseñanzas. A ver, ámonos con lo que sigue: a las viejas hay que saberlas tratar, debes conocerlas para hacerlas sentir bien. Ya sabes que tienen tetas, pues bueno, ésta, la pistola, también tiene sus cositas. ¡Claro que es mujer! ¿A poco creías que era machito? No, Damián, la pistola es vieja y, como tal, es de contentillo. Siempre acéitala, cuídala, como las de verdad. Para que no te la hagan de pedo. Chécate su martillo, su cañón, la guía de la corredera... Límpiala, que resbale como cuando vas a cogértela. Entonces sí, úsala. Dispara y conecta la pinche fusca con tu cabeza. Piensa si vale la pena jalarle a ese gatillo. Como si tocaras las partes íntimas de tu chamaca. Eso, así.

Eco de nuevo. Vuelve a dar en el blanco.

¡Ájalas, qué bien; te felicito, chamaco! Ahora vamos a calarla. Esta cabrona es una Trejo, Damián. Va a ser tu primera fusca. ¿Sabes de dónde viene? No es una maricotera como las gringas Colt, o las pinches carísimas Heckler. Esta chulada es de México, de Zacatlán, Puebla. Ya conocerás ese lugar, Damián. Porque se ve que te va a ir bien, chamaco. Seguro andarás de pata de perro toda tu vida. No eres como tu hermano, que salió como tu abuela, bien pendejo. Tú vas a ser cabrón. No bonito, porque saliste igual de feo que yo, pero seguro te robas una chamacona y la vuelves tu mujer. Esta pinche pistolita es una 22, es el calibre de la bala. Siente las letras, son las cicatrices del arma: mira, lleva una manzanita. ¿Sabes que hay manzanas en Zacatlán? La tuya tiene cachas de concha blanca. ¿Te gusta? Pues ya es tuya.

Pues súbase al caballo, nos regresamos con tu madre que ya debe de andar echando lumbre porque nos fuimos desde temprano. Usted chitón con esto. Es de hombrecitos lo que hicimos. Pinche chamaco, qué bueno que te gustó eso de los tiros, pues te veía medio apendejado, bien consentido por tu madre. Miedo tenía que salieras puto, pero se ve que eres cabrón mátalas callando. Está bien, eso está bien, Damián. Tú me ves cómo trato a los peones, así se debe manejar a la gente. Pinches indios pendejos que quieren verte la cara, no te dejes, muchacho. ¿Viste cómo le rompí la madre a ese que me la armó de pedo? Pues igual tú no te dejes, no seas maricón. Pero recuerda, calladito con tu madre, que mija salió bien persignada. Ni idea de dónde cogió lo mocha, se me hace que del pendejo de tu padre. Que mucho rezo, mucho rezo y, ya ves, los dejó por una putita. ¡La bien puta de la Consuelo! De saber que se iba a coger a mi secretaria no me lo traía a trabajar al rancho. Pero es que tu padre es un huevonazo, un pinche pendejo cogelón. ¿Quién iba a decir que se metería revolcón con mi secretaria? Pa' colmo, hija de mi compadre. Si será pendejo tu padre. Se me hace que va a acabar muerto cual perro un buen día. Puede que a tu madre le vea la cara, pero a mí no. Eso no se va a quedar así, te lo prometo, chamaco. Va a pagar por todas las que me hizo ese cabrón.

Esa tarde, cuando disparó la pistola Trejo, fue el día más feliz de su vida. Damián lo recuerda con cariño y nostalgia. Siempre cuidó el arma de fuego que le obsequió su abuelo. Nunca se desprendió de ella hasta que se la dio muchas décadas después a Renata de la Colina. Sólo una vez no la tuvo consigo, cuando la buscó en el cajón entre calzones y no la encontró. Estaba seguro de que la había guardado para que su hermano no la tomara, pero no estaba ahí. Su abuelo era el único que sabía de ese lugar secreto, así que fue y le preguntó. Pues no sé, chamaco, búsquela bien, pues no debe andar perdiendo su fusca. Apareció después, en ese mismo cajón donde debía estar. Eso sí, limpiecita y aceitadita, como si le hubieran dado su pulidita. Al siguiente día se enteraría toda su familia de que mataron a su padre. Iba saliendo de un bar en Guadalajara, con dos amigos. Ya no vivía en el pueblo, se había mudado con su nueva vieja a la ciudad. Dizque un asalto, o tal vez un pleito de faldas, pues era bien coqueto. Dos tiros con una 22. Pero se encargaron de dárselos bien dados, para matarlo. Damián luego se preguntaría por qué le faltaban balas en su arma: él no la había usado. De nuevo volvió a preguntarle al abuelo y el viejo sólo le revolvió el pelo. Nunca más volvieron a hablar de su padre. Creció con la sombra de ese hombre duro de campo y el murmullo de los rezos de su madre.

Damián adoraba la vida del rancho. Tres años después de que le enseñaron a disparar, se fue con varios amigos de la escuela al terminar las clases a nadar a la fosa. Era principios de primavera y el sol estaba caliente. Los chamacos se despojaron de los uniformes que quedaron hechos bola al lado de las mochilas. Todos ellos en cueros, gritando y zambulléndose. Damián les dijo que tenía un arma, así que se fueron a disparar a latas toda la tarde. Esa noche, metido en su cama, tuvo su primera eyaculación pensando en sus compañeros desnudos y en la pequeña pistola Trejo. Sintió tanto placer al alcanzar el clímax, como cuando reventó una botella al dispararle.

7

La prensa en México es un juego popular desde tiempos de la Revolución. En general no afecta mucho a quienes lo practican. Es algo parecido a esos entretenimientos donde todos corren alrededor de las sillas al ritmo de la música. Cuando se termina la canción, uno debe agarrar su lugar o queda fuera. En el pasatiempo lo peor que puede pasar es que te des un sentón en el suelo. No así en la prensa, ahí uno se juega la vida. Nada del otro mundo, pues también pueden matarte saliendo de tus compras de miércoles de plaza o comiendo unos tacos. Eso de morir a fuego o hierro no posee lugares especiales o momentos específicos: es un regalo de México. Para eso, el país es muy democrático. Te pueden matar siendo periodista, o no. Sólo basta con que sigas vivo. Claro que si eres tragatinta tienes las de perder, ya que generalmente te dejan sin silla. Y el sentón es lo de menos, hay mil maneras de hacer sufrir más allá de dos tiros en la cabeza. Ése es el juego, pues también te puede ir bien, donde te guardan tu asiento con colchón y placeres. Pero si haces algo que no les gusta a los que llevan el juego, entonces pasas a ser un número más de las cifras que tanto pelean las comisiones de derechos humanos. Estratégicamente se han encargado de que en ese juego los periodistas terminen siendo sólo un porcentaje, nunca un nombre. Aunque seas el reportero más cabrón del mundo; estés vivo o muerto, terminas como cifra.

Ximena lo sabe. Lo comprende así, es algo de antaño. Incluso su padrino era periodista de la vieja guardia en *El Sol de México*. Compadre cercano de su padre, ese diputado con más historial que un actor drogadicto reivindicado. Pero ese viejo periodista supo jugar con las sillas: hacía años que se dedicaba a tirarle al partido institucional con notas sobre los actos de corrupción, y en otros, era un reguero de tintas alabando los beneficios de la revolución social. Si se salía un poco del huacal, su padre le llamaba por teléfono para decirle que se calmara, que dejara que las aguas se tranquilizaran. Claro, chayote de por medio, su tajada de dinero le caía cada mes. Un juego muy bien aceitado, ése. Pero aquello era el pasado, ya no se podían usar las mismas reglas, ni disponer de las mismas sillas con la idea de un nuevo partido democrático donde no había represión a la prensa libre. Desde años atrás, cuando les habían soltado las riendas, los periodistas se sentían justicieros. Eso era un problema para Ximena, pues sentía que en México existía un exceso de vigilantes comprometidos con causas sociales. Hasta estaba segura de que Paladín de las Buenas Costumbres estaba a punto de ser una carrera profesional en la UNAM, impartida en la Facultad de Filosofía y Letras: al inscribirte, recibirías un póster del Che Guevara, un kilo de mota y una suscripción a *La Jornada*. Claro, nunca dijo eso a su jefe, el secretario. Era una lástima, pensaba que era el mejor chiste que se le había ocurrido. No era tan fría, la Reina de Hielo, como aseguraba su ex. Sólo recordarlo la hizo sonreír.

—Buenas tardes —exclamó alzando la mano para hacerse notar y bajando los lentes oscuros para que la reconocieran. Estaba sentada en una silla a un lado del mostrador de una cafetería Starbucks de la colonia del Valle, a un par de cuadras de las oficinas del periódico *Reforma*. La periodista Minerva Gante dio un brinco al escucharla. La delgada joven esperaba el café que acababa de pedir en la barra: un capuchino con leche de soya, con carga extra, sin canela—. Minerva Gante, ¿verdad?

—¿Licenciada Ximena Lazo? —balbuceó nerviosa la muchacha tomando ya su orden caliente. Dio pequeños pasos, cual niña que es llamada al frente del salón. Se colocó frente a la imponente mujer que con su traje sastre negro y cabello recogido se veía encantadora.

—¡Qué casualidad que nos volvamos a encontrar! Vine a una entrevista a la Redacción y decidí tomarme un *break* —sonrisa, amplia, marcando más los rojos labios. Era abrumadora.

—Sí... Una casualidad —volvió a balbucear Minerva pasando su lengua por los labios tratando de ocultar el terror que exudaba. Alzó la mano despidiéndose, gesto infantil y poco convincente que sólo tornó más surrealista la situación—: Nos vemos luego, un gusto verla.

—¿Acaso no deseabas entrevistarme la otra vez? Yo no tengo nada que hacer ahora, sólo tomo mi bebida. ¿Y tú? ¿Estás ocupada? —su gesto se remarcó. Un escalofrío ante esa sonrisa de serpiente a punto de lanzar la mordida. Minerva buscó un pretexto, pero sabía que la casualidad no existe en la política mexicana: Ximena Lazo la había estado esperando en ese lugar para hablar con ella. Y claro que conocía el tema a tratar.

—Creo que no tendré otra opción —dijo sentándose. Gotas de sudor perlaron su frente.

—Es un país libre. Puedes decirme que estás ocupada —dulce como un caramelo se lo dijo Ximena. Una golosina rellena de veneno.

—Esa decisión no sería buena para mí —admitió la periodista. Ximena bebió de su vaso. El aroma del té chai alcanzó a Minerva.

—¡Vaya, me cautivas! Comprendes el juego, me agradan las inteligentes. O al menos las que no juegan a ser pendejas, se agradece de antemano.

—Ya que lo comenta... Podríamos evitarnos todo el teatro para pasar de lleno al motivo por el cual la mujer más poderosa de Gobernación pierda una hora esperando a una reportera.

—¿Y ese motivo es...?

—El artículo que escribí sobre el secretario. Usted lo dijo, tratemos de jugar a no ser pendejas. Supongo que está molesto su jefe.

—También yo lo estoy.

—Le pedí una entrevista y usted se negó. Quería darle el derecho de réplica antes de publicarlo.

—No, no. A mí no me vengas con eso: que fue mi culpa por no recibirte con las piernas abiertas ese día, de todas maneras lo hubieras mandado a imprimir. Mi opinión no cambiaría nada, incluso si hubieras logrado seducirme y llevarme a la cama.

—Ok... Ok —murmura Minerva alzando sus pobladas cejas, admirada por la franqueza de Ximena—. Vamos rápido con las netas.

—¿Crees que no supe que tratabas de ligarme? —Ximena se relajó, bajando los hombros y recargando los codos en la mesa, decidida a quitarse el disfraz de Reina de Hielo—. No nací ayer. Lo que hagas, yo lo hice mejor.

—Entonces no veo por qué seguir platicando.

—Evitemos los dramas, son de mal gusto. Querías mi atención, ya la tienes —señaló a la joven con sus largos dedos terminados en costoso manicure—. Estoy aquí, plantada de frente, ahora escupe lo que quieras.

—No es personal, Ximena —Minerva baja la mirada. Sonríe y sus mejillas se tornan en rosado chicle—. Siempre la he admirado, desde que fue a mi escuela a dar una plática hace un par de años. Fue donde nos conocimos, era una niña más flaca y con frenos. Usaba lentes enormes...

Suelta las palabras que sirven para abrir el recuerdo de Ximena, pues posee una memoria especial, incluso ante los pequeños detalles. Sonrió ante la imagen que aparece en su cabeza.

—¿En la Ibero? Me diste un periódico escolar. Me dijiste que escribiste un artículo que deseabas que leyera.

—Y también te puse mi número de teléfono. No me llamaste.

—Nunca leí el artículo, tiré el periódico al salir de la conferencia.

Las dos mujeres permanecen mirándose sin parpadear, sumergidas en los ojos de cada cual, tratando de desentrañar sus secretos. Pero no pueden, la risa las embriaga y comienzan a carcajearse cuales niñas intercambiando chismes. Ximena cierra los ojos, se acomoda el traje y trata de lucir profesional. No puede, un par de risitas tontas se le escapan de nuevo. Las risotadas continúan un minuto más.

—Lo siento si te metí en problemas —susurra Minerva Gante. Se escucha auténtica. Ximena alza los labios y afirma con la cabeza.

—Nada del otro mundo. Si tan sólo no inventaras cosas...

—No las inventé. En verdad algo está sucediendo. Yo sé que tal vez no lo has notado, pues se han encargado de cubrir sus huellas.

—¿Los fondos desviados?

—No son desviados en realidad. Si les llegara una auditoría estoy segura de que cuadraría todo. Es un trabajo perfecto de manejo de dinero. Pero alguien está sacando mucho, mucho de esto —trata de explicarle señalando algunas cifras invisibles en el aire—. ¿Recuerdas los fraudes en Veracruz, o en Coahuila, hace años? Es cosa de niños comparado con esto.

—¿Fuentes?

—Nadie. Sólo me dediqué a seguir ciertos contratos. De pronto, el gobierno empezó a recibir mucho dinero, y a soltar más. No comprendía.

—¿Quieres decirme que nadie te dijo nada? ¿Que no hubo un soplón?

—Te lo juro, fue mi investigación.

—Entonces sí que eres inteligente —interrumpió pensativa Ximena en voz apenas audible. Lo segundo se encargó de que fuera bien escuchado por Minerva—: Y bella.

Minerva Gante, al escucharla, abre la boca. Juega dándole vueltas a su vaso del café para ganar tiempo, pensando cuál será su siguiente paso ante semejante comentario. Alza los ojos y extiende una mano para rozar ligeramente la de Ximena. Ella deja que el tacto la electrifique, siente húmeda su entrepierna y cierra los ojos. La excita la inteligencia, sí, pero nunca ha dudado de su sexualidad. Es una lástima, Minerva Gante sería un buen prospecto para derrumbar sus preferencias en la cama. Por ello, Ximena Lazo se levanta lentamente, dejando a su contraparte sentada.

—Lo siento, yo soy... —explica apenada. Minerva se incorpora también de inmediato para enmascarar ese momento de seducción.

—No perdía nada en intentarlo —la periodista ilumina de manera triste su rostro.

—Tal vez otro día lo hubieras logrado —afirma la funcionaria con igual gesto de lejanía. Pero sabe que acaban de abrirle un hueco del tamaño del océano en su vida perfecta, y no le gustó nada—. Hoy no...

8

La licenciada es buena conmigo. Siempre ha sido buena con Dante Melquiades, le compra libros aunque tengan fotos y a Dante no le gustan los libros con fotos. No, los buenos son los que sólo traen letras. Y es buena porque lo deja hacer cosas en su oficina. Y lo deja hacer cosas en su trabajo, y nunca le dice nada. (*Es que si buscas la perfección, nunca estarás contento*, lo leíste en *Anna Karénina* de Tolstói.) Ella es buena porque entiende que las cosas a veces no salen bien. Que aunque estás escuchando con atención, las situaciones cambian sobre lo que sucede y Dante debe tomar decisiones. No me gustan las decisiones. (*Reflexionar serena, muy serenamente, es mejor que tomar decisiones desesperadas.* Oh, sí, *La metamorfosis* de Franz Kafka.)

Las decisiones me ponen un poco molesto. Dicen que como loco. Entonces me dicen: ¿Qué quiere hoy de comida, señor Dante? ¿Las tortitas de papa o el bistec? Es que no lo sé, sólo denme mi comida. No me gusta decidir. Así leo los libros, primero el primero y luego el segundo. No decido cuál. Primero, segundo, tercero. Voy en el ciento cuarenta y tres. Pero sin tomar decisiones. No escojo arma, es la correcta para ese trabajo que me da la licenciada. Por eso la licenciada es buena y entiende que no podía. No sabía qué hacer con la niña. No, la niña no estaba en la misión. Sólo el que no es Rosa.

Ahora que Dante despertó dolorido fue al doctor. Le rompieron la nariz, me dijo la mujer de blanco. No me gustan los que se visten de blanco: doctores, enfermeras, veterinarios, marinos, carniceros, dentistas, farmacéuticos, y los otros, ésos del gorrito blanco. No me gustan. No, a Dante no le gustan. Pero estaba sangrando y le dolía la cabeza. Y le dolía el pecho. Y le dolía el brazo. A Dante le pegaron, mucho. Y le dolía todo. Por eso fue con los que se visten de blanco, aunque no le gusten. El doctor dijo: Sí, tendrán que operarte. Me puso vendas en la nariz y me vi en el espejo. El que no es Rosa me dejó con ojos negros. Parezco simio, chango. No soy eso. Dante es inteligente y lee, no es chango marango. Pero parezco. Luego me inyectó. Dice que era para mi bienestar, pero me dolió. Por eso no me gustan los que visten de blanco.

La licenciada entendió. Síguelo, dijo. Y atrapa a la niña. Mata al que no es Rosa y tráeme a la niña viva. Eso me gusta. No tomo decisiones, la licenciada las toma por mí y no mato a la niña. Dante no mata niños. No soy un pájaro y ninguna red me atrapa. (*Soy un ser humano libre con una voluntad independiente*, de *Jane Eyre*, que lo hizo una mujer, Charlotte Brontë. Y ella no vestía de blanco.) Por eso tomo la 15 por Navojoa, para ir muy rápido. Duele la nariz. Las vendas dan comezón. Pero no debo tocarlas, dijo el doctor, el que viste de blanco. Pica mucho cuando paso Los Mochis. Pero casi llego. Yo sé que estoy cerca porque está seco. Dante sabe que estamos en la ciudad y que pronto cumpliré mi promesa que le hice a la licenciada. Yo se lo prometí, y lo dije. (*Hablar sin sentido es el único privilegio que la humanidad posee sobre otros organismos. Es al hablar sin sentido cuando uno llega a la verdad. Hablo sin sentido, por tanto soy humano*, escupen las frases en *Crimen y Castigo*, del ruso Fiódor Dostoyevski.)

Ya recordé otros que visten de blanco que no me gustan: las novias. Sí, el vestido de novia es blanco y me desagrada. Por eso maté a mi esposa Cuquita Olivares Fernández de Teziutlán. Fue el día de mi boda. Porque estaba de blanco y a Dante no le gusta el blanco. Y le dijo mandril, y Dante no es simio. Él lee y sabe mucho. (Sí, *Debo luchar hasta el último aliento*, como lo decía el bardo Shakespeare en *Enrique VI*.)

9

Henos aquí de nuevo en esa esquina al sur de la colonia Roma, Ciudad de México. Sí, donde cuelga un anuncio de la Subsecretaría de Enlaces para la Comunicación de Gobernación. La placa desgastada que sigue guardando años, recuerdos y polvo. Su imagen roída continúa obsequiando el rostro de ese brazo de la Secretaría de Gobernación hacia los civiles que se la encuentran en su ir y venir diario. ¿Acaso alguien sabrá lo que sucede dentro? ¿Tal vez alguno de esos caminantes se detiene a cuestionarse por qué la luz de la oficina principal está encendida en la noche? No, como siempre, a nadie le importa, pues su mundo de archivos, cifras e informes interminables le es ajeno a cualquiera que no entienda que ésas son las tripas de la nación, y su sistema de vacunación.

Ximena Lazo no está vestida para alguna de sus juntas o conferencias. Leggins ajustados de yoga y una sudadera de marca. Negro todo. Es cuando se descubre obsesionada por mostrar su figura a la perfección. Delgada, pero firme. Sin maquillaje ni peinado costoso. Aparentaría que está a punto de asistir al gimnasio o a tomar una clase de spinning; sin embargo, ella está haciendo otro tipo de ejercicio. Uno que no se acostumbra mucho en este país: cuestionar al poder, pero con inteligencia. Por eso está ahí, sin importarle que sea viernes y los bares estén atestados de compañeros de oficina que celebran con alcohol, y si la noche se deja, un par de líneas de coca. ¿Por qué no? El nuevo gobierno va bien. Hay que celebrar que la democracia llegó al país, que ofrece la oportunidad a una nueva generación de políticos y burócratas para que malgasten sus moches y salarios en fiestas privadas. Para eso existen los costosos bares en Polanco. Si no fuera por esa raza burocrática, ¿existirían esos lugares? No, no hay festejos para Ximena, la Reina de Hielo. Está haciendo gimnasio cerebral en su oficina. Ha movido todos los muebles hacia las paredes. El gran espacio de su local se abre como un océano de periódicos desdoblados, colocados uno sobre otro en artículos escogidos. Algunos marcados con plumón fluorescente recreando un mural que el artista americano del collage Robert Rauschenberg envidiaría. Ximena bebe de su taza un té aromático sin dejar que sus ojos continúen saltando entre los desplegados de la prensa que situó en el suelo. Ella lo nombra su Ruta de Pensamiento. Así lo hace desde que comenzó en ese puesto, ubicando las publicaciones para leerlas a la vez, para así obtener un panorama general. Eso no se podría hacer en una tableta o una computadora, pues su mirada une palabras, nombres, fechas y lugares de aquí o de allá. Resuelve en su mente un crucigrama que va rellenando con las palabras clave que su pesquisa visual revela. Podría ser el *modus operandi* de un genio con una privilegiada retención visual, pero sólo se trata de Ximena Lazo, la que deja su automóvil Mercedes blanco afuera de la oficina sin miedo de que le suceda algo.

Y da un paso atrás, con su monólogo personal en la cabeza. Es su voz la que le va explicando como si lo hiciera a su jefe, con entonación neutra y precisa. No hay que ser Sherlock Holmes para encontrar la basura en México. El tufo siempre deja huella, y ella posee buen olfato. Ximena lo llama *spring*, como el movimiento de naipes que utilizan los magos. Uno de los pases más espectaculares que se pueden hacer con una baraja de cartas. Así es conocida, como relámpago o *spring*, la acción de disparar todas las cartas en sucesión de forma armónica formando una figura para poder hacer el truco de aparecer o desaparecer un naipe en particular. Ese sistema parece que se ha utilizado una y otra vez para desviar miles de millones de pesos del gasto federal. Sólo al revisar las notas periodísticas y los comentarios analíticos sobre las últimas cuentas públicas del nuevo gobierno comenzó Ximena a detectar dónde guardaban el naipe, a descubrir el truco de magia. La licenciada Lazo divisó contratos ilegales por tres mil millones de pesos. Y como en esos actos de magia, de ese dinero nada se sabía ya. Se había desvanecido como cuando un prestigiador pasa una frazada para hacer desaparecer el conejo. La fortuna fue entregada, según sus cálculos, a cincuenta empresas. Muchas de ellas sin infraestructura, ni personalidad jurídica, para dar los servicios para los que fueron contratadas. Eso lo corroboró con el mejor detective que hay: Google. Confirmó su peor temor: simplemente no existían. La Secretaría de Desarrollo Social, la Secretaría de Gobernación, algunos departamentos en la Secretaría de Cultura y en Petróleos Mexicanos eran las luces rojas que palpitaban, dependencias responsables de este mecanismo en que el auditor superior parecía no encontrar crimen alguno. Era un acto perfecto, realizado por algún genio de finanzas que controlaría todo desde diversas cuentas externas en bancos internacionales. El gobierno no entregaba estos acuerdos directamente a las empresas, sino que triangulaba los recursos a través de institutos o escuelas públicas. Mil millones de pesos más fueron guardados como comisión para estos organismos que recibían el dinero, y el resto sirvió para contratar servicios. Pero ese dinero no aparecía en el gasto corriente del presupuesto, sino que era ingresado por canales externos: ganancias, según le llamaban los comentaristas financieros. Ganancias, mi vagina, se dijo. Eso olía a un cártel.

—Mierda, estamos siendo una maldita lavadora de dinero —soltó en voz alta Ximena al iluminarse el panorama en su cabeza.

Se colocó de rodillas, con el plumón resaltó nombres de empresas que aparecían en los comentarios. Una y otra vez armando un juego visual con un inquietante ritmo en el diseño. Era el mismo sistema que usaban los narcotraficantes para blanquear su capital, dejándolo perfecto, imposible de rastrear. Al pie de la letra, el nuevo gobierno estaba sirviendo de máquina de limpieza y planchado, recibiendo dinero a montones para regresarlo a bolsillos criminales tan limpio como una bata de médico. Como en los buenos trucos, no sabía dónde había quedado la baraja final: faltaba el dinero de las comisiones. Habían desaparecido esos mil millones de pesos, en el mejor acto de magia financiero.

—Puta madre —escupió para sí sorprendida ante tan exorbitante cifra. Su boca se extendió, invitando a las moscas a entrar. Estaba petrificada tratando de entender cómo ella, sin darse cuenta, estaba en medio de todo eso. Tenía que haber una razón. Su padre, ese diputado de la vieja guardia, insistía en decirle que la enfermedad y el dinero eran imposibles de esconder. Si esto era un fraude mayúsculo de alguna de las partes del gobierno, se sabría que alguien estaba desviando ese dinero para enriquecerse. Ya hubiera encontrado referencias de alguno de los del gabinete comprando casas en Miami, construyendo hoteles en Cancún o despilfarrando el dinero en comidas de cifras estratosféricas. No, esa fortuna estaba en alguna parte y nadie parecía usarlo o mostrarlo.

Claro, a no ser que estuviera añejándose como los vinos.

—Es un hijo de puta...

Los vinos hay que dejarlos guardar, Ximenita. Lo escuchó perfectamente en su cabeza, con la voz alegre del secretario. Luego, pueden ser un regalo perfecto. Pues claro que eran el obsequio perfecto: millones de pesos no necesitaban ni envoltura ni moño para ser el mejor presente del mundo. Y desde luego, eso no se trataba sólo de dinero: significaba su cuota de poder.

Ximena Lazo se levantó de golpe del piso, soltando el plumón que rebotó entre la alfombra de periódicos. Dientes apretados, músculos de piedra y ese rayo que dolía surcando la espalda: era obvio que el secretario era demasiado bueno para ese puesto, incluso para ser el siguiente presidente. Y por fin apareció un nombre en común entre esas empresas de nombres extraños: Gustavo de la Colina. Ese viejo amigo, empresario de Jalisco, que tenía su propia marca de tequila. Estaba segura de que ese hombre sabía perfectamente dónde estaba el dinero que se había desvanecido. Pero claro, estaba el pequeño problema de que Gustavo de la Colina había muerto, acribillado en lo que los diarios llamaron la Masacre de la Piñata.

Parte III: Redención

1

Hay un pinche viento caliente que sopla entre tierras, un viento que te recuerda que has llegado al desierto cabrón. Grita en silencio a través de los lugares, colándose entre casas y recovecos de una ciudad que se construyó en la nada. Te dice cosas, que ya estás en Sonora, que éste no es un lugar: es un lugar entre lugares. Es la nada, y es el todo. Un jodido pensamiento me insta a dejar mi trayecto aquí, a por fin poder descansar de mi vida y olvidar todo. Estar a salvo, solo, como siempre he querido. Ese viento cálido sigue cubriéndome, recordándome lo que soy. El pendejo que soy. Me susurra: "Bienvenido a tu propio averno". Me lo dice colándose en mis oídos mientras manejo rumbo a la localidad. Siento miedo. ¿Es nuevo ese sentimiento? No es el terror de morir. La muerte se volvió una opción desde hace mucho tiempo en mi vida. Lo que me inquieta es saber qué sigue, a lo que me enfrento a continuación. Bienvenido al infierno, repite esa brisa caliente. Hay muchas puertas para el tártaro del desierto del norte, pero la más grande es Hermosillo. Existen algunas que están menos protegidas, menos observadas por halcones o vecinos mirones chismosos. Pero yo estoy aquí como Lobo, cargando mi destino en forma de niña. No tengo otra elección que usar esta entrada. De ser necesario estaré preparado para la tormenta que he desatado, forzar las cosas para que sucedan. No es difícil: he abierto infames entradas. Incluso la de infiernos más cabrones.

—¿Por qué lo haces? No eres amigo de mi papá —cuestiona Renata con gesto de ansiedad. Sabe que muchos hombres los quieren muertos. Que su futuro está unido a ese hombre silencioso lleno de secretos.

—Lo soy.

—No veías el futbol con él, o ibas a la casa a comer. Los amigos se buscan. A mí me gusta ver a mis amigas —suelta la niña con la mirada hacia fuera, a ese desierto inmenso que rodea las cercanías de Hermosillo—. Aunque creo que ya no podré ver a Angélica, mi mejor amiga. No creo que regrese a Guadalajara.

—No, no creo.

—¿Te pagaron por hacerlo? —voltea a mirarlo en búsqueda de un rasgo, un gesto que lo delate. Damián no quita la mirada del frente con semblante de granito.

—No es dinero, Renata. Tú ya sabes a qué me dedico, y que lo hago por dinero, pero esto no es así. Se lo debía a tu padre —dice seco el Lobo, sin mostrar sensiblería.

—¿Lo haces por él o por mí?

—Hacemos lo que podemos. Algunas veces podemos elegir el camino que seguimos. Otras veces, nuestras elecciones nos van haciendo a nosotros. Pero en otras no tenemos elección, estamos destinados a seguir un camino.

Renata no preguntó más. Sabe que cuando Ross saca esas frases es porque no quiere hablar. Empieza a comprender el estilo de su protector. No es de sermones, no es de abrazar, es sólo Damián.

—¿Te duele? —cuestión nerviosa. Sabe que el ataque fue terrible. Ella misma atestiguó las heridas. Incluso ayudó a curárselas en el hotel donde se quedaron por dos días para descansar en medio de la nada. Damián Ross durmió mucho y ella sólo vio televisión.

—Ya no. Fuiste valiente al ayudarme.

—Para eso son los amigos —sonríe Renata alzando los hombros como si fuera algo normal huir por todo el país y enfrentarse a disparos con desconocidos—. ¿Sabes qué, Damián? No sé si eras amigo de mi papá, pero creo que sí eres mi amigo.

Llegaron a Hermosillo a medianoche.

¿Me recuerdas, escritor? Yo sí, te sentabas a tres bancos de mí en la preparatoria. Era buena suerte tenerte cerca, pues sabías las respuestas en los exámenes. Y si no las sabías, las inventabas. Algo de poeta y loco llevabas contigo desde entonces. Es que siempre que conoces a alguien famoso lo presumes, ¿no es así? Lástima que yo te conozco pero no hablo con ningún pendejo. Así que sólo puedo decir que conozco a un escritor famoso, a ti. ¿Quién iba a decir que ibas a ser exitoso? Ellos no, ellos estaban ciegos. No había nada en común entre nosotros y el resto de los alumnos. Lo sabíamos ambos, sentados recargados en un muro durante el recreo intercambiando libros. Los otros eran borregos balando en espera de su turno al matadero. Sí, una pinche sarta de borregos lambiscones besaculos todos los de nuestra generación. Para lo único que sirve estudiar con los putos maristas es para que te manoseen o para que seas carne para birria, que seas borrego. ¿Tú ibas a pensar que terminaría yo así? ¿Todo jodido tocando a tu puerta?

Te recuerdo en esa época como un chamaco pendejo, flaco y dientón. Tenías apodo, pero ya no está en mi memoria. Supongo que no era chistoso ni bueno, pues los apodos excelentes se te quedan amarrados toda la vida, los recuerdas de volada. Al morirte, los compas sólo dicen que se murió el Chino, se nos fue el Gordo o se chingaron al Patas Verdes. Sí, esos apodos permanecen. Pero el tuyo, no. Ahora sólo eres el escritor: el pinche escritor. ¿Que cuándo supe que eras famoso? Fue esa vez que nos fuimos a comer al San Ángel Inn en la capital, porque yo andaba haciendo un trabajo cabrón para chingarme a un cubano y te contacté. Un reencuentro de compañeros. Fue cuando me dijiste que ya estabas hasta la madre de la ciudad, que te ibas a vivir a Hermosillo, que el desierto te llamaba, que extrañabas salir a caminar por las tardes a esos paisajes áridos, que deseabas el silencio para escribir. Eso me recitaste, pinche lengualarga, luego me enteré de que era por una vieja. Siempre fuiste enculado: te era más fácil enamorarte que hacerte una chaqueta. Pero en plena comida, echándote tu rollote mareador, llegaron esas dos mujeres a la mesa con sus vestidos caros. Una rubia, otra morena. Sonreían, penosas, bolígrafo en mano. Deseaban tu autógrafo. Sí, nosotros dos comiendo y platicando pendejadas, y de la nada llegan dos señoras para robar algo de ti: tu firma. Y para presumir que te conocieron. Te veían como un iluminado, el hombre tocado por el don divino de las letras. Eras ese escritor, el que aparecía en las solapas del libro de moda. Así fue que supe que eras famoso. Pero cabrón, ¿quién lo iba a decir?, ¿quién diría que saldría algo de esa generación de borregos? Mírate, eres El Escritor. Y yo, ¿qué soy? Sólo un pendejo herido que huye con una niña y toca a tu casa.

—Escritor —musita Damián cuando abren la puerta de la casa. Los dos hombres se reconocen. Llevan más de dos años de no verse, pero muchos atrás tuvieron una amistad efímera en el ambiente letal de la preparatoria masculina de padres maristas. Al escritor, la vida lo ha tratado un poco mejor. Su pelo se despinta pero sigue tratando de aferrarse al cráneo, aunque va perdiendo esa batalla. La panza aún no le crece. Es que su ego lo hace verse bien, mantenerse en forma para poder ligarse a esas becarias o talleristas jóvenes. Funciona. Una barba corta cubre la parte baja de su rostro haciendo resaltar sus ojos claros. Camisa blanca abierta por el abdomen, pantalones de pinza, huaraches. Ése es el escritor.

—¡No mames, pinche Damián! ¿Qué chingados te pasó? —pregunta admirado al verlo sostenido por una escuincla flaquita con ojos de susto. La camisa de su antiguo compañero con manchas de sangre a causa de las heridas. Sabe que es algo grave. De inmediato los deja pasar. Es una casa en un fraccionamiento de clase media. Agradable, bien localizado, le falta terminar de pagar la hipoteca.

—Necesito que nos ayudes, van a ser sólo dos días. Sólo mientras estoy mejor —explica Damián volteando por última vez a la calle para asegurarse de que ningún ojo atestiguó su paradero. Al cerrar la puerta, sienten el frescor del aire acondicionado. Afuera es el infierno. Adentro, el paraíso.

—¡¿Mejor?! No chingues, pendejo, estás hecho mierda —gruñe el escritor tomando el lugar de Renata para ayudar a entrar a Damián a la casa. Cruzan el espacio del recibidor para llegar a una sala con grandes sillones color menta, rodeados de muebles con libros apilados sin orden. Damián se sienta en un sofá y suspira por el dolor.

—Hazme el favor —baja la cabeza y la voz acercándose al oído de su compañero de preparatoria—: Es por ella.

El escritor voltea hacia Renata, es cuando las preguntas se agolpan en su cabeza, pues lo que comprende como realidad no le funciona. Pero es escritor, por eso no se queda con la duda:

—¡No chingues! ¡Es tu hija!

—No seas pendejo —gruñe Damián.

—Su sobrina —ataja de inmediato la pinche chamaca. Ya tiene bien masticada la contestación. El escritor no quita la mirada de ella, pues será muy sobrina, pero no le cuadra.

—¿Y tu nombre es...? —cambia la voz, ahora es de un maestro amable y chistoso.

Ella no sabe qué decir y busca a Damián para que le ayude.

—Es una sobreviviente. Confórmate con eso —decisivo el Lobo termina con la duda. El escritor lo toma o lo deja, ya conoce a Damián y sus secretos. Encoge hombros y se levanta para buscar teléfono y medicamentos.

—Estás herido, cabrón. Necesitamos llevarte al hospital.

—Sin doctores —reclama tajante Damián. El escritor aprieta la mandíbula.

—Necesito más para poder echarte una mano, pinche Damián. No mames, te puedes morir aquí —explota el escritor con miles de ideas de cómo aquello puede terminar mal. Es un pesimista, al igual que todos los escritores. Ellos están para ver la parte velada de la vida, la que no queremos conocer.

—Me llamo Renata, soy de Jalisco —ahora la niña interrumpe, nerviosa, en búsqueda de ayuda para su protector.

—¿Guadalajara?

—No sumes dos más dos, cuanto menos sepas será mejor —gruñe Ross recibiendo descargas de dolor por la herida del cuchillo—. ¿Tienes antibióticos? ¿Hilo y aguja?

—¿Te crees Rambo o qué para curarte solo? —se carcajea el escritor por el pensamiento pendejo que tuvo. Las miradas de la niña y de Damián no son placenteras. Se apura a buscar el mentado botiquín.

Renata quería Netflix. No le duró ni media hora. Se quedó dormida en la cama destendida con el platón de palomitas sin terminar a su lado. Ronca un poco, pero con su voz infantil, como una inocente ranita. Sus piernas desparramadas en el colchón como si fueran popotes doblados, el cabello se expande alocado en la almohada. Mueve la boca mientras la respiración pesada la lleva a un lugar donde no tiene que huir, donde seguro desayuna con unicornios y todo es felicidad. Pinche chamaca, nunca pensé poder mirar a alguien así. Vamos, Damián, déjala descansar. Deja de mirarla como si fueras un pinche acosador pervertido. No lo soy, ni me gustan las chamacas. ¿Perdón? ¿Qué dijiste, pendejo?, ¿ya lo aceptas? Ross cierra la puerta con la mano libre. Le han puesto un cabestrillo para que sane la herida del cuchillo. Duele, pero los analgésicos y antibióticos circulando por el torrente sanguíneo aligeran la sensación. Camina por el pasillo, para bajar a la parte inferior de la casa. En esa zona también hay libreros con filas de volúmenes desfilando pegados uno a uno. Damián comienza a leer los títulos. Algunos los leyó. Su vida es muy solitaria, y su amigo escritor le regaló algo muy preciado: compañía. Fue hace mucho, ya no estaba su padre en su familia ni en este mundo. Incluso ya comenzaba a salirle un vello ridículo arriba del labio, detalle promovido por la explosión de hormonas. Era una escuela marista, puros hombres. Dizque para que se hiciera hombrecito, como su hermano, que lo expulsaron al año por madrear a un compañero. Damián no armaba pedos. En verdad no armaba nada. Era una pinche estatua que apenas mostraba sentimiento alguno. Sólo poseía un gesto: vivo. Que nadie lo tocara, y él no tocaba a nadie. Uno trató de hacerlo y apareció con un lápiz en el ojo. El truco que usó en Mazatlán ya lo tenía practicado desde hacía mucho. Fue algo extraño que la víctima nunca declarara en su contra. Los asustados religiosos de la escuela insistieron en que dijera el nombre de su atacante, pero no lo hizo. Años después lo llamaban el Ojo de Vidrio. Mejor ese apodo que estar muerto. Damián se hubiera encargado de enterrarlo. Así se lo dijo. Y desde luego ese pendejo así lo creyó, pues fue Damián quien acuchilló al hermano Enrique, el maestro de matemáticas, en su cubículo. Nadie lo extrañó mucho, tenía fama de llamar a los alumnos a ese privado y hacerles cosas. Nadie decía qué cosas. Damián sí supo, y desde luego lo mató. Tampoco nadie se lo recriminó. Eso sí, el chico guardó el anillo del profesor como prueba, misma que le enseñó al que le sacó el ojo. Desde entonces, nunca más tuvo problemas en la preparatoria. Pero en aquella época de silencio fue que ese joven flaco y orejón llegó para darle la única adicción que tenía: leer. Le prestó un libro, un pequeño volumen en inglés de cuentos de Stephen King. Esa tarde, en su cuarto, leyéndolo en calzones, supo qué cambió en su vida. Que ahora sí podía aislarse del mundo, pues sólo necesitaba ese instrumento: las letras. Nunca le interesó trazarlas, como al escritor, sólo leerlas. Es que ahí estaba la dosis de humanidad que su vacío ser necesitaba. Desde la muerte del gato, de niño, supo que no sentía nada al ver un ser vivo morir. La empatía era algo que se le había negado. Al menos sí la tenía con su abuelo, pero nada más. Sin embargo lloró como una niña castigada cuando terminó *El amante* de Marguerite Duras. Nunca se había identificado tanto con alguien como con esa niña inocente en búsqueda de lujuria. Era él, se decía. Con todo lo que eso implicaba.

—¿Quieres uno? Puedes llevártelo —murmura el escritor. Su voz es baja, sabe que la niña duerme. Damián deja atrás los títulos del librero y sus recuerdos. Hace una señal para bajar a la sala.

Los dos hombres descienden con cuidado dejando que las pisadas apenas hagan bulla. Más libreros rodean la sala. Damián se deja caer en el sofá. Aparecen dos vasos con whisky. Acepta el trago, no porque lo quiera, sino porque lo necesita. *Clink*, repiquetean las copas al estrecharse en el brindis. El líquido áspero baja por la garganta de Damián, mezclándose con las pastillas. Se siente menos pesado, ligero.

—No sé por qué no me extraña verte así —comenta el escritor—. Tenía dos opciones contigo. Una, que eras gay y te daba cosa salir del clóset. O bien, que andabas metido en mierda hasta el cogote.

—¿Ya te decidiste en cuál ando?

—Me vale madres —trata de ser amable con su gesto alegre, pero no puede. Es ácido y molesto—. Mira, si traes pedos, si te siguen por un desmadre, sólo no lo metas a mi casa. Voy acabando con mil problemas de mi divorcio y lo menos que quiero es un desmadre.

Damián gira la cabeza. Que no mame este cabrón, ahora le va a salir con eso.

—La mierda tú la traes, escritor. La escribes y la vendes. Conozco tus libros.

—A ver, pinche Damián, no te andes pasando de lanza: que escriba sobre el narco no quiere decir que esté metido en drogas. No seas pendejo.

—¿Baños de pureza? ¿Y cuando me hablaste para golpear al tipo que se estaba cogiendo a tu esposa?

Un silencio muy incómodo se planta entre los dos hombres. Es lo suficientemente largo para que Ross lo vuelva a escuchar claramente: "¿Damián? No voy a hacer preguntas, y no necesito que me digas nada, cabrón, pero necesito que me hagas el paro con algo. Es maestro de filosofía y letras, un pobre pendejo. Yo sé que tú sabes algo de cómo hacer daño a las personas. Si lo haces, te deberé siempre el favor. Entiende que la amo, que la sigo amando. Ese pendejo no puede quitármela". Sí, algo así fue la llamada.

—Yo... Fui un idiota, no debí hacerlo.

—Era la madre de tus hijos.

—Los escritores somos malos padres.

Los dos hombres se quedan mirando, hay poco en común ya en ellos. Damián lo investigó y supo todo. Que fue el escritor quien le puso los cuernos a su mujer. Que después había que buscarlo para que pagara la pensión de sus niños. Sí, tenía razón: los escritores son malos padres.

—¿Dónde están? —pregunta Damián. Él sabe dónde están, eso y mucho más. Si no, no hubiera llegado con su amigo, lo tenía vigilado en espera de un santuario en caso de que algo saliera mal: y todo había salido muy mal.

—Con su madre, supongo. Y con el hijo de puta que te madreaste. Se casaron. Están en alguna ciudad del centro. Creo que en Querétaro. No los veo desde hace mucho.

—¿Te molesta no verlos?

—Supongo. Me debe importar, ¿no? Son mis hijos. Hay que extrañarlos. Y si la cabrona de tu exmujer te los quita, debes enojarte, pelear por ellos. Supongo que es lo que te exige la sociedad que hagas, que sufras por no verlos.

No, no siente pena por él. Debería, pues lo llama amigo. Pero a Damián poco le importó la gente en su vida. Por eso es tan bueno en lo que hace.

—Ya veo. No has cambiado mucho.

—Tú tampoco, no me vengas con mamadas —se levanta de la sala y camina nervioso. El escritor mira sus libros, sus fotografías con personas de la política y actores. Ahora le van a decir que eso está mal. No, no lo cree—. ¿Ya arreglaste tu vida? ¿O sigues negando todo?

Damián Ross trata de sonreír ante la ofensiva, pero sólo expulsa un guiño deforme en su cara que mezcla el dolor de las heridas con el vacío de su vida.

—¿Ahora me cuestionas?

—Ésa es mi chamba, preguntar cosas. Por eso escribo las chingaderas que escribo, porque vivimos en un país de mierda donde hay exceso de preguntas y ninguna puta respuesta. Pero de ti, siempre me pregunté por qué te acercaste, y no puedo encontrar la razón. No creo que necesitaras un amigo. ¿Has necesitado de alguien en la vida?

—Mi vida no debe tocar a nadie. Si así pasara, será lo último que suceda. Por eso me alejo de todos —explica Ross evadiendo el tema, pero inyectándole un poco de realidad. Es un círculo vicioso: no busca a nadie para no ponerlo en peligro, pero a la vez no le gusta tener cerca a la gente. Quizás al único que extraña es a su abuelo. Pero ni siquiera fue a su entierro. ¿Para qué? Estaba muerto. Sólo iba a ver un cadáver, y de ésos ve muchos en su trabajo.

—Mi vida es una mierda, pero lo asumo. Trato de sacar esa basura en mis letras... ¿Y tú? ¿Lo haces madreando gente?

Yo no madreo, sólo mato. Sonrisa tonta, en realidad: pendeja.

—¿Y funciona sacar eso? —le regresa el tiro. Es punto y set para Ross.

—La neta, no. La mierda se aferra a ti con ganas. Soy mala persona, Damián.

—Yo...

Damián Ross se detiene en su diálogo con el único hombre a quien ha dejado cuestionarlo. Por un momento tiene dudas de lo que va a decir: es un hecho que no es buena persona. No lo fue, no lo será. Vive con eso, y no le importa mucho. Pero las cosas cambian, la vida cambia. Está cansado de no sentir, de que la culpa sea tan inútil como el condón de un eunuco.

—Sé que eres peor, no te hagas el de la boca chiquita, lo sé —bebe y se sirve un poco más—. Yo exploto ese miedo de mí mismo y lo vendo encuadernado. Los pendejos lo compran, me llaman maestro. Pero tú siempre te escondes, le das la vuelta a la realidad. Crees que vives en una burbuja y que no debe importarte lo que hagas, que no te afecta. Ni intentas sacar esa mierda, todo es secreto contigo. Convives con tu mierda en la mesa. Buen provecho, amigo...

Miradas encontradas. Silencio en la sala. Afuera, en esa ciudad del desierto, un ligero viento refresca. Aun así, el aire acondicionado enfría el refugio con el gruñido de un dragón durmiendo.

—No juegues conmigo, escritor.

—¿Acaso me tienes miedo, Ross?

—Sí, he aprendido a convivir con las balas, no con las verdades. Menos con las que vienen escritas. Puedes hacer mucho con un libro, escritor...

—¿De verdad lo crees? Eso es ridículo, un libro no cambia nada. No es cierto que los libros transformen el mundo. Algunos cambiaron la historia, pero nunca fue para bien... La Biblia es un libro que revolvió el mundo, ¿cuántos han muerto por esas páginas?

—Entonces, ¿por qué escribir?

—Porque no escribo para cambiar el mundo, lo hago para cambiar vidas. Una a la vez: la mía.

—Pero te respetan, eres importante...

—Míralo bien, este sistema en México es un éxito, en otros lugares a los escritores los meten a la cárcel, los matan, los callan... Consideran que la palabra tiene un poder transformador. Allá, los libros son sinónimo de revolución, de cambio... Aquí, el gran triunfo de años de revolución social y seudoprogreso liberal fue crear una política cultural que desmanteló todo, secuestró la literatura. ¿No lo ves? Se la quitaron al pueblo, nadie lee porque no quiere leer. No necesitan mandar a la policía para acallar a un pensador, nada de eso. Ahora lo invitan al Senado, le aplauden y lo premian con una medalla por un libro que habla sobre todo de la corrupción de ellos mismos. La literatura no es una amenaza, es un pilar para sostener el *statu quo* de esos cabrones hijos de la chingada.

Damián Ross baja la cabeza, la tuerce de un lado al otro hasta que el crujido de los huesos hace saltar al escritor. Sólo responde ante su sorpresa con un largo y tedioso suspiro.

—¿Ahora entiendes por qué me das miedo? —aclara Ross.

2

Miren esa esquina en la colonia Juárez. Ahí es donde ha radicado el verdadero poder del país. A simple vista sólo es un edificio blanco con aires porfirianos de pastel de quinceañera al que le sobran columnas y le faltan puertas. Mas todos saben que las cosas importantes suceden en su interior, pues lleva las riendas de los sucesos bien amarradas desde 1884. Mucho tiempo funcionando para que tan poco se haya logrado, pero a la ostentosa construcción no le importa: sigue levantada con su porte de egomanía, y un ligero toque de tiranía, que ha perdurado ante distintas miradas políticas. Ahora observen bien la cuarta ventana. A la derecha. Sí, la que está con la luz prendida. A los peatones que cruzan la calle no les llama la atención, sin embargo es el lugar que nos importa. Si se es curioso, y si uno se detiene en la banqueta de enfrente, entonces se podrá distinguir una figura en ese lugar. Parece alto, pero se ve reducido por la gran amplitud de la abertura. Tal vez a simple vista no se distinga, pero viste un traje italiano, importado, al igual que su corbata que fue regalo de un gobernador. El cabello es color miel, peinado con copete, recuerda esos estilos de grupos musicales juveniles de los noventa tan en boga cuando estudiaba. Algo de sus sueños de roquero deberían quedar en él, ya que lo demás se diluyó con su carrera astronómica que lo ha colocado en portadas de revistas, algunas de chismes que aseguran que su relación con la estrella de cine que se operó las tetas sigue en pie y seguramente se casarán en los próximos meses. A nadie le disgusta que ella sea su pareja, él es atractivo y popular, por lo que se acepta que debe tener una contraparte igual de bella. Mas algunos chismosos del partido dicen que sólo anda con ella para dar una imagen de encanto de telenovela a los posibles votantes, cosa que tal vez no esté tan lejana de la realidad, pues esa figura que mira desde la ventana, pensativa y un poco estresada, no da un solo paso sin pensar en su futuro. Alguien en un periódico le dijo que era muy bueno para lo que hacía, y por desgracia se lo creyó. En México no hay que creerse las opiniones de los periodistas, pues alimentan la autoestima y desde luego avivan el hambre de una posible elección. Por eso hay que mirar bien: para ver el futuro del país, a través de esa ventana de la colonia Juárez.

—Dile que no estoy —responde a su secretaria mirando al exterior, donde posiblemente en pocas horas se haga una manifestación de maestros inconformes con los cambios estructurales de las leyes en educación. O sea, la vida normal en la Secretaría de Gobernación—, y comunícame con el comandante de la zona de Tijuana.

—Sí, señor secretario —la muchacha en traje sastre da la vuelta para inventar una mentira piadosa y se encuentra con una cara de piedra, molesta y sin ganas de jugar: la licenciada Ximena Lazo entró a la oficina sin avisar, sin pedir permiso y sin dar concesiones. No sólo va con el uniforme de Perra Maldita, sino de Hija de la Chingada.

—No, hoy no, secretario —murmura apretando dientes. Ximena entra, altiva, apretando todo: desde los labios hasta el culo. Ya no aguanta más pendejadas. Odia que le vean la cara de idiota, que crean que por ser vieja se las traga todas. No, esto no es mal de género. Es de personas inteligentes, y ese pendejo bien peinado está jugando sin dos neuronas.

—Ximenita, ¿por qué no me deja un día en paz y va a ver si ya puso la marrana? —suelta el burócrata, pero sin el sarcasmo acostumbrado; lo dice muy encabronado.

—Necesito diez minutos de su atención, señor.

—Cierre la puerta, que no nos molesten —indica a la asistente Godínez en traje Julio de tres piezas. La muchacha sale cerrando la puerta detrás de ella. Ximena no quita la mirada del secretario, no está para concesiones.

—¿Ahora qué pretexto me trae por fallar en mis encargos? Creo que debo buscar una buena sustituta para su puesto...

—Dejemos de hacernos los tontos, ¿cuándo me iba a contar lo de esta niña?. —Ximena Lazo pone frente al secretario una fotografía de Renata de la Colina conseguida de su escuela. Se observa ella con dos coletas y en uniforme, sonriendo al frente como si nada hubiera pasado.

—¿Niña? —mira el papel de reojo, sin darle importancia. Ximena casi explota del coraje ante ese comentario tan hijo de puta. *¿Pues quién te crees? ¡Claro que la conoces, cabrón!*

—Usted sabe quién es. Si quiere seguir con su posición de tarado, adelante. Yo ya dejé de chuparme el dedo hace mucho.

El secretario tuerce la cabeza, alzando una ceja. Igualmente se ve molesto. Ambos están cual volcanes a punto de escupir lava que contienen por algo de civilización que pueda quedar entre ellos, una especie de respeto profesional.

—Anda muy sácalepunta, Ximenita... ¿Quiere que en verdad la mande al punto medio entre Toluca y Chiluca? ¿A la chingada?

—No, quiero que me diga lo que sabe.

El hombre toma asiento detrás de su gran escritorio. Indica la silla frente a sí, invitando con la mano para que Ximena tome su lugar. Pero ella sigue de pie, desafiante.

—Es dura, Lazo... Comencemos con lo principal, y eso es que usted queda fuera de este asunto. Puede devolver los archivos a mi asistente y mejor se dedica a planear la reunión con el presidente en Puerto Vallarta.

—No sin antes escuchar algunas respuestas.

—¿Quiere respuestas? ¿En verdad quiere las putas respuestas? ¡Pues haga las chingadas preguntas correctas! —explota subiendo

183

la voz y retándola. Ximena quiere soltar una letanía de groserías, pensar en cómo le metió el falo plástico al prostituto imaginando que se trataba de ese engreído hombre encorbatado. Se moja los labios, pues desea hacer eso: cogérselo hasta matarlo. Sin embargo, controlando todo ese deseo de violencia sexual, se limita a devolver el golpe.

—No las necesito hacer, porque son miles de millones de dólares y creo saber de dónde provienen. Si usted sabe algo, mejor me lo dice antes que avise a Contraloría. Ese periodicazo no estaba tan errado.

—Como le dije, ya no es su trabajo —termina fulminante el secretario.

—Inténtelo... Sólo inténtelo —murmura la de cabello corto. Es un duelo, como del Viejo Oeste. Pero aquí ya no hay posibles ganadores. Es un barco y se está hundiendo aparatosamente.

¿Qué no lo ve, secretario? ¿No siente que lo están acorralando? ¿O acaso piensa que perro no come perro? Si es así, se equivoca. Yo no soy perro, recapacita Ximena.

—¿Es una amenaza, Ximena?

—No lo sé. Si quiere, lo averiguamos juntos.

—Sentémonos —vuelve a invitarla a que tome el asiento frente a ella. Ella no lo hace, es hueso duro de roer. Por lo que mejor comienza explicando—: Gustavo de la Colina fue mi amigo. Uno muy cercano desde nuestros años de estudiantes. Eso lo sabe, no es nada nuevo. Yo lo invité a colaborar en nuestro proyecto. El problema es que vio la manera de hacer su propio negocio, y pues lo hizo. Supongo que a alguien no le gustó aquello, y lo mataron. Por eso hay que recuperar el dinero con el que se quedó antes de que otras personas lo encuentren.

—¿Otras personas?

—Grupos ajenos al partido —responde de inmediato. A Ximena le suenan vacías, cual eco en pozo, esas palabras. Todos los que no se atienen a las consecuencias de las decisiones unilaterales de su jefe y su proyecto son llamados los otros, los extraños que desean el mal—. Ellos, que quieren desestabilizar nuestro país y al gobierno del señor presidente. Por eso no le di toda la información, es delicado el tema si llega a oídos de algún periodista sin escrúpulos; podría causar un malestar.

—¿La niña? —señala la fotografía donde Renata sigue sonriendo con su cara inocente, por completo ignorante de todo lo que se está barajando en esa oficina. El secretario baja la mirada rápidamente hacia la imagen, para volverla a posar sobre su subordinada. Ximena nota que no se siente cómodo con la fotografía, que ésta parece gritarle algo, algo que a nadie agrada.

—Su hija. Creemos que ella es la clave para conseguir el dinero. Pero no se preocupe ya, tenemos un plan para recuperarla. Estamos viendo que tratarán de cruzar la frontera. Ahí los atraparemos. Me lo confirmaron.

—¿Vivos? —cuestiona Ximena con firmeza.

—Desde luego, Ximena. ¿Me cree un monstruo?

—¿Qué sucederá con los movimientos ilícitos? ¿Se avisará a Contraloría? —bombardea, el funcionario público alza su mano como si estuviera ofreciendo el mejor discurso para promover su candidatura. A Ximena le da asco, el vómito casi rasca su garganta.

—Desde luego, se seguirá según el manual. Buscaremos quiénes fueron los facilitadores de Gustavo de la Colina y se les aplicará todo el peso de la ley. Pero primero, a recuperar lo perdido.

—Sería buen momento para notificar al presidente, en caso de... —ella intenta tomar el mando, pero es interrumpida.

—No, nada de nada al presidente. Está muy ocupado. Usted dedíquese a lo que le encomendé.

Ximena Lazo se queda parada en la mitad de esa oficina con su vista en el hombre que termina con un gesto de paz, que parece ofrecer concordia entre las partes. Pero el poder en esa oficina de la colonia Juárez no se ha sostenido por el acuerdo o la amistad. Ximena sabe que el engaño es parte de la personalidad del político mexicano, de eso se alimenta, de mentiras, cual monstruo místico que sólo atrae el engaño. Ella nació ahí, en medio de ese edificio suntuoso que asemeja pastel de cumpleaños; que no le cuenten, ella sabe que allí nadie es inocente. Por ello imita un gesto de aprobación, lo hace mal, pues es mala para reprimir su enojo y frustración dentro de ella.

—Señor —comenta y sale sin despedirse. Que le vea la cara de pendeja a otra vieja, a esa estrellita pendeja a quien llama novia. Ximena Lazo ya se va por la libre.

3

—Buenos días, licenciada —despiertan a Ximena. No, no es una dulce voz de ángel. Lo contrario: áspera, profunda. Es la voz que ha conocido varios niveles del infierno, la voz que seguramente escucharon muchos antes de morir. ¡Vamos, mi Reina de las Nieves! ¿No que muy fría? ¡Despiértate en chinga, este cabrón hijo de puta que andas persiguiendo te está llamando! Los dedos se pasan por los rizos castaños de manera nerviosa. Luego la mano restriega tanto la cara que parece que quiere extraer los ojos. Esa llamada viene del celular recuperado del hombre mandril, el que les seguía poco a poco cual acechador persistente. Ahora sirve de puente con ese hombre.

—¿Ross?, ¿es usted?

—Hablaba para saludar. Veo que ha sabido mover sus piezas, que es una eminente cazadora —le dice con tono complaciente. Mitad en burla, mitad para hurgar información. Ximena supone que es para marcar las reglas del juego, que no son muchas y son fáciles de aprender: uno, él llama cuando le da la gana. Dos, si ella llama, él no contestará. Lo intentó toda una mañana infructuosamente. Era una línea muerta que despertaba cuando el Lobo decidía.

—¿Sabe algo de mi hombre? ¿El del celular? He perdido contacto con él.

—Otro que anda sin correa. Veo que ya nadie sigue las reglas de convivencia de nuestro sistema, licenciada. Eso me preocupa, pues uno supone que cada uno debe actuar de acuerdo a su perfil. Sin embargo, estamos ante un panorama lleno de sorpresas. Es cuando todo deja de funcionar, ¿no se da cuenta? El problema no es la corrupción o la violencia: sino el caos.

—¿Y usted no ha propiciado este caos, Ross? —cuestiona Ximena ganando tiempo. Trata de llamar con otro celular a un número heredado de la policía secreta de los gobiernos anteriores, para que den seguimiento a la llamada. Pero acaba de despertar y su sangre escasa de cafeína le impide hacer algo mínimamente aceptable.

—Como le dije, licenciada, cada uno actúa como se espera de su posición. Ése es el secreto de todo. Yo sé que usted acaba de despertar, que requiere de un maldito café o de matar a alguien antes de funcionar a plena capacidad. Estoy seguro de que duerme con camiseta de un antiguo novio. ¿Un grupo de rock de los ochenta? ¿Tal vez de los noventa? Sé que se desveló leyendo informes para entender cuál será mi siguiente paso.

Ximena baja la cabeza y se descubre usando una piyama conjunto de camiseta y pantalones de Minnie Mouse. Al menos el cabrón se equivocó en algo. ¡Chíngate ésa, hijo de puta!

—¿Y usted?

—Piénselo, y dígamelo. Será un placer saber qué ha descubierto de mí.

Es un reto interesante, pero ella lleva las de perder. Necesita saber más de ese hombre, hasta ahora es sólo un fantasma. Pero no se va a quedar callada, esta llamada son juegos de gallina: el que gira el volante para salirse de la carretera, pierde.

—Está en un motel en Chihuahua. Va a tratar de cruzar la frontera por Ciudad Juárez. Seguro se acaba de levantar, aún viste camiseta y calzones de rayas, marca Calvin Klein. No Fruit of the Loom, he visto sus fotos y está muy alejado de un serrano narco de hebilla con caballos.

Si Ximena pudiera ver a kilómetros de distancia, podría atestiguar cómo Ross bajaba la cabeza y se encontraba con la camiseta y los calzones descritos. En lo demás, completamente equivocada. ¡Chíngate ésa, tú también! Damián Ross está en un colchón inflable, en el estudio de su amigo escritor. A su lado, Renata sigue durmiendo.

—Es buena, licenciada.

—Sólo está llevando esto a algo donde nadie va a ganar, será mejor que persista en sus intenciones, se entregue y ya veremos qué se puede hacer. Debo pedirle disculpas por mi actitud en el pasado. Me gustaría que me viera como una aliada.

—Siempre lo ha sido, licenciada. Sólo que usted no lo sabe —esa frase le da escalofríos a Ximena. Se queda esperando un poco, llega a distinguir el sonido de la respiración de Ross. Es calmada, tranquila, como la de un hombre que llama a su colega para ver asuntos de trabajo. Eso no le agrada.

—¿Va a detenerse?

—Usted sabe que no, que cuando comienza a girar la ruleta no se puede parar. Hay muchos interesados en darme caza, preferiría que fuera usted.

—Entonces, ¿qué debo hacer yo? —es la primera vez que piensa ceder en algo. Un rayo de esperanza para detener la insensatez que ha desencadenado este hombre.

—Puede seguir el dinero —seguir el dinero. Claro que ella ya hizo su tarea, por eso no durmió anoche. Pero quizá deba ser mejor, ser precisa.

—Ya lo seguí...

—Entonces sea una eminente cazadora. Si me caza, seguramente ganará la partida.

—¿Estamos jugando una partida?

—No conmigo, con él, con el culpable.

El sonido eléctrico que anuncia el fin de la llamada cae como una guillotina. La charla murió. Ximena se queda de nuevo con el celular en la mano. Al menos sabe qué debe hacer ahora.

Baja los escalones con pulcritud, apenas resbalando sus pies en cada peldaño. El sonido que deja es mínimo. Detrás de los calzones, una pistola. Pequeña. Es por seguridad.

Lleva la camisa puesta, desfajada. Se desliza hasta la cocina, siguiendo el aroma del café recién hecho. Es un gusto dulzón, potente. Signo de un buena infusión. En la pequeña barra, el escritor. Frente a él, en sus manos, una buena taza humeante. Ross está a punto de decirle que le cambia la pistola por una igual. Pero no es necesario, al lado del escritor ya hay otra taza recién servida.

—Buen día —musita el escritor y señala el recipiente. Ross trata de sonreír. De nuevo no lo logra, pero sí llega a sentarse a un lado de su viejo compañero, para dar al café un sorbo. Está delicioso.

—Buenos días... Gracias —susurra.

—Supongo que unos huevos con jamón estarán bien para Renata. Los tengo listos para preparárselos para cuando ella baje.

—Supongo que dormirá un rato más.

—Ella es especial. Charlamos un poco, mientras preparábamos su cama.

—Lo es.

—Ni idea de dónde la sacaste, pero es filosa como un cuchillo. Tal vez está pasando mucho tiempo contigo, pues se está volviendo letal, al menos con la lengua.

No sólo con eso, piensa Ross, recordando cómo Renata sacó la pistola de la guantera del coche y mató de un tiro a la doctora. Entonces vio sus ojos. No sabía si serían los mismos que los suyos, pero eran de asesino. Damián suspira y los dos hombres en ropa de dormir afirman con la cabeza, para después dar un nuevo sorbo a su café.

—¿Te quedarás mucho tiempo? —cuestiona el escritor. Claro que no está corriendo a su amigo, pero se sabe que es verdad aquel refrán de que las visitas, como el pescado, al tercer día apestan.

—Mañana. Vamos para Tijuana.

El escritor aprueba la respuesta. No tendrá que estar estresado con ellos en su casa esperando una sorpresa que podría afectar su vida, o lo que queda de ésta.

—Busqué noticias en internet. No encontré nada... —continuó el escritor—. Tus heridas me confirman que has dejado una estela de sangre. Pero nada aparece, ni una noticia. Sólo las mamadas de siempre.

—No creo que sean mamadas, escritor —corrige Ross. El escritor mueve la cabeza negando todo, asustando cualquier tipo de opinión contraria a él.

—Lo es, lo ha sido. El Estado mexicano está colapsado a causa del crimen organizado. Tú eres un oportunista en esta maldita situación. México ocupa el primer lugar en sobornos, más de la mitad de los habitantes admiten haber pagado mordida a un funcionario público este año. ¿Sabes qué significa eso? Que la corrupción es muy buen negocio.

—Siempre lo fue, no trates de vender cubos de hielo a un esquimal, escritor. ¿Qué no tienes fe en que esto puede cambiar con el nuevo gobierno?, ¿acaso no dijiste en una entrevista que escribías para que al menos en tus libros los malos no ganaran?

—¿Un cambio, Ross? Tú, que eres lo más viejo de este sistema, ¿hablas de cambios? —está con malestar el escritor esa mañana. Se ve con ganas de discutir. Tal vez siempre ha sido así: un hombre disgustado con su vida, con su realidad. Por eso escupía sus frustraciones en forma de letras.

—No lo sé... Mira, la gente se está movilizando.

—¿La Cruzada de los Justos? Es de risa, no hay justos en este país. México cuenta con cuatro jueces por cada cien mil habitantes. El promedio de inversión del producto interno bruto en seguridad y procuración de justicia de los países exitosos es de 4 puntos porcentuales. México invierte sólo 1. En el Índice Global de Impunidad de 2017, nuestra mierda de país se situó en el lugar 66 de 69. Un orgullo, ¿verdad? ¿Te deprimen esas cifras? ¿Te preguntas por qué no hay una revolución o un maldito funcionario en la cárcel? Igual yo, y miles de periodistas o analistas allá afuera también. Tengo un amigo, escritor, en Suecia, que me pregunta: *¿Cómo pueden dormir tan tranquilos los mexicanos sabiendo que les están viendo la cara?* No supe qué contestarle. Y dormí bien esa noche.

—Yo dormí bien, también.

—Eso no habla nada bien de nuestra culpa nacional, Ross —le señala el bulto de la pistola. Es obvio que no logra esconderla.

—No soy tu grupo de interés.

—Mira, tras cada pinche investigación periodística sobre casos de corrupción la respuesta del gobierno ha sido la misma: el silencio. Esta estrategia, de hijos de la chingada, ha fortalecido la convicción ciudadana de que en "México no pasa nada". Que la jodida impunidad es la República de los Privilegiados. A diferencia de otros países, en México ningún presidente ha sido investigado o acusado por temas de corrupción ni se ha destituido mediante juicio político. Es una mierda...

—Veo que hoy amanecimos con tormentas —Damián vacía de un trago la taza y la coloca en el fregadero, donde los restos de la cena esperan un chapuzón de agua para ser lavados—. Necesito un favor, cuida a la niña. Voy por unas cosas que necesito. ¿Podrás hacerlo?

—Supongo que ya sabrás que casi no salgo de mi casa, así que conoces la respuesta.

—Trata de poner mejor cara —le molesta Ross—. Hay una verdad histórica atrás de ti... Tal vez te toque narrarla.

—¿Verdad histórica? —gruñe molesto. Suspira y señala todo—. Otra pinche mierda. Esos dos términos nunca han estado muy bien vistos por los teóricos de la deconstrucción. La verdad, como la Historia, es una jodida representación condicionada por el deseo de poder, una pura interpretación, efectos e ilusiones del lenguaje, de los cabrones que nos van a joder. Ellos lo llaman construcciones discursivas, yo lo llamo mierda de mentiras. Al final lo convierte en verdad, cualquier mentira.

Ross lo mira un momento, y sin un gesto específico, se retira diciendo:

—Cuídame a la niña.

No hay algo más jodido, de plano de pena ajena, que los gringos que con el tiempo empiezan a creerse mexicanos. Por algún extraño virus, después de un año, creen que hablan el mejor español digno de Cervantes, o al menos para escribir la nueva versión de *La región más transparente*. A los hombres les empieza a crecer la barba. Luego, la ropa se torna en camisas hawaianas que, sin explicación alguna, creen que se usan en México. A las mujeres les crecen las joyas coloridas en cuellos, pulseras y oídos, haciendo una versión extraña y barroca de Frida Kahlo. Desde luego comen tacos, tamales y chimichangas. Pero nunca comprenden que las jodidas chimichangas son tan gringas como ellos. Y usan huaraches. ¿De dónde chingaos sacan que usamos huaraches? ¿Por qué creen que se vuelven más mexas si usan unas sandalias compradas en Oaxaca? Damián entra al local. Los colores rojo y amarillo casi lo devoran. El humo es una pesada neblina llena de olores. En la parrilla las salchichas y el tocino crujen dorándose al son de una canción de banda. En las frías mesas de metal hay parejitas cenando y un grupo de médicos practicantes con batas del IMSS. Los dogos de El Compadre llevan rato alimentando la extraña dieta de los sonorenses, basada principalmente en carne y hot dogs, acompañados de mucha cerveza. Algo de verdura, pero sólo para colorear el platillo, pues ellos no se van a comer la comida de su comida. En el fondo, en una mesa, está ahí: resalta como un chivo en camisa florida. Aunque no hay mucha diferencia en realidad: gringo, pantalones cortos, huaraches y barba de chivo.

—Te mandé un mensaje de texto...

El gringo trata de hablar mientras le da una mordida a esa enorme cosa fálica que es salchicha, pan, chili, cebolla y unos cien aditamentos más que, en la revoltura, son difíciles de distinguir.

—¡Un WhatsApp! ¡A WhatsApp, pinche Ross! —dice y Damián recuerda otra cosa que siempre hacen: hablan con groserías. Y por alguna razón, se les oye tan mal como una vaca enferma.

—¿Lo entendiste? —Damián se sienta a su lado. Junto a él hay un plato de chiles güeros envueltos en tocino recién sacados de la parrilla.

—Soy gringo, no pendejo.

—Entonces, ¿por qué me la haces de pedo, pinche Bobby?

—Porque te quiero, hermano...

Roberto *Bobby* Spencell, agente de la DEA en México. O lo era, al menos hace un tiempo. Quién sabe en qué departamento andará ahora, pues con el nuevo gobierno cambian como calzones de puta a sus jefes, mas no al personal que ya está arraigado en las entrañas de la podredumbre mexicana. No volverían a cometer el mismo error que con Camarena, a quien dejaron en manos de los narcos. No, ahora trabajaban *con* los narcos. ¿Para qué tanto pedo? Agentes seguros, flujo de armas, de droga, informes claros. Todos contentos.

—Hacerme venir desde San Diego hasta Hermosillo, pinche Ross. Sólo por dogos valer la pena. Tú, valer verga...

—Y tú, vas y chingas a tu güera madre.

—Un puto gusto verte, cabrón —le sonríe Bobby con las barbas y los bigotes llenos de mostaza y cátsup. Habrá que admitir que está comiéndolos de manera tan sabrosa que se antojan, piensa Damián. Quizá pediría un par para llevar, para que Renata los pruebe. Pero sin tanta madre encima.

—¿Qué saben tus jefes?

—¿Cuáles? ¿Los de Washington, los de Culiacán, o los de San Diego?

—Todo un cómico, Bobby... El próximo pinche Adam Sandler.

—Tú ser muy serio, Ross —se burla el agente norteamericano intentando escupir palabras, mas no así los pedazos de salchicha. Le apunta con el dedo imitando una pistola—: Mucho *pum, pum,* y nada de *ja, ja, ja.*

—Chinga tu madre dos veces.

—Me las sobas y me las devuelves —el pinche gringo ríe. ¡Ah, sí! Ross recuerda otra cosa: nunca, nunca de los nuncas, aprenden a alburear.

—Allá, los de corbata de Macy's —le responde Ross.

El gringo da otra mordida al dogo. Al parecer va bien avanzado, le faltan dos y termina.

—¡Oh, los güeros! Ellos, no mucho pedo. Muertos les vale madres. Estar más en chinga con emigrantes. Ser putos cabrones hondureños y salvadoreños. Ésos ser un *pain* en el culo, pues joder y joder. ¿Tus muertitos de Mazatlán y Guadalajara? Ser sólo informe, ustedes mexicanos matarse unos a otros sin necesidad de mandar *Army* o *Navy* para matarlos.

—No eran muertos normales, tenían pedigrí.

—¡No chingas, Ross! ¿Gustavo de la Colina? Estar en la lista desde hace cinco años. Tú, dármela, ¿recuerdas? Y sí, le renovaríamos la visa. Buen negocio para los *banks* en Wall Street. Buen tipo, tenía un tequila propio... ¿Cómo se llamaba?

Truena los dedos para que el mago de la memoria le conceda el nombre. No es él, sino Ross, quien se lo ofrece:

—Emperador.

—¡Emperador, chingao! Eso ser. Regalarme uno hace un año, muy bueno —Bobby deja su último bocado en el plato. Se queda mirando a Ross—. ¿Ser amigo tuyo? Sentirlo mucho. Dinero se queda, personas se van.

Ross aprieta los labios y alza las cejas. El humo de las parrillas lo hace lagrimear.

—Tú sabes que hay una cuenta allá.

—Sí, la cuidaremos bien. ¿Tener a la niña?

—¿Y tú tienes lo que te pedí?

Bobby lo señala como si lo hubieran descubierto sacándose su miembro y se pone a reír de manera tonta, casi falsa.

—¡Oh!, ¿eso? ¿Ross quererse portar mal? Todo en la bodega, como quedamos. Mucho, y muy peligroso —le da un gran golpe en el hombro. Sí, trato de machos. Pinches gringos que fueron ex-combatientes.

—¿Seguiremos con lo acordado? ¿Tendré la protección que me prometiste a cambio de eso? —pregunta Ross sin alterar su rostro de piedra.

—Oki-doki, Ross. Todo a chupar dedo... En chinga —Bobby levanta la mano para llamar al mesero. El muchacho llega con ellos—: ¿De veras no querer un dogo?

—¿La llave?

El norteamericano pone una llave con llavero sobre la mesa. Trae el número 23. Parece de una bodega de renta. Damián Ross se encarga de desaparecerla dentro de su bolsillo.

—Ross... Ross... sonríe —señala al mesero.

—Está bien. Pediré un par para llevar. Dos, con pura salchicha —le entrega el menú, una hoja enmicada, y roba una papa frita del otro dogo de Bobby comentando—: Oye, ¿Bobby?

—*Shoot, friend...*

—¿Te importa si armo escándalo en el patio de tu casa?

El agente deja de comer. Toma una servilleta y se limpia. Cruza los brazos y mira a Ross. Éste trata de ofrecerle un gesto amigable. Sólo le da escalofríos al gringo.

—¿Va a ser muy grande?

—Un poco... Pero te gustará, podrás hacer un informe lleno de detalles con armas compradas en Mazatlán y agentes federales que trabajan con el narco. Ya sabes, algo digno de una felicitación.

—No gustarme sorpresas, Ross, pero *be my guest*... ¡Otros dos dogos, por favor, cabrón!

—Va para Tijuana. Van a salir del país por Tijuana —susurra el escritor al teléfono, lo hace en voz apenas perceptible. Mucho es para que no le escuchen, pero también porque sabe que está ca-gándola. No hay redención para él, será un continuo caminar en la vereda de las pendejadas de su vida. Sus ojos nerviosos están en búsqueda de alguien que lo observe y confirme lo que él sabe: que los está traicionando—. No, él está herido. Supongo que pedirá asilo por la niña.

Y sí, sí hay ojos. También oídos. Damián Ross lo observa desde la oscuridad de la biblioteca protegido por las sombras de la soledad de esa casa que sólo alberga el gran ego del escritor y sus fantasmas de vida. Desde luego llegó en silencio. Es su trabajo: entrar cual ánima a las casas para segar vidas. Trata de mantenerse así, en silencio. Piensa en las palabras de su amigo Gustavo: una promesa es una idea vaga hasta el momento en que entra en juego el concepto de lealtad. Lo extraña, chingada madre. Mucho.

—¿Los van a parar en la carretera? —susurra el escritor pasándose la mano por el rostro. Sufre, sabe que los lleva a la muerte. A ambos, también a la niña—. Sí, está bien. Entonces, los dejo ir...

Y cuelga el teléfono. Se queda con la mano en el aparato sobre la mesa, como si le costara soltarlo. Cierra sus pupilas para que algo suceda. Algo para fingir que no hizo la llamada.

—Hola —dice Ross emergiendo de su escondite. El escritor da un salto de terror.

Su cara pone muecas para esconder la pena de haber sido descubierto.

—¿Damián? Pensé que aún no llegabas.

—Llegué —el escritor es un juego de gestos. El sicario, en cambio, no le obsequia nada con su cara, es esa escultura de granito mal labrada. Camina hacia él, mostrando que ya no lleva el cabestrillo—. ¿Recuerdas que acepté que me dabas miedo? Era verdad, me da miedo la gente como tú.

—Damián, no jodas ahora, siempre supe que estabas metido con el cártel o con otros cabrones hijos de puta. ¡Mírate! ¡Muy elegante vida, pero era puro dinero malhabido! ¡Además, eres un puto de clóset!

—¿Sabes? No me decepcionaste. Por poco pensé que no lo harías, que no llamarías, pero te lo agradezco, en verdad fuiste muy predecible.

El escritor no entiende las palabras de Ross. Tal vez Ross sabía desde antes de que tocara en su casa que conocía al secretario. Posiblemente se dedicó a investigarlo para encontrar que el nombre del escritor estaba en la lista de colaboradores que recibían su tajo para servir de voceros del gobierno. Si se lo hubiera echado en cara, le contestaría que de algo tenía que vivir, que escribir en revistas que existían desde regímenes pasados, impuestas como una fábrica de intelectuales que se doblegaban al poder, era sólo estatus. Pero eso era lo menos importante: lo que estaba ahí, como un gran elefante en el cuarto, era la llamada traidora.

—¡No entiendes lo que sucede! ¡Esto lo hice por el país!

—Claro, siempre lo hacen por la patria. Pobre nación, ¿qué te ha hecho para que le hagas tanta ojetada?

Ross extiende la cuerda de metal, aferrando cada lado con las manos, tensa cual hilo dental. Pero no va a la boca, sino directo al cuello del escritor. El cable se hunde en la piel del hombre cerrándose con fuerza y clausurando la entrada de ese preciado aire a la garganta. El escritor desde luego que se mueve y se agita cual pez fuera del agua. Los sonidos guturales que emite son alaridos desesperados, angustiosos. Tal vez implora por su vida, por una bocanada más de aire para seguir escribiendo. Quizás intenta pedir perdón a su amigo, a su esposa, a sus hijos. Pero la cuerda comienza a hundirse y rasga la piel, cortando el músculo de la faringe. La sangre fluye, a diferencia de las palabras. Éstas se quedan dentro de él, para siempre. Pero su líquido carmesí se riega en el piso, siendo lo último que sale del interior del escritor. Los sonidos han terminado, los movimientos también. El beso de la muerte llega plácidamente a él, cuando su cerebro deja de recibir oxígeno. Su voz, sus letras, han sido calladas por la traición. Ross no suelta, no deja de apretar a pesar de que ya no percibe movimiento. Con delicadeza va bajándolo al piso, como a un bebé recién dormido sobre las sábanas. Ross lo coloca sentado, recargado en la pared. Lo mira recordando sus letras que lo atrajeron. Y llora, le regala una lágrima, porque por una voz como ésa vale la pena derramarla: es una lástima que fuera un hijo de puta. Sin embargo, Ross se lo perdona. Todos somos hijos de puta, en un país tan hijo de puta.

4

Frente a nosotros se encuentra la licenciada Ximena Lazo. Va por la libre ahora, así se lo dice una y otra vez. Lo recalca en su cabeza porque sabe que ya no juega con el sistema. No hay peor caída entre los políticos que la de los que se salen de la jugada, quienes deciden no asumir las reglas. Ya lo dijo algún caca grande: *Si te mueves, no sales en la foto*. No importa el partido, esto dejó de ser una simple articulación de colores con el mismo fondo, las pautas son las mismas. Todo eso se lo enseñó su padre. Desde luego, nunca hubo una escena conmovedora en la cual el diputado sombrerudo abrazara a su niña y le dijera con una voz de narrador de cuentos de Walt Disney: "Mija, éste es tu universo, respétalo y bendícelo, pues te traerá fortuna y beneplácito. Sin embargo, debes aprender a venerar las pautas no escritas para que esto funcione, que sean tu religión y tu motivo en la vida". No, nada de eso; en cambio, lo vio borracho en la casa de un expresidente, entre mujeres de ropa escotada, aplaudiéndose porque los muy pendejos de los campesinos se tragaron toda esa mamada de que habría apoyo al campo. Eso sí, con un pinche papelito que se lo podían meter por el culo, pues la verdad esas tierritas eran para un senador y sus amigos, lo que le valdría una buena mochada. Ahí, escondida detrás de la cantina, escuchando leperadas y sonoras carcajadas, Ximena supo que en ese mundo, el de su padre, el de la política, todo se hacía por "quedar bien" y por dinero. Nunca por amor, nunca por amistad. Por ello estaba segura de que lo hablado en la Secretaría de Gobernación con su jefe era pura labia y algo más se escondía entre líneas: sigue las influencias, sigue el dinero, pensó. Así lo hizo, y es por eso que estamos en el aeropuerto viéndola sentada en la sala de espera, nerviosa, con su computadora en las piernas, reflexionando sobre sus acciones, sobre el fin de su carrera profesional.

Ximena Lazo levanta la mirada a la pantalla de su vuelo: faltan veinte minutos para abordar. Va a Guadalajara, porque ahí comenzó todo. Se va para entender de qué lado de la cancha ha estado jugando y tal como le narró el secretario, ver de qué color son las piezas de ajedrez. Rebusca en su bolso y saca el celular con el que se comunicaba con su hombre Porrúa, y ahora con Ross. Juega con él entre las manos, prendiéndolo y apagándolo. Es un modelo barato comprado en un Seven Eleven a descuento con un chip de prepago. Fácil de destruir, difícil de rastrear. Puede hacer una llamada e intentar detener las cosas, sin embargo cree que es demasiado tarde. También puede llamarle y exigirle una explicación, mas algo la hace desconfiar de ese hombre. Es que es demasiado fantasma para ser verdad. Un sicario elite que aparece y desaparece no es la mejor fuente para esclarecer los hechos reales, más sabiendo que en la lista de asesinados por su mano abundan los periodistas. No parece un fanático de la verdad. Sin embargo, hay algo más en él que la invita a confiar, y es que también va por la libre, como ella. Ross es un hombre del sistema, que trabaja a la perfección entre los engranajes bien aceitados del dinero y las mentiras entre gobierno, empresas, crimen y prensa. Un peón fiel que actúa y calla, pero que de pronto se volvió trastornado y montó todo un *show* por todo el país derramando sangre y balas. Eso no le cuadra, no es normal. Debió de suceder algo más, una razón más poderosa para que él rompiera esas reglas, los silencios y los modos. Eso es lo que inquieta a Ximena, no que exista un complot en las sombras, sino que ese gatillero haya desatado un caos sin aparente motivo: la violencia por sólo la violencia. Nadie quiere algo sin razón, la idea de la gran conspiración es más alentadora que la anarquía.

En su espera reflexiva, su mirada descubre una familia de norteamericanos listos para subirse a un avión. Son un cliché andante: sobrepeso en madre y padre, una hija rubia con audífonos y jeta de odiar el mundo, dos hijos adolescentes que se golpean entre ellos con comentarios bobos. ¿Cómo es que con todo el horror de lo que sucede en este país los gringos deciden seguir viniendo de vacaciones en búsqueda de comida exótica, playas y hoteles baratos? ¿Qué no leen los periódicos? ¿Acaso CNN no cubrió la maldita marcha de la Cruzada de los Justos? ¿No vieron imágenes de la matazón en esa fiesta infantil? No parecen preocupados por esas noticias. La madre ya trae en su cuello un cojín inflable para arrullarse con vodka durante su vuelo a Cancún o Los Cabos, mientras que el papá hojea una revista *Time* en la que el presidente ruso ofrece su característico gesto en portada. No, ninguno se inmuta ante el terror. Piensa Ximena que visitar México ante las atrocidades que suceden es como turistear en París cuando estaba ocupada por los nazis. Tal vez hubiera sido menos peligroso. La licenciada Lazo agita la cabeza para ahuyentar esas ideas que vuelan como zopilotes sobre su conciencia. De pronto aparece en su memoria la fotografía que le enseñó al secretario, la de la Masacre de la Piñata. En especial, la imagen de la esposa de Gustavo de la Colina desangrándose en el baño. ¿Quieren verla para sazonar sus cálidas vacaciones, gringuitos? Creo que aún la tengo en mi computadora. También puedo enseñarles cómo quedó la esposa del periodista Hidalgo, un trabajo que podría ser de mi departamento, pues dejé al hombre Porrúa tomar sus decisiones. Nunca pensé que fuera a hacer ceviche con la mujer. ¿Les place verlo? ¡Vamos, éste es el verdadero México! No las playas paradisiacas que les venden allá, sino los descabezados y los colgados. Ya saben, pueblos mágicos, costumbres ancestrales.

—Los pasajeros en el vuelo a Guadalajara, favor de hacer una sola fila —anuncia la empleada de la aerolínea, así que Ximena termina su monólogo silencioso para guardar la computadora y colocar su bolso en el hombro, lista para abordar. Un sonido. El de su celular. Ella, incrédula, lo mira y descubre que es una llamada entrante de su oficina. Específicamente de su secretaria.

—¿Licenciada? —pregunta la mujer con voz gangosa.

—Estoy a punto de subir a un avión —gruñe Ximena, molesta. Pero no parece que eso afecte a la mujer que de inmediato suelta su anuncio:

—El señor Melquiades se comunicó conmigo. Dice que perdió su teléfono...

—Celular —corrige de inmediato Ximena. Recuerda la llamada de Ross, y sonríe ante la idea que tiene su hombre de "perder" los objetos—. Sí, lo sabía.

—También dice que su encargo no cruzará la frontera, que no se preocupe —continúa la secretaria. A Ximena no le gusta eso, pues hay un nuevo elemento que, al igual que ella y Ross, va por la libre: su hombre Porrúa.

—¿Dejó algún número donde me pudiera comunicar? ¿Una dirección?

—No, nada, licenciada.

—Si vuelve a llamar dígale que aborte la misión —indica desesperada, no desea una sorpresa sangrienta de Melquiades. Sabe de lo que es capaz y, si se obsesiona, todo puede ser más complicado—. ¿Entendió lo que le dije? ¡Que ya no haga nada!

—Seguro, licenciada.

Lazo cuelga mirando a la familia norteamericana perderse en un pasillo. Piensa que si van para Hermosillo, no se lo recomienda, pues seguro habrá espectáculo con algún acto de magia incluido. Pero la familia va rumbo a Manzanillo, entre risas y los golpes de los dos niños. Pobres ciegos que no tienen idea de que todo esto es una escenografía, una obra para que ustedes gasten sus dólares mientras nosotros nos matamos.

—Mierda —se le escapa al tiempo que entrega su identificación y el pase de abordar.

5

Hay un extenso manto azul que cubre el árido desierto. Es asfixiante como la chingada. Unas cuantas nubes, panzonas y solitarias, flotan como apenas sostenidas por agujas. La carretera se sumerge al frente, como si fuera una cascada gris salpicada de líneas amarillas, sin mayores aspiraciones que continuar y continuar hasta que el efecto visual la extravíe en un falso charco de agua. En ese gigantesco azul, aves negras con alas extendidas graznan sin empacho. Son los círculos de la muerte que indican que una criatura ha fallecido y se descompone al sol. Es ahí, en ese áspero paisaje lleno de matorrales y biznagas, donde hay dos camionetas. El que sean escoltadas por otras dos patrullas federales en oscuro y blanco sólo aterra más. Los hombres están afuera, en el sol. No les importa, es su trabajo, es su vida. Y a lo lejos, en esa culebra aplastada que es la carretera, se avecina una camioneta negra. Ésta ya perdió su esplendor: un conjunto de balazos la ha ido demacrando. Eso sí, sus letras góticas de Solitario en la parte trasera siguen intactas, orgullosas de ser portadas. El vehículo va acercándose a velocidad moderada, hasta el retén. Su rapidez disminuye como si los faros fueran ojos que miran una fea situación, que la analizan. Sin embargo, no hay mucho que hacer, para eso son los retenes, para que uno haga alto y enfrente a los que esperan con armas. ¿Federales, judiciales o narcos en búsqueda de una entrada extra por robar, por cobrar piso? No importa, son problemas. La camioneta sigue perdiendo velocidad. Tal vez su conductor está dando indicaciones, tal vez preparándose para lo que sigue. El federal uniformado se planta de frente, con la mano en alto. Es el cliché andando de los de su tipo: bigote de azotador bajo la nariz, lentes de espejo, pelo en corte militar, panza de exceso de tortillas de harina en los desayunos. La placa resplandece en su pecho. Dos hombres en chamarras de cuero, con lentes Ray-Ban y automáticas, esperan en las capotas de las camionetas. Los otros tres usan gorras de beisbol. Ninguna tiene logotipo de algún equipo, pero sí nombres de grupos musicales. En colores brillantes, refulgentes, por supuesto. En estos malandros las cadenas de oro no son esquivas, aparecen al lado de anillos y pulseras. Uno trae un dije de la Santa Muerte. Bendita preciosa, ayúdame en mi jale para que no me truenen de un tiro. Tú que eres fiel, tú que eres la bella, no dejes que un cabrón me deje frío. El de la figura cadavérica lleva un M16. Ése da un poco más de miedo, porque más que plegarias, arroja balas, y siempre en cantidades vastas. El grupo de las camionetas bebe cervezas Tecate, latas grandes, pues el calor es democrático y azota a todos. Nada peor que cerveza tibia en un desierto y en un retén. Pero en algo hay que quemar el tiempo, pues les dijeron que un cabrón iba para allá, y a los cabrones se les chinga. Ni idea de quién dio la orden, ya que pudo venir de Mazatlán o de la Ciudad de México. ¿Hay alguna diferencia entre los unos y los otros? El de la Santa Muerte se saca los mocos, aburrido. Llevan dos días así, arranados en la nada, esperando que algo suceda, sin saber qué puede ser ese algo. A lo mejor es la camioneta Lobo. A lo mejor es nada. Pero para eso se encarga el Federal, para eso es el patrón; sin importar que sean de la ciudad o de Culiacán, les paga a los perros con uniforme. Que ellos den el rostro, que hagan las preguntas a los que cruzan por esa carretera.

La troca oscura casi se detiene a sólo unos metros del agente. Frena de manera brusca, dando sacudidas, como si sufriera terremotos personales. El agente de panza de tortillas de harina y espejuelos se acerca con porte mamón, de ese que dice *Yo soy la ley*. No lleva gorra, al menos; se vería muy ridículo: como en las películas de Hollywood. Camina sobre el caliente pavimento y su taconear se pierde en el desierto. Termina plantándose frente a la camioneta. Algo no le cuadra. No, algo no está bien: la puta camioneta la maneja una chamaca, una pinche huerquilla de menos de quince. Se le ven los ojos grandes, abiertos como si sospechara que está haciendo algo incorrecto. El panzón federal abre la boca y su mostacho grueso se curva ante el gesto de *¡Qué chingao!* La niña no sonríe, sigue aferrada al volante de la camioneta apretando con toda la presión de la que son capaces sus flacos dedos. El terror en ella no sólo es obvio, sino que apesta. Gotas de sudor gruesas corren por las sienes de la niña, parecen mucho más grandes que sus mismas mejillas. Sabe que es momento de hacerlo, pero no puede soltar el volante. El federal sigue ahí plantado, en silencio, tratando en su cabeza de sumar dos más dos para saber cómo proceder. Una pinche niña manejando en la nada del desierto, eso no se ve todos los días. Abre la boca para lanzar un buen discurso con groserías y palabras de domingo sobre romper la ley o la irresponsabilidad de manejar sin un adulto. No, no logra decir ni pío. La Trejo, esa pequeña pistola heredada del abuelo de Ross, aparece cuando la chamaca logra soltar el volante. El ojo negro directo a ese par de cristales de espejo en las monturas. Entonces el sonido seco. La repetición del eco se pierde en el desierto. La bala en plena cara del federal. Sí, es la señal para que el espectáculo comience. Bienvenidos al *show* de hoy.

De la parte trasera de la camioneta salta Ross. Trae una escopeta cruzada en su espalda cual guerrero medieval. Al frente, un fusil de asalto A15 con mira. En el cinturón la pareja de las Glock que siempre lo acompaña. Frío, tranquilo, estratega. Primero, ojo en la mira, calculando al enemigo más cercano para hacer carambolas de billar. Ahí le va una bala al de la gorra de los Tucanes. Vamos bien, Damián, ya lo chingaste. Segundo, el de traje, que aún lleva el arma al hombro. Tres tiros, dos cruzan su cuerpo. Tercero, directo al que maneja. Fallaste, va de nuevo. Sigue, otro disparo. Uno más. No sabemos si lo mató, pero hizo mierda los cristales y lo aderezó todo con sangre. Corre hacia el desierto, Damián; chíngale que comienzan a regresarte los disparos. A cubrirse detrás de la patrulla del federal que ya se quedó besando tierra mientras los zopilotes lo revolotean. *Ping, plang, plong.* Suena como campanitas el choque de las balas en el metal de la patrulla. *Ping, plang, plong,* sigamos esa canción de calibre 9 y 38 mm. Ross sale de su refugio con la escopeta para sacar un retumbo seco y profundo que rebota en la nada del desierto. Ese tiro sí se chingó a un buen, desde una de las camionetas hasta las llantas traseras. La raza sale de los vehículos gritándose groserías y dando indicaciones caóticas. Palabras como *dispárale, chíngale* y *corre* se repiten. Ross cae a la segunda camioneta, saca la pistola, y dispara a quemarropa a uno de los narquillos de gorra de beisbol, que no son de equipos de beisbol. Al hombro, muy cerca. Su brazo le da la vuelta al cuello para usarlo de escudo. Sus compañeros le disparan una y otra vez, dejándolo perforado cual salero. Las balas se refugian en hígado, esófago y riñón. Ni lo siente, pues está más muerto que la tierra agónica que pisa, pero ayuda al sicario para que continúe su ataque con sus pistolas. El otro federal corre a su patrulla. Puede llamar refuerzos o sacar la escopeta recortada. Cuando ve que una bala entra directo al ojo de uno de sus compinches decide que la escopeta es mejor opción. Desde dentro del coche dispara. No es malo. Le da en un hombro a Ross, quien se queja por lo bajo. Claro que parte del brazo queda en carne viva y sangra. Con la mandíbula apretada, el Lobo descarga ambas Glock contra el policía. Varias veces, como si quisiera desmantelar la patrulla. Cansado de no lograr nada, otra vez su escopeta, tres tiros. Los suficientes para incluir a uno más en la lista de federales caídos en acción. Pero demasiada obsesión por chingar a ese pendejo. Otra bala lo encuentra en el costado, Ross se dobla adolorido. Escucha el grito de Renata que está resguardada en la camioneta, completamente aterrada. Bien, chamaca, estoy bien, sólo me cruzó la panza. Damián continúa hacia la otra camioneta con sus tiradores, no tiene idea de si le quedan tres o cuatro. Sólo dispara, chingue a su madre, que se acabe esta chingadera. Un par de disparos casi lo perforan, así que se vuelve a cubrir detrás de otro vehículo. Se queda acostado, tomando aire, dejando que el dolor comience a decirle a su cerebro que está herido. No, no se lo van a chingar en medio del desierto. No va a quedarle mal a la chamaca, que se vio bien cabrona en seguir el plan manejando la camioneta que medio le enseñó a conducir el día anterior. Lobo perdió rifle y escopeta, debe seguir sólo con las pistolas. Cambia de cartuchos por una línea nueva de balas. Fresquecitas, a seguirle dando, a seguir disparando a esos cabrones hijos de puta. El intercambio dura dos minutos más. Ya cansado de que no cesen, sale de su esquina protegida para saltarles a la camioneta. A puño limpio, con pistola en mano. Dos o tres golpes a la cara, para atolondrar, y por fin rematar con una bala en la cabeza para que ni malheridos intenten seguirlo. Brazos, quejidos, disparos. Un par de minutos más, con muchos pedazos de sesos regados, sangre y casquillos, por fin termina. Sólo se escucha su respiración y el corazón bombeando sin parar. Ross está herido, pero él solo acaba de chingarse a más de una docena de pendejos.

Ross se incorpora adolorido, empapado en sangre, en la carretera con su arma baja. Los zopilotes le dan rondines. Pasa un tiempo de intensa calma hasta que Renata baja de la camioneta y se le acerca asustada. Aferra su pistola Trejo entre sus manos, le da seguridad. Ross la observa y piensa que ha creado a una asesina: mató a dos personas ya. No le importa, sabrá defenderse, pues ya nunca llevará una vida normal. Mejor que sepa lo que es eso, matar.

—¿Estás bien? —pregunta Renata.

—Sí... ¿Y tú? —responde entrecortado, como si en su voz hubiera mala recepción de señal.

—No me hicieron nada —son palabras mágicas. Damián voltea a un lado y al otro. Ve los cadáveres. A lo mejor hay un par vivos, si le echan ganas sobrevivirán cuando lleguen los refuerzos.

Está seguro de que llegarán, pues va a la patrulla y hace lo que en su momento el agente pensó hacer: toma la radio y da aviso que el sospechoso va rumbo a la frontera. Pide que avisen a Gobernación.

6

¿A poco no conocía Damián Ross al hijo de la chingada del comandante Salvatierra de la Fiscalía General del estado de Jalisco? Hasta recordaba cómo volteaba el sicario a la cámara del circuito cerrado en el edificio mientras lo sacaba a rastras para matarlo como un perro. Ximena vuelve a ver la foto tomada de esa imagen, aprieta sus labios y gruñe: este cabrón quería que lo vieran, que me diera cuenta de que era él quien los estaba matando. No era un descuido, esto es una carta dedicada a ella, o tal vez a otro, más arriba. ¿Quién? ¿A quién le declaró la guerra Damián Ross? Las dos oficinistas la miran asustadas, con las piernas bien juntas para no enseñar nada más abajo de la diminuta falda. Ximena huele lo rancio de la oficina: está en la Fiscalía General del estado de Jalisco. Todas las oficinas huelen a lo mismo, a papel mojado y sudor. Llamó a los testigos de la muerte de los municipales y del comandante. Resultó que eran dos secretarias Godínez con minifalda y exceso de lápiz labial. Seguro vendían Herbalife o Avon en su tiempo libre. No le importaba, mientras respondieran preguntas. Y si algo tenía Ximena era que imponía como la verdadera perra hija de puta que era.

—¿Así que entró este hombre hasta las oficinas sin que nadie lo detuviera? —recapitula, absorta. Una secretaria mira a la otra.

Están sudando. Es que en Guadalajara siempre hace un calor malsano, de esos que escupen las malas vibras.

—Sí, señora. Yo lo había visto por aquí. No se anunciaba, sólo se paraba en la entrada y los agentes salían a verlo. Platicaban un poco con él, y luego regresaban al trabajo —explica la mujer. Ximena la mira para analizarla: lo primero que piensa es que seguro tiene una tacita de cerámica con una flor en su escritorio.

—¿Lo conocían?

—Parecía que sí... No sé —duda. Se vuelven a mirar ambas. Ximena Lazo tuerce el cuello y lo hace tronar. Mira la foto de Damián Ross, la guarda en su portafolios. Cambia la voz impregnándole un poco de empatía:

—¿Han oído hablar de un hombre al que le dicen Lobo?

—No —responde una de ellas de inmediato. Parece más asustada que cuando mataron a sus compañeros, eso seguro. Ximena sabe imponer, pero también descubrir la verdad.

—¿El matón? —pregunta la otra. Ximena voltea a verla: ha pintado una sonrisa en su rostro.

—Algo de eso —le ayuda, como si le diera un empujoncito, vuelve a sonreír—: Platícame qué sabes.

—Uno de ellos me lo platicó. Hace meses. Fue el Gerardo quien me lo dijo. A Gerardo lo mató en su escritorio, y luego le quitó su celular. Estaba frente a mí cuando le disparó en la cabeza. Tomó su celular y mandó un mensaje... Se tomó su tiempo. Como si no importara que lo viera yo —le narra la mujer quien ya no sólo suda, sino que ha desatado un caudal que escurre por sus sienes.

—Eso ya me lo platicaste, ¿qué más sabes?

—Que trabaja para los grandes, incluso del gobierno —afirma, como si fuera el chisme de la oficina. Ximena odia Guadalajara porque todos están bien hundidos en la mierda, pero hacen como si vivieran en Suecia. *Cabrones mustios*—. No es de ningún cártel, pero todos lo respetan. A veces le hacía trabajos, ya sabe, una lana extra...

—¿Como lo de la Masacre de la Piñata? —lo suelta, ya para que desembuchen todo. Pero no reaccionan de la manera que esperaban: al contrario. Las mujeres se miran entre sí, interrogándose sobre eso. Es como si no hubieran sumado dos más dos, y por primera vez entendieran lo que en verdad pasaba en su oficina.

—No... ¿O a poco fue el comandante? —una de las secretarias ocupa una neurona más y entiende: sí, están hasta la mierda y viven felices—. ¡Híjole, señora! Ahora que lo dice, tiene razón: se fueron ese día en la tarde el comandante Salvatierra y el Gerardo, me dijeron que iban a comer al Ponte Trucha Negro. Que luego regresaban. Llegaron en la noche, riéndose, medio pedos.

—¿O sea que todos los agentes que mató Ross se fueron la tarde de la Masacre de la Piñata?

—Creo que sí... Excepto Federico.

—No, Federico también se fue —interrumpió la otra Godínez.

—Entonces fueron todos —sostiene Ximena, ellas mueven la cabeza.

Claro, era obvio que los mató: sabía que fueron ellos. Era la venganza por el cochinero que hicieron. Se merecían eso, y milenios de años ardiendo en el infierno. No sólo por matar niños, sino por pendejos. Eso no se perdona en el bajo mundo. Ser pendejo es el peor pecado de México. Incluso, es más grave que la traición. Bueno, Ximena, ahí está todo: Ross no mató a Gustavo, sino que supo quiénes lo hicieron y vino a chingárselos. Todo muy lindo, pero ¿por qué el hijo de puta más grande vendría a arruinar su carrera por una *vendetta*? Y además, descaradamente mirando a la cámara. Vamos, Reina de Hielo, piensa. Para eso te pagan, ¿recuerdas? Es fácil la respuesta: le estaba diciendo al verdadero culpable, voy por ti, cabrón. Sé quién eres, no te vas a esconder.

—Es que desde que llamó su jefe el día anterior, todos se pusieron como locos —suelta la de la minifalda más corta, la que seguro tiene su taza con flor en el escritorio.

—¿Mi jefe?

213

—Sí, el secretario, señora —asegura. Entonces sí, Ximena se pone pálida. El recado de Ross no es para los narcos, para los del cártel: no, se dirige al verdadero asesino de Gustavo de la Colina, su jefe.

—Hijo de puta...

Ximena Lazo sale del edificio. Se pone los lentes oscuros de moda, colección del año, que le costaron un chingo. Se detiene a mitad de la calle, pues necesita pensar qué hacer. Tal vez regresar a la Ciudad de México para juntar todo, y así enfrentar a su jefe. Necesita pruebas, documentos. Aunque no piensa hablarle a esa reportera para sacarle toda la sopa. No, la ropa sucia se lava en casa, así que ya verá cómo se va a madrear a ese pomposo hijo de puta para quitarle lo mamón de una vez por todas. Antes de unir un pensamiento más, un hombre de complexión grande, moreno y corte militar se coloca frente a ella. Ximena se lleva la mano al bolso instintivamente, donde guarda una pistola escuadra. El guarura le toma la mano. Es frío, calmado. Si quisiera matarla ya lo hubiera hecho. Pero se queda así, apretando su muñeca.

—El señor quiere verla —dice con voz grave. Ximena no entiende. ¿Quién? Entonces mira frente a ella, a la calle, hacia una camioneta negra con vidrios polarizados y dos coches Dodge negros atrás, llenos de hombres en trajes grises. La ventana trasera se abre: muestra a un gordo que está perdiendo el pelo, ligeramente bronceado. Traje elegante y corbata italiana. No lo reconoce, pero huele el dinero, huele las muertes, huele la droga.

—Licenciada Ximena Lazo, es un placer conocerla —le indica, abriéndole la puerta para dejarla entrar—. Tuve el gusto de hacer negocios con su padre hace años. Si lo ve, mándele saludos, junto con una felicitación por su reciente boda —le dice el don. Su voz no suena histérica, no detona odio ni enojo. Parece un monje que ha aprendido a vivir y convivir con sus muertos. Eso sí, le enchina la piel a Ximena. Esa tranquilidad aterra. Ella entra a la camioneta.

Se sienta junto a ese hombre que mantiene su gesto de profesional en junta de negocios. Ella, literalmente, se está cagando de miedo.

—¿Mi padre? ¿Conoce al diputado? —frunce el ceño dudosa de lo que percibió. ¿O sea, su padre era un hijo de puta? ¿Negocios con ese don? Ni preguntar cuáles, que a veces el mutismo con la familia es la mejor receta: si no lo sabes, no pasó.

—En este negocio somos pocos y nos conocemos mucho. Aquí todos hacemos *actividades comerciales*. Es cuestión de saber cómo marchar parejo para entendernos.

—Usted es un... —gruñe Ximena, pues quiere escupirle una o dos verdades. Bien que sabe de quién se trata: el que está atrás de los que están detrás. Un hijo de puta hecho y derecho, eso ya no lo duda.

—Hombre de negocios... —la interrumpe. Pinche don, le pone sonrisa de mátalas callando. Se ve que es más cabrón que bonito—: Uno que perdió mucho dinero en una inversión. Pero le voy a ser sincero, Ximena, hemos perdido más en las embestidas de la DEA o en las pendejadas de gobernadores con las confiscaciones de cuentas. Así es este negocio. No importa tanto el dinero como la traición. El dinero se recupera. La lealtad, no.

Ximena está calladita, pues así se ve más bonita. Cagándose por dentro, pues los ojos de cubitos de hielo del don la miran como si fuera una pinche culebra a punto de comerse a un ratón. ¿No que muy perra, Reina de Hielo? ¿No que muy sácalepunta, licenciada? Pues estás muriéndote de miedo.

—¿Me va a matar?

Carcajadas. Un escalofrío recorre la espalda de Ximena: despídete. Ya te cargó el payaso, Ximenita. Y tiene rostro de ese don gordo con jeta de contador.

—¿Por qué lo haría, licenciada? No nos ha traicionado —responde aligerando el ambiente que estaba tan denso que seguro se podía untar como mantequilla en pan. Lanza un largo suspiro Ximena, ella siente que le quitaron un peso de encima.

—Entonces, ¿usted va por Damián Ross porque los traicionó? ¿Lo quiere muerto? —pregunta inquieta.

—Será una decisión difícil, ya que Lobo es un gran elemento al que respetamos mucho. Al menos, en mi caso, me dolerá sacarlo del juego para siempre. Pero son las reglas, y hay que alinearse. Pero déjeme decirle que él sólo hizo lo que podría haber hecho cualquiera. Las cosas que hacemos por amor, ¿verdad?

—¿Amor? ¿Por la niña? —pregunta Lazo. Comprende, y no comprende. Ya que debe de haber algo más para que un hombre como Lobo haga una mamada tamaño periodicazo de nivel nacional.

¿A poco te crees que ese hijo de puta está haciendo todo por una escuincla, así nomás?

—Sería mejor que siguiera su instinto en lugar de su cabeza —recomienda el hombre obeso—. Comprendería de mejor manera la situación. Porque incluso Lobo tuvo la decencia de pedirme permiso, y trató primero de arreglarlo de otro modo. Lo que no se vale es la traición de su jefe...

—¿El secretario?

—Lo estamos vigilando desde meses atrás. Él va a caer, licenciada. Le recomiendo que se haga a un lado —eso la golpea cual cachetada. Aquí es donde Ximena debe temer, pues la cosa va en serio. Comprende que esa reunión amistosa no es otra cosa que una cortesía para advertirle que a su jefe se lo va a llevar la chingada. Compró boleto directo al infierno, y más vale que ella se aparte antes de quedar embarrada. Sé inteligente, Ximena, que te están dando una oportunidad única para no cagarla.

—¿No le importa que salga su nombre si se destapa la cloaca? —lo sacó ella, sin tapujos. De inmediato se arrepiente al ver que los ojos del don se inquietan, aunque parecen hechos de acero. Pinche cara de mustio que se carga.

—¿Mi nombre? Creo que ni usted sabe cómo me llamo... Aparecerán otros como el nombre de algún cártel, de esos famosos. Nombres que nos dieron los periódicos. Siempre están en las noticias, ¿por qué nos importaría que surgieran mañana en los encabezados? ¿Cree que eso detendrá el negocio?

Ximena Lazo piensa que hay pocas oportunidades como ésas para desvanecer las dudas que la afectan, así que abre la boca para preguntar, consciente del riesgo que corre:

—Entiendo que mi jefe, el secretario, mandó a matar al señor Gustavo de la Colina. Supongo que fue por orden de usted.

—No, lo hizo por sus pistolas —informa el hombre. Es con esa frase que su cuello se ve tenso y la voz se amarga. Se le ve que ya no le tiene buena fe a su jefe—. Igual que el *show* que está montando en Tijuana.

Ximena abre los ojos enormes al escuchar aquello. Ella lo dejó en su palacio de cristal en la ciudad, no esperaba que ahora tratara de hacer un espectáculo como el que montó en la marcha de la Cruzada de los Justos. O peor.

—Sí, ya se encuentra allá. Él mismo quiere hacerse cargo y me temo que sólo llamará la atención en balde. De nada le servirá, no importa que recupere el dinero. Como le dije, ése no es el problema. Siempre imaginé que era más inteligente, pero no dejó de ser un atrabancado estúpido. ¿Habrá imaginado que podía hacerlo detrás de nosotros sin que nos enteráramos?

—¿Tijuana? —Ximena abre los ojos asustada, porque comienza a comprender la realidad que viene: es más terrible de lo que cree, el caos de un tonto con poder que se cree con las de ganar. En México, nadie propone esa jugada. Siempre ha de manejarse a la defensiva.

—Tendremos fuegos artificiales y, cuando terminen, entonces hablaremos con él —comenta el hombre con sobrepeso. Lo hace sin mirarla, ve hacia fuera, a la calle. Ximena sabe lo que eso significa: le está mintiendo.

—Es un idiota... Lo está haciendo más grande —se queja.

—Exacto: no nos gusta tanta atención —el hombre hace un gesto increíblemente paternal y al tiempo aterrador: le toma la mano cual líder de familia dando consejo a su hija pródiga—: ¿Cree que podría evitar ese papelazo?

—No lo sé, él va por su cuenta.

217

—Confiamos en usted. Desde niña siempre ha sido persona del sistema. Por eso apoyamos su carrera, y para que ésta crezca necesita evitar más *atenciones*. Aquí tiene: sale a Tijuana en dos horas —de su saco extrae un boleto de avión, comprado seguramente por una agencia de viajes legal, que paga impuestos y da la cara, pero sumergida en los negocios turbios del Señor—. Espero verla pronto, licenciada... Por favor, mándele ese abrazo a su papá, era un político de la vieja guardia, de ésos con los que se podía hacer tratos.

Ximena Lazo miró el horario de su vuelo de nuevo, debía apurarse si deseaba abordar ese avión.

7

Hace calor. No, no te quejes. Silencio, espera. Hace calor, mucho.

Silencio. (*Lo bello del desierto es que en algún lugar esconde un pozo*, eso dice el del nombre difícil: Antoine de Saint-Exupéry, sí, así se llama.) ¿No ves que debes esperar? Estás muy atento viendo desde la mira. Confía en los austriacos, ellos lo hicieron muy bien en 1969. Desde entonces dispara bien. No, el rifle no es de 1969. Lo hacen desde 1969. El rifle es viejo, pero no tanto. (Es austriaco como Stefan Zweig, y él escribió: *Así nacen las guerras: de un juego de palabras peligrosas. Y así nacen los crímenes políticos: ningún vicio y ninguna brutalidad en la tierra han vertido tanta sangre como la cobardía humana.*) Steyr SSG 69 se llama. No, el rifle no tiene nombre. Así lo llaman: sólo Steyr. Sí, es el adecuado y es considerado el más efectivo en un rango de 800 metros. Son muchos metros. No está tan lejos. Quizás a 500. Pero no lo ven. Desde luego que él sí ve por la mira del Steyr al hombre que no es Rosa. Y también ve a la niña. Los ve muy claramente, porque Dante Melquiades sabe hacer las cosas bien y ahora los ve desde lejos. El que no es Rosa está herido. Se ven manchas de sangre en su camisa. Se hizo un torniquete. Camina, está herido, pero funciona. (Tiene sangre, como la sangre que dice García Lorca: *El más terrible de todos los sentimientos es el sentimiento de tener la esperanza muerta*.) No sabe que Dante Melquiades lo ve desde la mira del Steyr Es que sabe esperar. Los siguió desde Hermosillo. Tomó la 15 y manejó por ciudades. Recuerda los nombres: Los Mochis, Guaymas, Ciudad Obregón. Pero Dante Melquiades no atacó, esperó. Vio que se quedaron en una posada que no es posada. Es casa. Casa de un escritor que no escribe buenos libros, pues sus libros tienen fotos en la portada. Dante no lee libros con fotos en la portada. O casi. Sólo los de Porrúa. O casi. Sí, ésos le gustan.

Sigue esperando. Hace calor. No le gusta ese clima. Pero Dante sabe esperar. Le enseñaron en 1980, siendo casi un joven recién bajado de la sierra oaxaqueña. Sí, él esperaba. Y también disparaba. Luego peleaba. Mil novecientos ochenta, lo recuerda. Comía hamburguesas de niño. De esas que ya no hay. Dante recuerda a su maestro, pero no recuerda el nombre de las hamburguesas. Su maestro era soldado, pero no vestía de soldado. No sabes dónde trabajo, no sabes de dónde vengo. Nadie sabe nada, le dijo. No sólo a Dante, también a los otros. A los que entrenaba para hacer cosas. Cosas como las que hace para la licenciada. Y las que hacía antes para su papá de ella, el diputado. Dante Melquiades es una herencia del diputado a la licenciada. Prometió obedecerla porque el diputado era bueno con él. Lo trajo de Huautla. Le compró su departamento. Es del Infonavit pero es bueno, le dijo. Le daba de comer. Vaya usted con dios, Dante, y cómase una buena barbacoa en Pachuca, le comentó el diputado. Le dijo que no se preocupara cuando pasó lo de su hermano. Usted callado, yo me encargo, y se encargó. El diputado siempre se hacía cargo para que Dante pudiera regresar y no preocuparse. Por eso es bueno con la licenciada. Aunque le dé libros con fotos. Dante espera detrás del rifle Steyr de largo alcance. Dante recuerda los trabajos del diputado, igual que las ciudades: Aguas Blancas, Lomas Taurinas, La Fragua. El diputado le dijo: Muy bien hecho, y le dio dinero. Mucho. Compró muchos libros. Uno de esos trabajos lo hizo con el Steyr. Es buen rifle, el mejor en largas distancias.

Perdió su teléfono. No, no es teléfono. A la licenciada no le gusta que le digan teléfono. Es celular. Perdió su celular. No puede llamar a la licenciada. Pero si mata al hombre que no es Rosa la licenciada estará feliz. Le dirá lo mismo que su papá, el diputado: Muy bien, Dante. Pero hace mucho calor. (*Remedios, la bella, se quedó vagando por el desierto...* Seguro hacía calor también allá con García Márquez.) Silencio. Ve lo que hace el hombre que no es Rosa. Hace muchas cosas que Dante no entiende. Primero enfrentó a muchos de la manera más tonta. El que no es Rosa sabe matar, igual que Dante. Alguien debe decirle "bien hecho", pues mata fácil. Mató a todos en Caborca. No ahí, cerca, más al norte, en El Sahuaro. No, tampoco ahí, cerca. Ya por la 2. Y se metió al desierto, pues algo planea. Después de matarlos, luego llama por radio a la policía y dice que va para la ciudad. Seguro tomará la 2 y luego la 20 hasta Tecate. No entiende, les dijo por dónde iba. También cargó mucho de eso que sacó en una bodega en Hermosillo. Era su bodega, pues tenía llave. Y eran muchos paquetes. Y la niña. Sí, recuerda que también está viendo a la niña.

Hace calor. Silencio. Espera, y ve qué hace.

Ross acomoda en la bastante golpeada camioneta negra el último paquete. Es el quinto que coloca con cuidado en la parte trasera del vehículo. Hay una caja con cables y herramientas. Los había dejado atrás, para que no estuvieran en la balacera. No quería un maldito accidente. Avienta la llave que le dio Bobby al desierto, para no dejar rastros.

—Creo que tenemos todo lo necesario —se voltea Ross arreglando el vendaje de sus heridas. No está mal, podría aplicar para doctor de consultorio del doctor Simi. Se voltea y sonríe a Renata que está sentada en la camioneta. Bebe un refresco de limón que seguramente no tiene nada de limón. Pero con ese calor debe de saber a gloria. Ross se seca el sudor con un paliacate.

221

—¿Por qué lo hiciste, Ross? Casi nos matan —pregunta Renata sin voltear a verlo, con la mirada hacia el horizonte del desierto, interponiendo la vista de sus lentes oscuros pigmentados en rosa.

—¿Has visto las corridas de toro? —se acerca a ella.

—Sí, pero no me gustan. Mamá me dijo que eran malas. Inhumanas, fue lo que dijo... Fuimos a una marcha a la Minerva en contra de las corridas. Nos acompañó la mamá de Isabel y el papá de Roberto. Van en mi clase. Viven en mi fraccionamiento. Son vecinos. Hacía calor, pero no tanto como aquí. Pero ellos querían quitar las muertes de los toritos en la plaza... ¿Qué es "inhumano", Ross? —Renata se levanta un poco los lentes, lo suficiente para cruzar las miradas. Ross suspira. No le gusta cuando hace eso: cuestionar todo. Supone que es la manera en que enfrenta su realidad terrible.

—Algo tan cruel que no se considera propio del ser humano.

—Pero si fuera así, el humano debería ser bueno, ¿no?

—Sí, es la idea...

Un viento rebelde levanta una polvareda y le roba la atención un momento. Ambos voltean a ver ese juego de polvo y aire que forma sueños. Luego regresan a su charla.

—Pero no lo somos —afirma Renata con lágrimas en los ojos—. Yo sé que no soy buena, y que tú tampoco. Somos *inhumanos*, Ross.

—¿Por qué, chamaca? —Ross le toma la mano. Siente que ella tiene dolor, pues se lo tragó desde días atrás. Él debió vivirlo también, pero no fue así: nunca tuvo complejo de culpa por lo que hacía. Era, y ya. En cambio, Renata cargaba con mucho. ¿Merecía eso? Damián no lo sabe. Ya no sabe mucho.

—Porque maté.

Lo sabía, lo sabía, chingada madre. No a todos les vale madre apuntar y disparar para detener un palpitar. No, no todos son como tú, puto y pendejo Ross. Menos una pinche niña a la que orillaste a matar. Eres un cabrón. Lo sabes, ¿verdad?

—Lo sé... No voy a decirte mucho, pero lo hiciste. Era así, o estaríamos muertos. Salvaste mi vida, y la tuya. ¿Eso te hace mala? No lo sé, Renata. Te voy a decir la verdad: no sé si somos inhumanos, pero sí sé que estamos vivos. Y yo prefiero estar vivo que muerto. Lo demás, trato de no pensarlo.

Premio de mierda y bazofia para intentar explicar que eres un pinche sicario.

Pero mira, al menos ella detiene las lágrimas. Eso es suficiente para mentir.

—Tal vez tengas razón —Renata se limpia los rastros del llanto con la manga de su blusa—. ¿Y los toros?

—¿Los toros? —intrigado, Damián inclina la cabeza dejando que Renata vea su reflejo en sus lentes oscuros.

—Los de la corrida... algo me decías —señala a una plática invisible que se quedó en el aire.

—Lo que hicimos allá fue picar al toro. Ahora está muy enojado y va a embestir, pero nosotros llevamos la espada.

—¿Vamos a matar al toro?

—No, chamaca. Sólo yo... Voy a tomar un...

¡Bang! Así sonó el disparo, pero el eco lo repitió varias veces. Una y otra vez por ese desierto. La bala entró en el hombro de Damián Ross. Clavícula y escápula trozadas en pedacitos, muchos, como un inmenso rompecabezas. Los nervios saltan, aúllan por el dolor y la descarga eléctrica llega al cerebro. Y sí, el pinche dolor es terrible. Ross cae al suelo. La sangre salpica su cara y lentes oscuros. Escucha a Renata gritar, muy muy alto. Ella se queda quieta, congelada, pasmada, atónita, agarrotada... No, ya pasaron segundos. ¡Muévete! Sigue serena, sorprendida, fría, boquiabierta. Por favor, muévete, niña. Ross trata de hablar y sólo le sale una palabra:

—¡Ya!

¡Bang! Pasa cerca de su mejilla, no hay daños. Renata salta de donde estaba sentada en la camioneta y se cubre, escondiéndose en el vehículo. Al hacerlo, Ross ya no la ve. Ella es la que importa, necesita ponerla en un lugar realmente seguro. Ese cabrón lo tiene

en la mira y no va a dudar... *¡Bang!* Mierda, creo que se llevó un dedo del pie de Ross. Corre, cúbrete y aléjate de la camioneta. Hacia el desierto. Corre, pinche Ross, te están venadeando. *¡Bang!* Ni puta idea de dónde provino ese balazo, mientras no golpee a Ross o a Renata, vale madres. Sigue corriendo. *¡Bang!* Al suelo, detrás de esa loma. Pinche bala, le dejó el brazo hecho una mierda. *¡Bang!* Que siga disparando, ya está encubierto.

—¡¿Renata?! —grita Ross sacando un poco de ese terrible sufrimiento por la herida del brazo. Su voz se rompe, ya no es segura. No, es de alguien sorprendido, asustado. ¿Tienes miedo, Damián? Sí, por ella.

—Estoy bien —responde la niña, su voz apenas es perceptible. Ross puede respirar. La camioneta seguro ayudará un poco. Está blindada, pero una bala de ese rifle puede perforarla. Debe alejarse. Saca la Glock. Revísala. Bien, está llena. Al menos no lo agarró con los calzones tan abajo. *¡Bang! ¡Bang!* Parecen dos disparos, pero es el eco. Luego otro, más lejano hasta perderse. La bala entra a un lado de Damián haciendo que la tierra explote y arroje guijarros, polvo. ¿Quién podrá ser? ¿Alguien del patrón? No, él no se va meter. Es un cabrón que los ha estado vigilando, que esperó para el mejor momento. Alguien persistente.

Busca en su bolsillo el celular barato. Marca el número para mentarle la madre a Ximena, pues sabe que es su hombre. Ella va ganando, pero no esperaba que él los apañara ahí, cuando estaban a punto de comenzar los fuegos artificiales. Pinche licenciada, no contesta. ¿Qué pedo? ¿Voy a morir en el desierto por pendejo? *¡Bang!* Toma, esa bala es un aviso para decidir qué hacer.

No le queda otra que hacerlo a la antigua: chingue su madre. Sabe que lo va a matar o seguro lo dejará más jodido que un cerdo en el rastro. Comprende que ese cabrón tardará en enfocar la mira. Habrá que correr rápido, en curvas y disparando. Pinche Glock, santa madre de los cabrones e hijos de puta, no me falles. Recuerda las palabras de su abuelo cuando le enseñó a disparar. A ver, ámonos con lo que sigue: a las viejas hay que saberlas tratar,

debes conocerlas para hacerlas sentir bien. Concibe que su pistola es femenina y, como tal, es de contentillo, así que espera que
esta vez no la haga de pedo. Dispara y conecta la pinche fusca con
tu cabeza. Piensa si vale la pena jalarle a ese gatillo, le enseñó su
abuelo. Sí, sí vale la pena. Ella, Renata, lo vale. Y Ross se levanta
con pistola en mano corriendo y disparando hacia el francotira-
dor. *¡Bang! ¡Bang!*

¡Bang!...

8

De todas las cruzadas a Tierra Santa que existieron, por su halo de misticismo, elementos folclóricos y la siempre imperante duda de si en verdad se trató de un hecho real o no, la Cruzada de los Niños es quizá la más romantizada. Ha servido como modelo para relatar historias o de metáfora sobre el concepto de la infancia. Pues este acontecimiento, sin duda, posee una raíz bien definida por la primera cruzada, la llamada Cruzada de los Pobres, liderada por Pedro el Ermitaño.

Ese incidente también es conocido como la Cruzada Popular o Cruzada de los Campesinos. Al igual que la de los Niños, fue un movimiento espontáneo nacido de la fe fervorosa de los que aseguraban que sus actos liberarían la tierra de Jesucristo. Tomaron al pie de la letra el llamamiento del papa Urbano II en 1095, para que el pueblo y la nobleza se alistaran para liberar Tierra Santa de los musulmanes. Liderada por miembros del clero, bajo dos hombres que devotamente seguían las órdenes supuestamente divinas, Pedro el Ermitaño o Pedro de Amiens, un clérigo francés, levantó el entusiasmo de miles de cristianos; hoy se calcula que más de doce mil hombres, al grito de *Deus vult*, se lanzaron a la guerra sin conocimiento ni equipo. Acompañados de Walter el Indigente, o Walter Sans Avoir, atravesaron lo que ahora es Alemania y Hungría, para ofrendar al divino un inmoral saqueo a Belgrado y con sus actos de barbarie crear enemistad entre los verdaderos cruzados. Lograron avanzar hasta Constantinopla, ya seguidos por ejércitos enemigos. Tratando de huir o de avanzar, consiguieron transportarse hasta Turquía y fue ahí donde fueron masacrados por un ejército bizantino enviado contra ellos. Pedro fue capaz de retornar a Constantinopla, pero Walter falleció con la mayoría de los indigentes o campesinos que se habían alistado. Todos fueron exterminados antes de alcanzar Tierra Santa.

La existencia real de estas cruzadas de índole popular ha sido objeto de polémica, y algunos han llegado a pensar que tal vez eran historias con referencias morales o metafóricas en un tiempo donde se pedía una fe total a la religión y sus actos. La versión más ampliamente aceptada sostiene que hay un cierto trasfondo histórico o político en estos sucesos, recalcando la necesidad de crear mártires del pueblo, que fueran respetados o admirados, ante los actos de conquista europeos en tierras lejanas. Si se ve a distancia, en esos años el espíritu de las cruzadas decaía por toda Europa, donde se sentía que era un caso perdido las guerras comenzadas por reyes o clérigos; es exactamente cuando surge la figura de estos niños puros enviados de Dios, que fallecieron tratando de liberar Jerusalén. Todas las leyendas poseen similitudes sin importar la zona del continente de donde provengan: eran los líderes niños pastores o pobres, analfabetas, que repentinamente sintieron la llamada divina a peregrinar de ciudad en ciudad para crear ese ejército infantil. Ambos pastores pregonaban que, como antes Moisés, las aguas del mar Mediterráneo se separarían para dejarlos pasar por su pureza y, una vez liberada la Tierra Santa de Jerusalén, todos serían felices para siempre. El final lógico fue sólo muerte: miles de niños murieron de hambre, frío y agotamiento. Los sobrevivientes quedaron para ser capturados como esclavos en tierras lejanas.

Una de las pruebas que muestran los que aseguran que la cruzada fue real es que el papa Inocencio III, así como los ejércitos de Federico II de Alemania y de Felipe II de Francia, concedieron una bula por la que se autorizaba esa cruzada infantil. Y esa bula existe, por lo que es una prueba de que la cruzada no sólo existió, sino que, a pesar de que la misión se sabía suicida desde el principio, se aprobó por el simple hecho de conseguir el dinero de la bula.

Al final, la cruzada más idealizada pudo haber sido fomentada por un grupo de personas que sólo buscaba enriquecerse, cobrar un botín político y, desde luego, quitarse de encima a miles de bocas que alimentar. La fe puede ser pragmática.

9

—Tenemos que hablar —imploró al auricular del celular Ximena Lazo mientras manejaba sin la precaución a la que estaba acostumbrada. No esperó que le contestara, pero lo hizo. No tenía a su chofer en su Mercedes blanco, era sólo ella detrás del volante en un impersonal auto rentado en el aeropuerto apenas aterrizó en Tijuana. Sentía que debía ser la única racional en medio del circo que su jefe había montado en la frontera. Alguien tenía que ser el adulto en esa situación tan comprometedora. Había un mierdero alrededor de todo, pero se necesitaba parar de una vez por todas: no sólo por la recomendación de ese hombre que la interceptó en Guadalajara, sino por el futuro de su carrera.

—No es buen momento, licenciada. Digamos que estoy en medio de algo —responde el hombre que ha desencadenado esa extraordinaria movilización en Tijuana. La voz no suena moderada, no posee la serenidad acostumbrada. Ximena no se equivoca: algo está muy mal.

—Ross, sé todo, yo puedo ayudarlo. Hablé con el gordo...

—¿Conoció al patrón? ¿Ya ve cómo eran dos películas? Usted se imagina narcos con hebillas de alacranes y botas de víbora. Ésa es la imagen que quieren que todos tengan de ellos.

—Me explicó todo. Por favor, no lo haga.

—La llamé cuando la necesitaba, pero no me contestó...

—Lo siento, estaba volando. ¿Algo pasó?

—Sólo lo que está pasando...

—No necesitamos mártires ni más muertes inútiles. Va directo a que los maten, el secretario no lo quiere vivo; al contrario, los desea a los dos muertos. Debe salvar a la niña —intenta ella razonar entrando por una serie de calles cerradas por la policía local, cercanas al aeropuerto internacional de Tijuana. Tiene que llegar a la garita en Mesa de Otay, donde el secretario ha decidido enfrentar a Damián Ross en un ataque directo.

—¿Y qué quiere que haga? ¿Que levante las manos y diga que me rindo? Esto ya va a comenzar, y se va poner bueno —preguntan del otro lado de la línea. Se escuchan disparos cual gotas de lluvia. Pronto, es una tormenta. *Pum, pum, pum... Ratatata*, el concierto musical de las detonaciones de la violencia, el canto del metal y la pólvora. Ha comenzado la fiesta.

—¡Entréguese!... ¡No podrá cruzar la frontera! Sé que es amigo de Bobby Spencell y seguramente pactó con él. No lo va a lograr —suplica. Vamos, Ximena, llévalos a todos a un lugar seguro. Sólo tú puedes detener la locura que ese pendejo desató. Todo por el maldito dinero. ¡Es un completo desgraciado!

—No es mi intención. Sólo deseo ir a una playa y ver el atardecer —escucha en medio de las detonaciones. Ella no puede seguir con la conversación: está a punto de llegar al sitio y varios agentes federales le cierran el paso. Ella detiene su automóvil. Tiene que enseñar su credencial para que la dejen continuar. Hay intercambio de miradas entre los curiosos oficiales en uniforme al ver a esa mujer de traje sastre con rostro de estar al borde de un ataque de nervios.

—¡Hijo de puta! ¡Me colgó! —grita Ximena al escuchar el pulso eléctrico de la línea muerta. Más disparos, muchos. Pero esta vez ya los escucha más cerca. Sólo atisba un poco de humo debajo de donde los helicópteros sobrevuelan, a un par de cuadras, donde habían colocado una barricada para recibir a Damián Ross en caso de que tratara de cruzar. Estaciona el automóvil y corre hasta el centro de mando.

Llega tarde. Se encuentra con una imagen impactante: una camioneta Humvee del ejército ha sido abatida a tiros. Está ubicada a mitad del camino, en el boulevard de las Bellas Artes, a pocos metros del cruce fronterizo. Por fin ha terminado todo.

Se va introduciendo entre el personal de seguridad que se congratula en las radios de haber logrado detener la embestida del psicópata. Ella avanza con su credencial en alto, logrando que los presentes se vayan apartando para dejarle el camino libre hacia el hombre que dirige el operativo. Cuando el secretario toma un altavoz de una mesa desplegable, se ajusta los lentes oscuros y el chaleco antibalas. Ximena Lazo se le aproxima de manera retadora.

—¡¿Qué está haciendo?! —aúlla furiosa. Él voltea como si una mosca lo importunara.

—Es un crimen de Estado, Ximena. No esté chingando —rezonga su jefe. En el rostro de ese hombre hay placer, posee ese gesto de triunfo, de haber ganado la partida final. La mujer gira a contemplar el vehículo acribillado a balazos. No necesita ver más, comprende que Damián Ross y la niña iban dentro.

—Permita que los estatales se hagan cargo. No se involucre más de lo que ya ha hecho. Necesitamos idear muchas explicaciones, señor secretario —revela ella intentando inyectar sosiego al ambiente cargado de adrenalina.

—¿Explicaciones? ¿Qué madres dice? —explota el joven funcionario.

—Gustavo de la Colina... Usted lo mandó matar, tengo las pruebas. Entiendo que lo hace para cobrar el dinero desviado.

Mueca de sorpresa mezclada con contrariedad. No está acostumbrado a que lo enfrenten, menos una de sus empleadas. Pero eso no lo detendrá una vez llegado a esta situación.

—Le dije que se hiciera cargo de esa periodista... ¡No que se pusiera de su lado, pendeja! —desvía el tema de la confrontación.

233

—Deponga todo, cuanto más trate de componerlo, peores serán las cosas. Aún podemos explicar que no se trataba de dinero —continúa Ximena enfrentando a su superior, quien no esconde su nerviosismo al no dejar de mirar el vehículo inmóvil.

—Ximenita... ¿En verdad cree que era para mí? ¿Que lo hice para quedármelo? —se acerca a ella para continuar su aclaración intentando que el resto de los agentes que lo rodean no escuchen. Algo imposible, ante la cantidad que hay—. No sea pendeja, por favor, estoy bajo órdenes de personas importantes. ¿No lo comprende? Esto es para las siguientes elecciones, debemos mantener el legado del presidente.

—¿Qué...?

—Gustavo de la Colina nos traicionó. No sólo a mí, a nuestro gobierno. Habló con la gente del partido y con sus contactos en Sinaloa. Ellos no confiaban en mí, pensaban que no aceptaría las decisiones del grupo. Debía demostrarles que yo tenía el control, no él. ¿No lo ve, Ximena? ¡Gustavo podía incriminar al presidente si no mantenía el secreto! No podía dejarlo vivo.

Ximena Lazo abre los ojos como platos. Está impresionada de la desfachatez de ese hombre que en un tiempo admiró.

—¿El presidente le pidió que limpiara dinero de los cárteles para la siguiente campaña? ¿Le pidió que matara a Gustavo de la Colina?

—Él me colocó en este puesto, no necesitaba pedírmelo. Yo sé lo que sería mejor para todos.

—¡Es un completo pendejo! ¿En verdad cree que los jefes de los grupos criminales confiarían en usted? ¿Que lo dejarían hacer y deshacer? ¡¿Que la DEA lo iba a permitir?!

—Es un chingao negocio, sólo importa el dinero —el secretario hace a un lado a Ximena de manera brusca con su mano, alejándose mientras se justifica—: Lo que se hizo ha sido avalado por el grupo. Lo que importa es que él trae a la niña consigo. Con ella, viva o muerta, podremos recuperar el dinero. Sólo necesito su maldita cabeza.

—¿Su cabeza? ¿Le va a arrancar la cabeza? —cuestiona, sorprendida, ante la idea de ver decapitada a la niña. Un escalofrío recorre su espalda. No sólo por esa imagen, sino también por la ligereza del comentario: comprende que su jefe no respeta nada—. ¡Deje todo! —vocifera Ximena. El secretario se detiene en su trayecto hacia donde él cree que está el cadáver de su sospechoso. Se quita los lentes oscuros. Voltea con los ojos chispeantes de furia:

—¿O qué va a hacer? —hay un nuevo gesto en su rostro. Asco, odio o desprecio. Viene acompañado con un murmullo—: Está despedida...

El hombre continúa su acercamiento al transporte militar. Levanta la mano para dar las indicaciones de refuerzo:

—Quiero apoyo de oficiales. ¡Síganme!

Ximena Lazo se queda ahí atestiguando cómo se aleja su jefe. Al parecer, no sólo había perdido su puesto, ahora tendría que enfrentar el odio de ese hombre que pronto sería uno de los más poderosos del país. Cierra los ojos. Nunca tuvo el control, ella sólo fue un peón. Pendeja, eres una pobre idiota y pensaste que podías hacer algo aquí. ¿Ahora qué harás, Ximena? ¿Llorar? ¿Qué haría una verdadera Reina de Hielo?

—Señora, mejor apártese —una mano en su espalda tira de ella, atrayéndola a la parte trasera de un camión. Ella distingue a un oficial en uniforme de ataque con casco y chaleco antibalas. Se ve maltrecho y parece arrastrar los pies—. No sabemos si logramos abatir al sospechoso.

Ximena lo mira con extrañeza. Es un oficial herido, pero sigue haciendo su labor, tratando de que ella se proteja detrás de uno de los transportes de tropas. Le importa una madre esa buena voluntad del desconocido.

—Déjeme —quita de golpe esa mano que trata de ayudarla. Está frenética, no desea el auxilio de nadie. Ante el desplante, el agente se aleja de ella hacia una camioneta negra.

El secretario se aproximó con cautela al vehículo militar estancado. Del cofre surgía un columna de humo. Los agentes federales lo seguían sin dejar de apuntar al sospechoso que parecía no moverse. Sólo se escuchaba el rumor de los helicópteros dando vueltas alrededor de la zona acordonada. El secretario bajó el altavoz entendiendo que ya no lo necesitaría: la cantidad de sangre en los cristales, las marcas de los cientos de metrallas, la ausencia de alguna señal de vida. Sin duda, la lluvia de municiones había logrado el cometido de abatir al conductor. Pudo ver la cabeza inclinada con parte del cráneo abierto por una de las certeras balas. Trató de sonreír al notar el otro bulto al lado del conductor, pero la alegría no duró mucho: no se trataba de una niña, como imaginaba, sino de un simple maniquí apenas colocado para aparentar serlo. Ante el descubrimiento, sus sentidos se agudizaron y advirtió el rostro del que creía Damián Ross. Descubrió que el cuerpo tenía mucha similitud con Dante Melquiades, nombre clave "Porrúa", quien de haber estado vivo hubiera pensado en la frase: "La figura de la muerte, en cualquier traje que venga, es espantosa", de Miguel de Cervantes Saavedra.

—¡Hijo de la chingada...! —fueron las lejanas últimas palabras del secretario que brotaron como un alarido. Es una lástima que haya usado esa frase como su discurso final. Desperdició su oportunidad de decir algo inteligente que lo hiciera pasar a la posteridad. Aunque al final, nadie lo hubiera escuchado.

10

Nadie pensaría que dos sucesos sangrientos irrumpirían en las primeras planas de los diarios en sólo un par de meses, pero no se puede ser tan inocente si se vive en este país. Hechos así nos han marcado siempre, dejan cicatrices como si delinearan un nuevo historial de la ignominia. Apenas se estaba olvidando la Cruzada de los Justos, movimiento social donde los civiles, a manera de respuesta al sentimiento de que el Estado mexicano estaba rebasado por el crimen organizado, salieron a las calles a exigir un derecho olvidado, su seguridad, cuando un nuevo asalto ocurrió en Tijuana: la inmolación de Mesa de Otay.

En los días después del impactante evento acaecido en el límite entre México y Estados Unidos, se consideraron distintos panoramas, siempre planteándose explicaciones que parecían no tener sentido. Era imposible negar que esos sucesos estaban llenos de interrogantes y decisiones absurdas. Los editorialistas lucubraban hipótesis propias o comentaban teorías de conspiración que emergieron en redes sociales. Algunos trataban de defender los erráticos actos del gobierno, en especial para librar de cualquier culpa al presidente. Otros, sus contrincantes comunes, se lanzaron directo a la yugular del régimen insinuando que no había control del país y que las muertes ocurridas sólo reflejaban la falta de profesionalismo de los que hoy gobernaban. En especial del secretario de

Gobernación, esa joven promesa que ya muchos colocaban como el posible candidato a la presidencia en la siguiente pugna.

El terrible evento sucedió en el cruce fronterizo de Mesa de Otay, de ahí obtuvo su peculiar nombre. Este cruce conecta la municipalidad de Tijuana, a diez kilómetros al este de la otra entrada, la mayor, la de San Ysidro, con la zona de East Otay Mesa en el condado de San Diego, California. Más de un periodista expuso que al menos no fue en una zona más transitada, donde los decesos hubieran sido más. Nunca se supo o se dio razón de por qué el atentado sucedió en ese cruce, pero era obvio que las autoridades conocían de antemano la ubicación, pues habían implementado un fuerte despliegue de fuerzas militares y agentes federales. En el ataque de Mesa de Otay hubo quince muertos, entre ellos una niña, y veinte heridos. Entre los fallecidos, el sospechoso y conductor de la camioneta que embistió el cerco para intentar cruzar la línea fronteriza, un hombre con vínculos con un cártel del país, Damián Ross, quien ya había sido boletinado como muy peligroso en fichas oficiales, y quien fue abatido por los agentes federales. Sin embargo, es difícil saber si murió durante el tiroteo o en la explosión que hizo cimbrar el puente, misma que cobró a la más célebre víctima: el secretario de Gobernación, carismático dirigente y el más visible presidenciable de su partido.

Se destacaría que se trataba de una Humvee militar 4 × 4, un tipo de vehículo utilitario ligero de uso común en el ejército. Algunas teorías decían que el sospechoso obtuvo el transporte en un retén a unos veinte kilómetros de Tijuana tras matar a sus ocupantes, tres militares de guardia en la zona. Sin existir un parte oficial que confirmara los eventos, ellos habían hecho una señal para detener una camioneta negra, entonces fueron abatidos por disparos precisos en la cabeza. Una bala para cada soldado. Ese vehículo era idóneo para el plan de Ross, cualquiera que éste hubiera sido: cruzar por la fuerza hacia el territorio norteamericano o causar el mayor número de víctimas. El transporte debió tomar la Vía Rápida Oriente, para dirigirse a una velocidad no menor a 160 km/h, tratando de cruzar la línea del puente de Otay, que ya estaba resguardado por agentes y militares. Eso ayudó a que pudiera avanzar lo más posible hacia la garita fronteriza, golpeando y destruyendo los automóviles que se encontraban a su paso. Diversos declarantes, cuyos testimonios estaban acompañados de videos capturados por las cámaras de seguridad, aseguraron que la lluvia de balas contra la camioneta militar era turbadora. El ruido de las armas produjo un murmullo similar a una copiosa lluvia o una tormenta de granizo. Nada de eso impidió que el transporte continuara su camino.

En otro video, capturado con una cámara de celular desde el extremo donde se esperaba el ataque, se aprecia que un hombre de unos cuarenta años en traje con chaleco antibalas toma un altavoz y solicita que lo cubran para enfrentar al sospechoso. Se puede distinguir que se trata del secretario de Gobernación, quien parecía comandar el grupo de choque. Existen imágenes de una mujer que llega en un automóvil gris para enfrentarlo o hablar con él antes de la inmolación. Hay confirmación de que se trata de una de sus allegadas, la licenciada Ximena Lazo, quien asumiría días después la secretaría tras la muerte del joven delfín, por orden del presidente de la República.

El Humvee llegó a unos metros del cruce, con las llantas reventadas y totalmente deteriorado por el ataque directo de los agentes. Estando a punto de cruzar el puente, se detuvo de súbito. Muchos especialistas creen que tal vez el conductor estaba muerto o malherido, lo que le habría impedido continuar su alocado asalto. Ese extraño acaecimiento fue seguido de uno más insólito aún: que el secretario de Gobernación, apoyado con diez hombres armados, decidiera acercarse al vehículo detenido. Ahí es donde la opacidad ensombrece los siguientes minutos. Varios agentes federales aseguran que el secretario se mantuvo todo el tiempo en contacto con alguien desde su celular, presumiendo que era el sospechoso. No se entiende por qué no fueron las fuerzas armadas o los especialistas en contraterrorismo quienes se aproximaran al vehículo militar abatido. Existe una serie de fotografías capturadas por un helicóptero de noticias, en la cual se percibe que el secretario interactúa dentro del vehículo. No debía de ser algo tranquilo, pues se le veía desencajado y desesperado. Duró un minuto ese encuentro del que hasta ahora nadie sabe cómo transcurrió; después, ya fuera desde dentro o debido a un detonador remoto, la camioneta Humvee estalló en una aparatosa explosión. Los peritos confirmarían luego que ésta se encontraba cargada con un sistema de explosivos químicos de uso exclusivo de la milicia estadunidense. Fue ahí donde se produjeron las mayores bajas, ya que la detonación alcanzó proporciones considerables. Si hay alguien que pudiera explicar esas circunstancias incongruentes habría sido el sospechoso o el mismo secretario, pero ambos fallecieron en la explosión.

Dos días después del trágico evento, se hizo en la Ciudad de México un homenaje de cuerpo presente al finado secretario de Gobernación. Asistieron miembros del partido, compañeros, amigos y familiares. Fue notorio que el presidente, a quien todos pensaban el protector del prometedor político, no asistió al funeral. La razón que ofreció a los medios es que tenía una junta de importancia internacional. Los restos mortales del secretario descansan en una urna de la iglesia de Santa Trinidad. No hay datos sobre el fin de los restos del criminal, Damián Ross, quien cometió el atentado. Se supone que pasaron a formar parte de las pruebas sobre los vínculos con el crimen organizado, que hoy se nombra como un ataque directo al nuevo gobierno. Ésa es la versión oficial, la verdad histórica.

11

Érase un hombre que intentaba hacer más el bien que el mal. Así lo creía, y así actuaba, fiel a sus principios. Tal vez sus códigos tenían hoyos, no se sostenían. Y algunas veces las buenas razones se le colaban entre los dedos como cuando uno trata de agarrar la arena en la playa. Pero así era, así procedía.

Érase un hombre que no sentía, por eso decidió asesinar y mentir en búsqueda del bien personal, sin importar el daño que hacía. No existía ni bien ni mal para él, sólo encontró una manera de vivir con comodidades evitando cuestionamientos, y siguió ese camino perfeccionando sus habilidades.

Y hubo un tiempo en que uno se enamoró del otro.

¿Cómo me veo? ¿Estoy peinado? Creo que está muy ajustado el pantalón. Ojalá esté, no me gusta hacerla de pendejo. Vuelve a tocar el timbre y espera a que alguien le abra. Éste es Damián con más de tres años trabajando como profesional; sigue siendo experto en armas, investigación y explosivos. Ya es reconocido su nombre clave: "Lobo". Sigue trabajando en solitario. Quizá más distinto al Damián actual de lo que cree: más optimista, con más bríos, pero sobre todo, enamorado. Viste traje y corbata negros, marca Hugo Boss. Zapatos Michel Domit, también la cartera. La camisa es Ermenegildo Zegna. Le gusta lo bueno, y ha aprendido a usarlo.

—¿Damián? —pregunta Gustavo saliendo a recibirlo. Se ve contento de verlo. No es para menos, le debe la vida. Gustavo se ve más relajado desde que cambió su lugar para vivir. Viste una camisa polo en color pastel y pantalones caquis. Zapatos cómodos. Lleva el pelo más corto y trae unos anteojos de diseñador. Vive en una casa en los suburbios de Guadalajara. Pequeña, cómoda y perfecta, como todo lo que él aparenta.

—Hola... Hace mucho que no hablábamos y pensé que podría pasar a verte —explica Damián. Por un momento se quedan los dos parados uno frente a otro con expresiones bobas. Si pasa un segundo más, hubiera sido incómodo. Pero Gustavo se hace a un lado y lo invita a pasar.

—Eres siempre bienvenido... ¡¿Cómo has estado?! —saluda con una sonrisa que se considera encantadora. Posee esa imagen de niño bien portado, con un halo de puberto, que le atrae a Damián. Caminan hacia una sala recién comprada. Hay un par de controles de videojuego en la mesa, que mira a una enorme pantalla plana. La casa está decorada como si hubiera llegado a Liverpool a adquirir cuartos completos. Intentando que se vean bien. No hay fotos en los marcos, no hay nada que implique relaciones.

—Bien, el negocio mejorando —responde Damián después de escanear el lugar a fondo.

—¿Quieres algo de beber? Tengo de todo —pregunta Gustavo mientras va a un pequeño mueble cantina bien surtido, el sueño de un soltero que maduró con éxito.

—Estás instalado —señala Damián. Ve un par de detalles que le agradan: una escultura del casco de Darth Vader y un balón de futbol en una vitrina con las firmas de los jugadores del Atlas.

—Trabajo en casa. Necesito un teléfono y una computadora. Hago lo mismo que hacía en México, pero ahora por mi cuenta. Y no me quejo, hay un par de amigos que me han confiado su dinero. No es que presuma, pero hago que les vaya bien...

—¿Tienes ginger ale? —señala la barra. Gustavo sale de su nube de presunción y recuerda que ofreció una bebida.

—Con Jack Daniel's. Lo recuerdo —sonríe iluminando de nuevo su rostro. Saca una botella y la enseña—: Siempre tengo una botella para ti.

Sirve dos copas altas. Una, con ginger ale. La otra con agua de sifón. Va a un pequeño refrigerador donde tintinean las cervezas al abrirse para sacar hielo.

—Mucho hielo.

—Hace calor, quítate el saco, ponte cómodo...

Damián se siente a gusto. Fuera saco. Empieza a quitarse la corbata y voltea a ver a Gustavo:

—¿Te importa?

—Para nada —termina de preparar las dos bebidas y una va directo a la mano de Damián. Al entregarla ve la cartuchera de la pistola en la espalda—. ¡Ah! Veo que...

—Bueno, es parte del trabajo de seguridad privada —explica, tratando de esconderla, cosa que es imposible. Juega un poco con su copa y la levanta, para desviar la atención—. Gracias. ¿Brindamos por algo?

—¡Hombre, por mucho! ¿Qué te parece por los futuros luminosos, los pasados olvidados y los presentes felices?

—Me gusta...

Las copas chocan. Cada uno bebe. Es una tarde de septiembre, el calor empieza a bajar y se antoja la bebida. Toman su lugar en un extremo del sillón, de manera casual, cómodos. Es obvio que se sienten bien cada uno frente al otro. Es esa química que se crea entre ciertas personas. Quizá química explosiva.

—¿Has regresado a la capital? —hace charla Gustavo—. La verdad a mí no me gusta, trato de no ir.

¿Damián ha regresado a la capital? Dos periodistas, un distribuidor minorista, dos policías de nivel medio y un hombre muy influyente, al que tuvo que entrar a buscar en su casa de San Ángel Inn por la noche para poder clavarle el puñal, pues así le pidieron que lo hiciera. Sólo para eso. Todos muertos.

—Poco —de nuevo trata de desviar la atención. Señala la mesa del comedor con un despliegue de papeles y una laptop abierta—. Así que eres tu propio jefe...

—Soy bueno para los números y tengo instinto para las inversiones. Si fuera un superpoder, sería el mejor. Y hasta le ganaría a Superman —ríe de su chiste bobo. Damián lo imita, aunque no se le hace gracioso. No importa, ama verlo reír.

—Oye, yo tengo algo de dinero que he ahorrado —se queda pensando. Cuando lo dice, se ruboriza un poco—. ¿Crees que...?

—¿Qué podría llevártelo? Sí, pero con la condición de que no te voy a cobrar comisión. Te debo mucho más que eso.

Los dos se quedan mirando, un poco de complicidad. Damián baja la mirada.

—No podría...

—¡Claro que puedes! Nos ponemos de acuerdo para que me pases tu dinero. Tú dime cómo lo quieres, si en plazos o en dólares. Es sólo eso.

Damián sonríe, le gusta verlo así: imperioso, altivo, con ganas de comerse el mundo. Quiere ser parte de eso, de esos sueños. ¿Qué pasa si le ayudo? ¿Y si le hago un gran favor para que me lo devuelva? ¿Podría ganarme su cariño con eso? Eso piensa. No es inteligente para él, nada inteligente. Pero está enculado, como le hubiera dicho su abuelo. Sin importar que fuera un jotito, como le habría dicho su abuelo.

—¿Sabes, Gustavo? Pienso que tengo un conocido que podría también estar interesado. Sería una entrada extra, muy sustanciosa.

—Siempre estoy abierto a nuevos clientes...

Damián lo platica como un preparatoriano tratando de impresionar a una niña. Es torpe e inocente a la vez. Pero la franqueza desborda, no hay mala intención.

—Sólo que éste es un cliente muy especial. Le gusta ser sigiloso y llamar poco la atención.

—¿Por Hacienda?

—En realidad por la oficina de Contraloría...

Hay un silencio. No es para menos, Gustavo recuerda cómo se

conocieron y por qué. No le gustaría recibir otra *meneadita* de gente como su antiguo cliente. Pero confía en el hombre que lo salvó, sabe que si puede confiar en alguien es en el tosco y callado Damián Ross. Gustavo se muerde el labio inferior, dudoso, pero a la vez con un destello de voracidad de cuando huele que está frente a algo jugoso. Y él ama el dinero. No sólo poseerlo, sino trabajarlo. Es un agricultor: lo hace crecer.

—¿Gobierno?

—Sí y no. También es un inversionista privado, que desea expandir sus negocios para otros ámbitos.

—¿Mucho?

—Más de lo que te imaginas...

Damián sigue tratando de impresionarlo. Gustavo está impresionado.

—Podría... Claro que podría.

Los dos ofrecen su mejor cara feliz. Damián deja su copa en la mesa y extiende la mano, Gustavo hace lo suyo y le da un gran apretón.

—Es un hecho. Voy a convocar una reunión. ¿Cena, te parece?

Damián Ross cree que con eso está creando un lazo con su amigo, un hilo que será tan importante que se sentirá una deuda para toda la vida. De cierta manera así fue. La vida de Gustavo de la Colina cambió dos semanas después de que asistiera a la cena con el hombre gordo. No fue una convivencia larga, ni siquiera comieron. Gustavo y Damián pidieron mesa para tres. El hombre llegó por diez minutos. No más, ni un segundo. Sólo necesitó cruzar unas palabras para entender que la recomendación de su hombre de confianza era acertada. De la Colina comenzaría a recibir cantidades para manejar en su cuenta bancaria. Robustas, nerviosamente gordas. Pero en algo se parecían mucho Gustavo y Damián: eran soldados. Buenos soldados. De los que no hacen preguntas y se limitan a hacer su trabajo. ¿Quién rompió más la ley? ¿El que manipuló las cuentas bancarias o el que disparó las 9 mm? ¿Existe un menos o un más?

¿Hay redención para uno, pero para el otro no? Los cuestionamientos no aparecieron en ninguno de los dos. Meses, luego un año. Y todo comenzó a ir muy bien. Hasta que una noche Damián intentó cruzar una línea. Gustavo deseaba darle una noticia. Tal vez estaba un poco bebido. Tal vez sólo envalentonado. No fue muy distinta de la escena anterior donde tocó el timbre, se saludaron y Gustavo le comentó que estaba trabajando como enlace con un antiguo compañero de la universidad. Tal vez entraría a la política, tenía futuro. ¿Quieres una copa? Ginger ale y Jack Daniel's. Brindemos. Por los futuros luminosos, los pasados olvidados y los presentes felices. Era su brindis, el de ellos. ¿Todo tan bien como dices? ¡De maravilla! Esto es una mina de oro, creo que podemos duplicarlo. ¿Estás seguro de lo que haces? ¿De quién es él? No importa, sólo es cuestión de lealtad. Una promesa es una idea vaga hasta el momento en que entra en juego el concepto de lealtad. Lo dijo Mishima. ¿El escritor gay? No sabía.

Trató de besarlo.

El mundo se terminó para Damián. Fue brusco cuando lo aventó. No comprendía que estaba enamorado. Sólo recordaría la cara de asco con el que fue apartado. Los dos se miraron. Damián se levantó. Debía irse. Era lo mejor. Pero ¿qué querías decirme? Me voy a casar, quería invitarte a mi boda. ¿Casarte? Mejor ya me voy.

Érase un hombre que intentaba hacer más el bien que el mal. Érase un hombre que no sentía, por eso decidió asesinar y mentir en búsqueda del bien personal, sin importar el daño que hacía. Y hubo una noche en que dejaron de verse.

12

Durante tu visita a Tijuana no pierdas la oportunidad de visitar las playas. Permanece ahí, en el malecón, disfruta las delicias gastronómicas, vive la placentera sensación de caminar descalzo entre la arena humedecida por las constantes olas. Espera el atardecer frente al mar, uno de los paisajes más bellos de la ciudad. Ten lista la cámara de tu teléfono y captura la mejor imagen. ¡No hay nada como los atardeceres donde inicia nuestra patria México! Esa hermosa tierra que se despliega hacia al sur después de la enorme valla que divide la frontera y que paulatinamente se va perdiendo al sumergirse en el océano Pacífico. Sí, así decía el folleto que tenía en las manos. Se lo había entregado un promotor turístico apenas lo vio descender de su automóvil. Lo agitó para refrescarse, vigilando de un lado al otro en la Avenida del Pacífico, el último camino al fin del mundo, al límite de la nación. O su principio, dependiendo de cómo se quiera ver. Ximena Lazo había caminado unos pasos dejando atrás su automóvil estacionado en la plancha frente a la Plaza de Toros Monumental, a la sombra del faro, y supo que estaba en la proximidad de su objetivo. Dio zancadas perdiéndose entre los despistados caminantes que divisaban hacia el horizonte buscando una brisa fresca del mar. Levantó los lentes oscuros de su semblante esperanzada en ver algo, que su instinto de Reina de Hielo olfateara a su presa. Pero lo único que atestiguó fue el confortable crepúsculo en la playa y el murmullo del ir y venir de las olas. Caminó un poco más, despojándose al fin de los zapatos de tacón alto para avanzar sin dificultades entre las tablas del malecón. Nadie parecía reparar en su vestimenta formal de traje sastre o en su peinado de costosa boutique de belleza alborotado por las corrientes de aire marinas traídas del norte. Sólo aparentaba ser una turista más, ajena a las desgracias de la inmolación de Mesa de Otay.

Ahí estaba. Llena de hoyos por los balazos. Era la camioneta Lobo negra, inmovilizada a unos metros. Muy mal estacionada, como si la hubieran olvidado a media calle. Ximena Lazo comprendió que su instinto seguía funcionando. Desde luego que sonaba tonto ahora. La manera en que, después de discutir con el secretario, dejó el caos imperando en la frontera, sin voltear siquiera a pesar de los gritos de los agentes de la policía estatal, implorando que no se fuera, que fuera el rostro ante las cámaras por el atentado que habían vivido. Pero Ximena tenía que hacer algo más, con la respiración entrecortada, sudando a ríos continuos en su espalda, se alejó conduciendo sin regalar una mirada al retrovisor. Había recibido un mensaje en su celular que le ofrecía una localización; sabía que se trataba del hombre a quien se le exigió matar. Al alejarse lo suficiente logró atisbar la columna de humo y los helicópteros que rondaban la zona cero. No podía escuchar su voz, ni siquiera el latido desbocado de su cuerpo. Sólo que debía llegar a verlo, a encontrarse con él. Esperaba que tal vez hallaría más trampas, resistencia. Sin embargo, no. Se fue sin cruzarse con un alma. Sólo acompañada por el lejano sonido de las sirenas.

Bajó por las escaleras a la playa. Descubrió a un heladero que empujaba con dificultad su carrito entre la arena repiqueteando sus campanillas. Soltó los zapatos a los pies de la escalera, dejando que sus dedos juguetearan con la textura grumosa de la playa. A la lejanía, algunas risas de turistas que pateaban un balón en un partido de futbol. A su derecha, la enorme separación de los dos países, esa pared de grandes barras de metal que apenas dejaban atisbar al otro lado, al que muchos creen que es el sueño americano. Ximena caminó hacia esas columnas de acero que desfilaban hasta perderse entre las olas del mar. Sí, el fin del mundo, como su padre, el arcaico diputado, le decía.

En su recorrido se cruzó con algunas familias dispersas que permanecían sentadas a unos metros de donde las olas rebosaban. Comían frituras y bebían de grandes contenedores de refresco cuales tinacos azucarados. Entre esos grupos, un hombre solitario, sentado y con los pies cruzados, miraba al frente. Vestía pantalón negro, camisa rosa y corbata. Ella prosiguió caminando con dificultad entre la arena que parecía retenerla para apreciar el atardecer. Al acercarse más, vio que la camisa no era color de rosa: estaba empapada de sangre, tan manchada que había conseguido un nuevo tono. Damián Ross llevaba los lentes oscuros rotos, pero aun así sonreía hacia el sol que descendía en el horizonte como una enorme pelota de playa tratado de sumergirse en el mar. Las heridas en su rostro centelleaban por la sangre que manaba, recorriendo la cabeza para seguir mojando su ya empapada camisa. El chaleco antibalas, con las iniciales de la policía federal, coleccionaba arena a un lado suyo. Ximena interpretó cómo había logrado huir: disfrazado de agente, el mismo que le había hablado antes de la explosión. Sin comprender bien cómo consiguió escabullirse vivo de la lluvia de balas, Ximena suponía que Damián había colocado a alguien en su lugar en el vehículo, mientras se mimetizaba con el resto de los agentes. Era obvio que muchos proyectiles lo habían alcanzado. Se impresionó al sentir que estaba tan cerca de su Némesis, del hombre que persiguió las últimas semanas y a causa de quien logró desenmascarar el plan que el secretario le había negado conocer, la traición que le hizo dudar a cuál bando pertenecía.

—Es un hermoso atardecer —comentó Damián Ross con la voz entrecortada, sin voltear hacia la rígida mujer que se plantó frente a él en silencio. Señaló al horizonte—: Recuerdo que mi abuelo me llevaba a la playa para aprender a nadar. Decía que si braceaba por tres días llegaría hasta Hawái. Nunca le creí. Hoy es un buen día para intentarlo —Ximena lanzó una ojeada al mar, a esas olas como mandíbulas intentando tragarse la playa. Era hipnotizador ese gran océano, que invitaba cual sirena a usarlo como su última morada. Regresó la vista al hombre herido, quien había alterado su sonrisa en una mueca de dolor.

—No creo que llegue muy lejos, está muy mal herido. ¿Le dispararon estando en la Humvee?

—Algunas heridas. Muchas me las hizo el hombre que usted mandó a matarme... Ya colecciono estas heridas...

De pronto, la licenciada Lazo se sintió culpable. Ross deseaba una conversación franca y, como siempre, su racionalidad había terminado con eso de tajo. Intentó de nuevo, le propuso:

—No trate de nadar. Mejor sería tomar una balsa con provisiones y buscar alguna corriente que lo lleve a las islas del sur.

—Pero, licenciada Lazo —repuso Damián logrando alzar lo suficiente su ceja para mostrarla detrás de sus espejuelos oscuros—, ¿a quién le gustaría ir a esos sitios teniendo las maravillas de México?

—Sí, mejor Acapulco —murmuró torciendo sus labios en una nostálgica mueca.

—O Puerto Vallarta —ahí estaba la diferencia entre ellos: las playas. El referente de alguien de la capital era Acapulco; para los de Guadalajara, Vallarta.

—¿Me puedo sentar? —Ximena señaló a un lado de Damián, quien aún aferraba una pistola entre la arena. Era la última Glock, la que guardó por si no llegaba a la playa, por si había que apartar un último problema del camino. La quitó para hacer espacio, como si se tratara de un molesto pedazo de basura.

—No es para usted, creo que lo sabe.

—Me incomodaría un poco si lo fuera. Tuvimos una buena relación, al final, ¿no cree?

Otro intento de sonrisa en el hombre. Tampoco muy acertado, era obvio que el dolor lo mantenía en vigilia constante.

—Desde luego, Ximena —se llevó la mano al pecho y descompuso el rostro a causa del sufrimiento. La pérdida de sangre era imperiosa, por lo que el rostro de Damián ya estaba decolorado, tono del papel blanco, listo para que un escritor pusiera las últimas palabras de su vida en él—. ¿Puedo decirle Ximena?

Ximena se sentó junto a Ross, extendiendo sus piernas desnudas sobre la arena. No dejó de mirarlo, cavilando que debería relajarse y apreciar ese fastuoso atardecer, tal como lo recomendaba el folleto. El cielo estaba pintado de colores frutales como amarillo mango o rosa guayaba; sin embargo, continuaba intimidada por la presencia de ese individuo. Tardó en contestarle, pues recordó cuando Minerva Gante, en la marcha de la Cruzada de los Justos, le hizo la misma pregunta: "¿Puedo decirle Ximena?". Evocó también su respuesta de entonces: "Sí. ¿Y tú me dejas decirte pendeja?". Supuso que no sería elegante contestarle igual a este Lobo moribundo, así que se limitó a afirmar con la cabeza, apoyada con un sencillo:

—Sí —Ross lo aprobó a pesar de que el malestar no parecía dejarlo en paz. Ximena lo examinó y percibió que estaba vivo de milagro. Las heridas eran graves, seguramente regó litros de sangre por medio Tijuana. En un destello protector, propuso—: Deberíamos ir a un hospital.

—¿Y qué sucedería entonces, Ximena?

—Le salvarían la vida —respondió en automático. Volvió a abrir la boca para decir más cosas, cosas tontas. Ella lo sabía, su mente era más veloz que las palabras. Comprendió que era un juego que los llevaría a un desenlace idóneo. Cerró los labios interpretando que era el final de muchas cosas—. Sí, no sería buena idea... Acaba de matar a varios agentes y a un secretario de Gobernación.

—... posible candidato a la presidencia.

—Sí, también acabó con los sueños de su aspiración. No creo que se promueva, los muertos son malos candidatos.

—Al menos, son mejores que los políticos vivos: se quedan callados.

Ximena tuvo que dejar escapar una risita ante la ocurrencia. Suspiró, miró al frente, esta vez sin el miedo que experimentó al inicio; comprendió que no había ya peligro. El sol seguía sumergiéndose, los colores continuaban emulando un frutero.

—¿En verdad cree que saldrá a la luz el desvío ilegal? ¿Que dejarán que se embarre al presidente en un escándalo sobre lavado de dinero con el narco y en el asesinato de Gustavo de la Colina? Eso no va a suceder. Hay una verdad histórica, y ya fue escrita...

—¿Una verdad histórica? —cuestionó Ross, gesticulando como si la frase fuera un dulce empalagoso.

—Mató al secretario por orden de los cárteles de drogas. Él es un mártir. Usted, un asesino —aclaró Ximena imprimiendo en la sentencia un tono de tristeza. No, ella piensa, no es tristeza, es impotencia—. Yo no lo dictaminaré. Esto se escribe desde arriba.

—Pues ésa será la verdad histórica, no me importa... El hijo de puta de su jefe mandó matar al único hombre que amé en la vida; merecía morir —lo dijo con lágrimas detrás de los lentes de sol.

—Gustavo de la Colina no era gay...

—Yo sí —por fin lo admitía—. Lo amaba. Lo sigo amando. Yo lo maté.

—No, la orden la dio el secretario...

—Sí, pero yo le presenté al Señor. Lo metí en este mundo.

—¿Y por qué no sólo matar al culpable, y ya? ¿Por qué hacer todo este espectáculo?

—¿Qué no lo sabe, Ximena? —intentó decirlo con sarcasmo, pero sonó fallido, el dolor lo apuñalaba—. Cuanto más grande hagas la mentira, más dispuestos estarán a creerla. Nadie rebuscará en una tragedia así.

—¿La niña? —era la última oportunidad para cerrar el caso, para entender por qué se desató esta cacería—. No está muerta, ¿verdad?

—En esa verdad histórica, la hija de Gustavo de la Colina murió a causa de una bala en la Masacre de la Piñata —esclareció el sicario agonizante.

—No... ella...

—Está muerta, encárguese de que sea enterrada al lado de sus padres, por favor. Nadie más la buscará.

—¿Enterrarla? —seguía sin entender. Había muchas preguntas que se quedarían sin respuesta: ¿y el dinero? ¿Por qué hizo todo eso? ¿Por qué suicidarse ahora? ¿Por amor? Pinche soledad, te hace hacer cosas muy pendejas. Como volar medio puente en Tijuana.

—Trabaja en Gobernación. Los cadáveres sobran —solucionó Damián. Gesto de mucho dolor; poco a poco suelta su cuerpo para recostarse en la arena—. Creo que voy a descansar un poco.

—Necesito saber dónde está la niña, para protegerla. Por favor, Damián, dígamelo, no se lo diré a nadie. ¿Dónde está la niña? —insistió Ximena Lazo. No deseaba que fuera otro caso, como muchos otros en México, que quedara sin resolverse, con la duda de la solución entre líneas. Pero no recibió respuesta del Lobo. Preguntó de nuevo—: ¿Damián?... ¿Ross?

Ximena apartó la mirada del sol que dejaba escapar sus últimos rayos de sol, como si fueran los brazos de un ahogado que intenta asir alguna nube en el cielo. Ross permaneció recostado, con los lentes oscuros mirando a ese lienzo infinito. Con cuidado, Ximena acercó una mano para levantarlos de su rostro. Descubrió una mirada hueca, vacía. La misma que adoptan los que dejan esta vida en paz. De alguien que guardó violencia y secretos por tanto tiempo, que sólo acogió la tranquilidad al liberarlos tras su último suspiro.

—Puta madre —comentó Ximena para sí. Pensó de pronto en todas las cosas que le esperaban en los próximos días: el funeral de su jefe, las explicaciones a la prensa, la verdad histórica. No importaba nada de eso. Damián Ross, alias Lobo, había muerto.

13

Se puede soñar toda una vida en un minuto, en una simple idea. A eso se dedicó Damián Ross al jugar con las piezas de su tablero. Hizo que las impresiones del tiempo le hicieran jugarretas. Lo que se ve, escucha o siente, puede ser tan real como una buena historia. De eso se trata la verdad histórica en México: no de que sea fidedigna, sino de que esté bien contada. Por eso entendía que debía crear algo más superlativo que una simple nota en el periódico. ¿Cómo competir con los cientos de asesinatos o crímenes que se cometen? ¿De qué manera llamar la atención en las planas de los diarios cuando un suceso impactante es desvanecido por el siguiente en cuestión de horas? No sabremos cómo fue urdiendo ese organizado plan. Podría haber nacido ante esa charla con su amigo novelista en Hermosillo o bien lo traía armado desde el principio, para hacer perdurar la frase de su eterno amado, Gustavo de la Colina: una promesa es una idea vaga hasta el momento en que entra en juego el concepto de lealtad. Pero con la impactante inmolación de Mesa de Otay, donde el secretario de Gobernación falleció, Damián Ross logró levantar un halo de desprestigio en el partido en el poder, así como alrededor de su presidente. La investigación de Minerva Gante sobre el desvío millonario fue la punta de un iceberg que terminaría con el despido de un secretario de Estado y la duda eterna de si el presidente de la República tenía conocimiento de los tratos de lavado de dinero con grupos criminales. Además de que con la explosión en la garita fronteriza se concluía la persecución emprendida semanas antes, ésta sirvió también de cortina de humo para que, en el cruce de San Ysidro, Tijuana, caminando y sin ningún contratiempo, una mujer de rasgos indígenas y una niña de hermosos ojos cruzaran la línea demarcatoria. Cuando el oficial de migración norteamericano revisó sus pasaportes, nunca dudó de que los nombres impresos fueran los verdaderos. Se limitó a hacer las preguntas oficiales mientras que esa mujer, fiel al cuidado de esa niña, contestaba lo que se le había encomendado decir: "Vamos de compras al *mall*". Si hubiera habido un problema, sin lugar a dudas, una llamada de la oficina de San Diego de la DEA hubiera zanjado el inconveniente.

Bertha, la nana de Renata de la Colina, la misma mujer que le cambió los pañales y le salvó la vida al esconderla durante el asalto armado a su casa, nunca dejó de tomarle la mano mientras cruzaron el puente que dividía las dos naciones. Para ellas, ése fue un nuevo comienzo. Desde luego hubo miedo mientras caminaban, temerosas de que alguien las reconociera. Mas nadie puso atención en ellas, ni en los cientos de personas que cruzaban la frontera. Menos ese día, en el que las lejanas sirenas y explosiones apenas se escuchaban. Para cuando llegaron al centro comercial de San Ysidro, ya los esperaban Raúl de la Colina, el tío de Renata, y su pareja, Jordi. Habían sido avisados por Damián Ross con antelación, cada movimiento orquestado a la perfección para que su plan funcionara. Si Ximena Lazo se hubiera enterado de ese giro, diría que se trataba de un *spring* espectacular como el de los magos que hacen juegos de naipes. Al haber desatado la cacería en la carretera hasta Tijuana, y habiendo atraído la atención tanto de la Secretaría de Gobernación como de los dirigentes de los cárteles a los que se les lavaba el dinero, Lobo supo terminar su jugada en la inmolación de Mesa de Otay: una perfecta manera de desviar la atención de la frontera. Ya nadie se preocuparía por buscar a la niña que huyó de una masacre, y mucho menos a la sirvienta que la esperaba en Tijuana desde días antes. Todo fue tan aparatoso, espectacular e incoherente, que nadie tenía dudas de que esa niña había fallecido junto a Damián Ross en la explosión. Pero Renata de la Colina consiguió llegar a brazos de su tío. Si en algo era bueno Damián Ross era en ocultar secretos. En especial, los suyos.

Una semana dejaron pasar antes de presentarse en las oficinas del distrito financiero de Los Ángeles. Fue en un elegante edificio de cristal donde se ubicaba la compañía bancaria con la que colaboraba Gustavo de la Colina, una casa de operaciones monetarias de última generación que controlaba las cuentas dispersas en varios países. Cuentas imposibles de rastrear por métodos convencionales, tal como le indicaron en los documentos guardados en la memoria USB en forma de pato que Damián entregó a Bertha. El tío Raúl presentó a la niña como identificación para acceder a las cuentas que Renata de la Colina tenía a su nombre. Su padre, un hombre que quizás a simple vista sólo era un brillante genio financiero, también logró encontrar el secreto para mantener con vida a su única hija: la retina de la pequeña era la única manera de acceder al dinero. Con ello, aseguraba que Renata estuviera viva siempre. Incluso si él era traicionado por alguno de sus socios.

—¿Me alcanzará para comprar un Nintendo? —cuestionó intrigada la niña después de que el láser leyera el complejo patrón de su retina y las cuentas fueran desbloqueadas. Entonces, Raúl de la Colina advirtió la cifra que su sobrina acababa de heredar. Era la misma cantidad que su padre, Gustavo de la Colina, se dedicó a limpiar con triangulaciones de contratos con el gobierno; la misma abundancia que todos los hombres que se quedaron en el camino buscaban y por la que murieron. Sabía que una parte sería confiscada por el agente Bobby Spencell por lavado de dinero, como parte de la investigación en contra del secretario de Gobernación, pero ante lo estratosférico de la cantidad que les quedaría, Raúl sólo logró murmurar, aunque fuera lo más tonto que diría ese día:

—Creo que para muchos...

Las historias de un Lobo

Hoy, a mitad del camino de esta novela, el escritor Kazuo Koike murió a los 82 años. Tal vez ese nombre no te diga nada aún, pero fue uno de los más grandes creadores del manga japonés con su personaje llamado Kozure Okami (*El lobo solitario y su cachorro*), un ronin, un samurái errante condenado por el Shōgun que viajaba por el Japón de antaño con su hijo pequeño en búsqueda de venganza por la muerte de su esposa. Esa historia ha sido llevada a la pantalla y retomada por escritores en otros países como inspiración. Yo hice mi homenaje con este libro, que está lleno de guiños a su magnífica creación. El maestro ha muerto, viva el maestro. También a mitad de este camino, se quedó atrás la que fue la compañera de mi suegra y, luego, nuestra: Nala, quien atestiguaba mis horas de escritura, echada a mis pies. Gracias por tu compañía, peluda.

Es de mis pocas historias que suceden en la actualidad, llena de referencias y situaciones de nuestra realidad política y cotidiana. Siempre he dicho que me siento incapaz de comprender mi hoy, que me siento más a gusto en el pasado. Pero la realidad me alcanzó y debía hablar sobre ella, sobre este país que nadie entiende, pero del que todos opinan. Qué mejor que hacerlo a manera de metáfora. Una fábula violenta sobre la venganza, un sicario con problemas de clóset y una niña me sirvieron de pretexto para hablar sobre esos temas. No fue fácil, fue como sacarlos con tirabuzón.

Deseo agradecer mucha ayuda entrelazada en esta narración: ya que es un libro de carretera, necesitaba descripciones de lugares. Juan José Rodríguez me ayudó con la parte de Mazatlán; Élmer Mendoza, con la de Culiacán, y desde luego, a quien dedico este libro, mi colega Imanol Caneyada, con la de Hermosillo. Pero también agradezco a Imanol por robarle muchos de los planteamientos y reflexiones que aparecen en el libro, en especial acerca de la prensa o la realidad del país. Originalmente esta historia sería una novela gráfica que le propuse a Micro (Ricardo García). Creo que funcionó mejor así, pero le agradezco que escuchara mis primeras ideas que sirvieron de semilla para que floreciera.

Sin el apoyo de mi agente, Bernat Fiol, este libro no hubiera sido posible; tampoco sin el cariño y apoyo de Lillyan y Arantza, quienes estuvieron siempre, siempre, aquí, al tiempo que pasábamos momentos complicados de salud.

No hay respuestas en este libro. Quizá sólo demasiadas preguntas. Pero antes que otra cosa es una narración para leerse, para disfrutarse. Los libros nos enseñan la otredad, el pensamiento de los demás. Son ventanas a mundos que no sólo no conocemos, sino que no queremos conocer. Espero que este viaje te lleve a otras visiones, y que regreses en paz, para agradecer lo que tienes con los tuyos, en un mundo donde, hace mucho, el caos se apoderó de la realidad.

F. G. Haghenbeck,
Tehuacán-Ciudad de México